厚道圣人

张载关学千年寻踪

马苏彬 ◎ 著

台海出版社

图书在版编目（CIP）数据

厚道圣人：张载关学千年寻踪 / 马苏彬著 . -- 北
京：台海出版社，2020.6
ISBN 978-7-5168-2618-8

Ⅰ . ①厚… Ⅱ . ①马… Ⅲ . ①随笔－作品集－中国－
当代 Ⅳ . ① I267.1

中国版本图书馆 CIP 数据核字（2020）第 093023 号

厚道圣人：张载关学千年寻踪

著　　者：马苏彬

出 版 人：蔡　旭
封面设计：中尚图
责任编辑：徐　玥

出版发行：台海出版社
地　　址：北京市东城区景山东街 20 号　　邮政编码：100009
电　　话：010-64041652（发行，邮购）
传　　真：010-84045799（总编室）
网　　址：www.taimeng.org.cn/thcbs/default.htm
E - m a i l：thcbs@126.com

经　　销：全国各地新华书店
印　　刷：河北盛世彩捷印刷有限公司
本书如有破损、缺页、装订错误，请与本社联系调换

开　　本：710 毫米×1000 毫米　　1/16
字　　数：260 千字　　　　印　　张：21.5
版　　次：2020 年 6 月第 1 版　　印　　次：2020 年 6 月第 1 次印刷
书　　号：ISBN 978-7-5168-2618-8

定　　价：69.00 元

横渠先生赋

中国泱泱，文明浩荡，九州奔腾，正学聚心。

孔孟开儒门，讲仁尊礼，曰："民为贵，社稷次之，君为轻。"以此修法治世，弊端自闭，万物自兴，路不拾遗，夜不闭户，鸢飞天际，鹿鸣美林，王道乐土，天下当大治。

怎奈雄霸当道，争鼎天下。为持挟八方，王求旁门，致玄奇汹涌，异学纷沓。以此，孔孟没后，儒道曲折，七国诡术纵横，秦皇焚书坑儒，汉武独尊儒术，再后六经弥漫，音色奢靡。且旧儒懦弱，谦退让，度慈爱，以情为主，以理为辅。倡之曰：知人事则无须知天意。此间中，浮屠以心做法，以空为真。老庄以无做道，以玄为实。此二学皆宣：知天意则无须知人事。两法交替坐庄执王事，迫天心昏昏、公理偏颇、孽念横生。一时儒门遮蔽，正学废休，异道迎私而野盛。秦汉魏晋南北朝又隋唐五代十国间，愚民教化致纲肃大乱，奸孽蜂起、王旗操戈、乱兵屠命、百姓饿殍于荒野达一千五百年之久矣！

公理背驰，天怒人怨，何道济苍生？

有先生少孤自立，志气不穷，气质刚毅，德盛而貌严。又闻人之善，能喜见颜色。负造道明理之雄志，怀经世济民之宏愿。

幼时扶枢居郿，以孝勇持身，驰马延州，欲以兵报国。范仲淹曰："儒者自有名教可乐，何事于兵！"返后读《中庸》《大学》，自觉刚正不持，规行稍懈。遂入佛老，因玄奇不为虚空伪作，天际昏塞浮尘蔽日，百悟而心不透道不明，经年之后再罢。又复入孔孟诸经，乃觉仁而稍大，义而偏硬，礼而多言。顿然间大悟：儒道虽明，但缺方正少践履。誓言再起孔孟重修儒门，复光明真理，建太平大道。

彼时，先生博览群经，遍访贤能，弘道二都，进士入宦。以敦本善俗主治云岩，以经世致用佐帅渭州，以公正执法拍案明州，以社稷忧思正色朝堂。辗转间，心渐亮而道亦明。告诸生：太虚不能无气，气不能不聚而为万物，万物不能不散而归太虚。太虚即气，天宽气通则万物欣荣，民善待自然，而自然亦回馈于民。此理倒逼玄虚缩退，伪怅收敛。

先生谓之：民胞物与、天人合一，应为允正。遂致仕汴梁，归居横渠，潜心天地，参悟圣学。

七年，终日危坐一室，左右简编，俯而读，仰而思，有得则识之，或中夜起坐，取烛以书。又授徒论道，复议三代、改创封建、推行宗法、试验井田、开修灌渠、广立乡约、规定礼制、兴办学校。以"六有""十戒"训导乡里佐辅情、法于社稷，以《东铭》《西铭》警示学子教化真、爱于万民。以《正蒙》《经学理窟》传至于世弘扬儒、理于千秋。虽居陕右四十三年，却心游天下情系民生，精思力践而鞠躬尽瘁，萃取天道论并行礼德观，终建圣门之关学大宗。

其学以《易》为宗，以《中庸》为纲，以《礼》为本，以孔孟为法。以"大心无我"为情，以"去伪存真"为理。以"人皆可以为尧舜"为立身之道，以"艰难困苦，玉汝于成"为立命之德，以"民胞物与，道济天下"为立心之愿。又教人：尊崇天道敬畏自然，克己复礼变化气质，敦本善俗安贫乐道，集义养气纠偏人欲，践行笃履经世致用，正心诚意协和万邦。以此，先生气学开端、程朱理学中起、陆王心学继随，乃成新儒三脉，察究天、地、人以循万物之理，而谓之理学。比肩共立，扛鼎圣门。大道至简，关学道统历经宋、金、元、明、清历代而不衰，先生思想畅闻于华夏乃至四邦而不绝。

其心能真也，其学才正也。

近代以来，戊戌君子慷慨变法，辛亥废帝天下为公，八年驱寇同仇敌忾，九州一统人民中国，皆先生所愿也。通古今之变化以求索，发思想之先声继开来，风雷滚滚引长河不息，华夏巍巍耀盛世永昭。先生笑长空。

回溯千年，先生呼号我中国人前赴后继：为天地立心，为生民立命，为往圣继绝学，为万世开太平。

此羽翼孔孟之圣者，宋横渠先生张载也。

马苏彬

2020 年 4 月 8 日于太白书社作

序

千年经声

　　近一千年来，北宋思想家、哲学家、教育家、宋明理学奠基者之一、关学创始人——张载，其"为天地立心，为生民立命，为往圣继绝学，为万世开太平"的宏图伟愿和"民胞物与"的质朴情怀，感召着有志于实现中华民族走向富强、昂扬于寰宇的国人前赴后继。今天，中国在砥砺前行中逐步迈向高光，先贤张载带给我们的这种强大感召力仍然在激励和鞭策着我们不断精进！

　　我曾无数次站在张载当年著书立说、传经授道的横渠书院，想象并追思先生"终日危坐一室，左右简编，俯而读，仰而思，有得则识之，或中夜起坐，取烛以书"的场景。张载终其一生建构了一座以《易》为宗、《中庸》为体、《礼》为本、孔孟为法的理学思想丰碑——关学；也是凭借这座不朽丰碑，在去世后的九百多年间，他先后被北宋神宗皇帝赐谥为"宣明"、被南宋宁宗皇帝赐谥为"献"、被南宋理宗皇帝追封为"郿伯"并诏令陪祀曲阜孔庙为先儒、被明崇祯皇帝敕封孔庙晋级为先贤、被清康熙帝御赐手书"学达性天"御匾悬挂于横渠书院以感念其不世功德。而今，张载一千年诞辰即将到来，围绕张载及其关学思想的各种大型纪念活动，及规划有序的张载祠扩建项目等文化工程正在顺利进展中。

　　近年，在张载关学思想日益成为从眉县到陕西，再到全中国乃至世界的文化瑰宝时，我内心总是波澜起伏的。欣慰之余，又有些许失落。由于时代的飞速发展，快餐文化已成为当今大多数人的日常所好，而对于相对慢节奏的国粹而言，因古今语文的巨大差异以及国民教育中的缺失等，已经有好几代人对张载的关学思想不甚了解。二十多年来常有人问我，既然张载是一个了不起的历史人物，为什么在全国的知名度不高？这是一个颇值得深究的问题，也是当下的实情。二十世纪八九十年代以来，经典书籍逐渐成规模地回到受众眼前，国学研究者也越来越多，但有关张载的典籍还是鲜见。二十多年来，我们组织召开了十多次有关张载关学的国内外研讨会，教授专家的文章少说也发表了成百上千篇，但能读到并能懂的读者仍少之又少。此时，我企望能有解读张载人格、品德、修为，以及关学造道历程、张载门徒故事、理学千秋史话类的通俗文化作品问世，将张载思想精粹以轻松趣味的方式讲述给热爱传统文化、渴望汲取古圣先贤智慧的广大读者。让人们在愉快的阅读体验中，泛舟千年关学学海，感悟圣人张载深厚的家国情怀、天下宏愿。

有思必有行，这样的愿望现在就要实现了——文化学者马苏彬先生耗时两年撰写的文化随笔《厚道圣人：张载关学千年寻踪》一书即将出版问世。

走进张载的故事，聆听千年的经声，将"思想"拟人，让"圣贤"亲民，彰显孔孟儒学在传承中的灿烂发展。这正是撰写本书的初心和宗旨。书中，马苏彬先生全方位、多角度地展现了关学宗师张载的圣人丰姿，以及宋明理学横亘千年的风云历程。

本书时间跨度延及北南两宋、金、元、明、清历朝，涉及众多历史人物，如宋神宗赵顼、权相王安石、诤臣张戬，名家名流范仲淹、欧阳修、文彦博、二程、司马光、周敦颐、邵雍、苏轼、朱熹等，以及张载后学王夫之、冯从吾、李二曲等，形成了一卷人物性格鲜活、故事情节丰满的千年历史群英图。全书以其客观缜密、通俗易懂的叙述手法将张载文化中的精髓要义做了陈列。比如在讲述关学天道论体系中最关键的"太虚即气"命题时，作者将其解读为张载思想中人类生存空间和自然本源的表现方式，以生动比附的手法对"经声梵语"做了详尽的透视；对于"民胞物与"的论点，作者在天地万物、兄弟姐妹互为一体的大义阐释外，又结合"立必俱立，知必周知，爱必兼爱，成不独成"的泛爱思想，为张载"立心立命"的济世观做了具体的应用连接。在诠释《西铭》和《东铭》时，作者不仅将"二铭"独立成文，并旁征博引、化繁为简，将普通读者读来头疼的文言文做了精准的总结，即"《西铭》讲爱，《东铭》讲真"，可谓言简意赅、精练直白；在讲述喜闻乐见的"明州狱案"时，作者并未将视角集中在狱案本身，而是借助案件还原了张载和王安石之间的矛盾，又借矛盾推高了张载"不计小我重大我"的高风亮节。而在有关张载后学的记述中，作者摒弃了明清以来历代学者所持的"张载后学者界定在关中地区一隅"的狭隘认识，紧紧抓住张载思想中"不拘泥门户，不择地域"包容开放的关学特色，将明代非关中籍的罗钦顺、王廷相、王尚䌹等人对张载思想的继承和对关学创新做出较大贡献的历代大儒一并接纳，更以客观的态度和发展的视野，将继承张载思想最为精深、最为系统的明末清初思想家王夫之（王船山）尊奉为"关学亚宗"。就是这样兼容并蓄的文化开拓精神，让马苏彬先生的《厚道圣人：张载关学千年寻踪》显得情理融汇、通俗易懂、气势磅礴而又海纳百川，真实而艺术地再现了千年张载文化的厚重内涵和博爱风采。

作者马苏彬先生来自张载故里眉县。二十多年前，他辞去公职，南下广东创业，在文化产业领域颇有一番建树，然而，在事业的巅峰时期，他毅然选择急流勇退，全身心地投入弘扬和研究传统文化的事业中来。

2017年以来，他在陕西、广东等多省进行有关张载关学的演讲多达数十场次。2019年，其文化著作《酒人说酒》《张横渠传》两书先后出版发行，并于同年在眉县投资建成规模不小的关中乡村图书馆——"太白书社"，为其立志以文化建设家乡迈出了坚实的第一步。

我和苏彬同为眉县人，算是忘年之交。他对关学研究满怀激情，治学的态度朴实认真，哪怕是一个概念的提出，他都会潜心多日才能形成文字，诸如"贞生安死，存顺殁宁"这类关学命题，他都要与我频频电话交流，直到多方求证后才肯落笔告成。这样的治学精神令人赞赏，也让我对张载文化后继有人倍感欣慰。况且，苏彬并非学院派出身，他是以民间学者的身份在弘扬推广张载文化，这反而使他的研究更接地气，更适应当下社会文化的需求，也更具吸引力。站在关学民本思想的角度看，民间学者以务实践行为根本，为张载文化在全国的普及做出了身体力行的表率，也体现了张载思想中"不务清谈、笃行践履"的经世致用的实学精神。这种自发自觉的文化担当值得时下高歌猛进中的各方力量去关注、去支持，值得在浮躁中徘徊的年轻人踊跃跟进。

2020年为横渠先生张载一千周年诞辰年。《厚道圣人：张载关学千年寻踪》的出版无疑是献给这场宏大纪念的一份厚礼。祝愿苏彬以此为起点，厚积薄发，成为弘扬关学精神的得力干将。现在，苏彬请我为本书作序，自然欣然应允。

还有什么比文化更厚重的追思？还有什么比思想更伟大的仰望？岁月流迈，乱云飞渡；千年经声，亘古不息。张载精神长存！

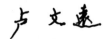

卢文远

（横渠书院特聘研究员）

2020年5月8日

目　录

第二章　关学心路

第三章

横渠门徒

厚道圣人

　　思想或操行可以影响一个时代、一个国家，甚至整个世界。具有高尚品德、超群智慧的人，我们称之为"圣人"。中国传统文化中，孔子被称为"儒圣"、孟子被称为"亚圣"、孙武被称为"武圣"、王羲之被称为"书圣"、杜甫被称为"诗圣"、陆羽被称为"茶圣"，而被王夫之称为"圣人复起"的宋明理学奠基者、关学创始人张载，也被后世尊称为"关学圣人"。

　　明末思想家冯从吾在其倾心力作《关学编》中为张载及其创设的关学总结了三大特征，即以躬行礼教学、以致用为体现的淳朴性；以安贫乐道、怀揣天下为根本的气节心；以敦本善俗、不拘门户为特色的教育观。张载不仅为造福后世贡献了博大精深的思想财富，还以其高风亮节的礼德风范、言谈举止影响着今人为人处世的品德观、价值观，乃至世界观。因此，我们将其赞誉为"厚道圣人"实在是恰如其分、实至名归。

　　如何看待关学，不仅是一个感性的故事性话题，也是一个严肃的理论性话题，任何单方面的一家之言都不能讲清张载"厚道"与否。所以，本章将从张载其人出发，涵盖其著作、言论、家庭背景、生活环境及其人生轨迹、权威评价等，真实还原圣人张载的"厚道面孔"。

厚道圣人

张载故里——陕西眉县的横渠书院内，有一座石碑，上刻"宣明"二字。碑刻全文如下：

> 皇帝诏命。惊悉崇文院校书、同知太常礼院张载卒杀，哀痛之至。故准翰林学士许将等奉馆职半赙以资赠恤。横渠之学意蕴宏深，且德行之美，宜垂表千秋。特御谥，张载。
>
> 宣明
>
> 钦此，元丰戊午，孟阳吉日。

北宋熙宁十年（1077 年）冬，张载病逝临潼。第二年，即元丰元年（1078 年）正月，为表彰其功德，宋神宗赵顼颁旨敕封张载谥号为"宣明"，意即坦诚相告而毫无隐瞒。随后，张载被依古礼安葬。

从帝王层面给予张载如此肯定、褒奖，足见其人品质朴无华、厚道实在。而张载也早有自我总结。在其著作《经学理窟·学大原上》中有："某（我）只是太直无隐，凡某人有不善即面举之。"做事先做人！"横渠先生"张载能取得为后世所敬仰的不朽功德，必定是从做人开始的。

《宋史·张载传》中有："载学古力行，为关中士人宗师，世称为横渠先生……敝衣蔬食，与诸生讲学，每告以知礼成性变化气质之道，学必如圣人而后己。以为知人而不知天，求为贤人而不求为圣人，此秦、汉以来学者大蔽也。故其学尊礼贵德，乐天安命，以《易》为宗，以《中庸》为体，以孔孟为法，黜怪妄，辨鬼神。"以此为据，我们知道张载是北宋思想家、哲学家、教育家、关学创始人及宋明理学的奠基者之一，是有宋以来创新改良儒家文化的亘古奇才，是非同凡响的"关学圣人"，也是令千秋后世肃然起敬的思想伟人——这是就社会价值层面的描述。现实生活中的张载又是怎样一个人呢？是凡人，还是圣人？性格刚烈耿介，还是温文尔雅或圆滑机巧？言语直接坦率，还是委婉柔和？这的确是耐人寻味的。

张载，字子厚，后世尊称其为"横渠先生"，又作"张横渠"。其名中的"载"和"厚"，取自《周易》："地势坤，君子以厚德载物。"意思是大地的气势厚实和顺。一个有道有德的君子应像大地那样宽广厚实，能容载万物。名如其人，现实中的张载待人淳朴厚道、敦本善俗、去伪存真、安贫乐道；对事则求真务实、躬行践履、直率敢言、担当负重，有君子之貌，具圣人之质。

张载高足弟子吕大临在《横渠先生行状》中言："先生气质刚毅，德盛貌严，然与人居，久而日亲。"可见张载神色严肃、做事认真、直接坦率，平时不苟言笑，但品德高尚，很能俘获人心。其实，张载属于慢热型，外表冰冷，内心炽热，相处久了便让人倍感亲切，以至于"闻人之善，能喜见颜色"。吕大临的"气质刚毅，德盛貌严"八字完整勾勒出了张载外貌严肃、不苟言笑，内在刚正不阿、不屈从、不苟合的个性特征。无独有偶，吕大临二兄——官至尚书左仆射（宰相）的吕大防也对好友张载的行事风格做了描述。在《熙丰日历》中载："前崇文院书郎张载，学术精深，性资方毅。"这里的"性资方毅"指的是为人正派、做事果断大气。

正是由于"气质刚毅，德盛貌严""性资方毅"的精神风范，促成了张载不畏皇权、不惧显贵的铮铮风骨。据《宋史·张载传》载，熙宁二年（1069年），受御史中丞吕公著举荐，张载二次受诏回到汴梁。神宗皇帝向他咨询治国理政方略时，他直接以"为政不法三代者，终苟道也"作答。"苟"在古汉语中是暂时、马虎、随便、不认真之意。面对皇帝，张载此语算是过于直接，甚至有些不敬了。可作为一心为国的直言诤臣，迂回婉转向来不是张载的风格。而被史学家赞为宋朝四大有为帝王之一的神宗赵顼也堪为大度，并不计较张载"太直无隐"的言辞，可见《宋史·张载传》中载："帝悦，以为崇文院校书。"

如果你因此而认定张载只是一位不畏权贵、敢于直言的"铁面包公"，那是对他的极大误解。张载一生体恤民间疾苦，同情底层百姓。1057年进士及第后，他曾担任云岩（今陕西宜川境内）县令，任职期间推行"敦本善俗"的德政，每月初邀请云岩县具有威望和德行的老人，在县衙以酒食款待，席间了解乡情民意，并做好记录，随后将之逐一落实。自此，云岩大治，很少发生盗窃之事。1065年前后，张载担任渭州（甘肃平凉）军事判官，其间遇到灾荒，民众流离失所，靠乞讨度日。他便说服当时西北环庆路军帅蔡挺，取出军需物资赈济灾民渡过难关。1070年后，归居横渠的张载不仅自资购买土地进行"井田试验"，以期解决农民无地可耕的难题，还带领乡人在横渠镇修成东西两条灌溉水渠，缓解了灌溉问题，增加了粮食产量。有一年遇到年馑，庄稼欠收严重，许多人家都揭不开锅，张载见家人不愿吃粗糙的饭食，便有感而发："饿殍满野，虽疏食且自愧，又安忍有择乎！"如此慈心善举将张载品格中的"厚"诠释得淋漓尽致。

另一方面，张载是自孔孟以来最出色的"礼德圣人"，其穷此一生都在为"礼"而奋斗：力荐神宗皇帝"复三代之法"；在家乡横渠建立宗法制度，以约束宗族子弟；制定家规家训"六有""十戒"，教化学生及子弟。1077年，张载第三次受诏回朝担任太常礼院礼官，因力推"三代礼制"却不为礼院负责人所采纳，失落之余再次"致仕而去"，尽显其勇于担当、不苟于世的风骨，得清代大儒李元春赞誉"张横渠以礼治天下"。

而将张载推向"圣人"之位的则是他去世后诸学者对其人品道德和学说义理的敬仰尊崇。北宋元祐五年（1090年），张载弟子范育在《正蒙·序》中写道："子张子校书崇文，未伸其志，退而寓于太白之阴，横渠之阳，潜心天地，参圣学之源，七年而道益明，德益尊……子张子独以命世之宏才，旷古之绝识，参之以博闻强记之学，质之以稽天穷地之思，与尧、舜、孔、孟合德乎数千载之间……圣人复起，无有间乎斯文矣。"另一关学思想继承者，明末清初的思想家王夫之在《张子正蒙注》一书中将先贤张载誉为："张子之学，上承孔孟之志，下救来兹之失，如皎日丽天，无幽不烛，圣人复起，未有能易焉者也。"至此，终生致力于敦本善俗、躬行践履、经世致用的关学宗师张载，俨然成为名副其实的"厚道圣人"。

物以类聚，人以群分，榜样的力量是无穷的。张载的"厚道范儿"不仅是其风骨的写照，更是关学得以绵延不绝的根本保障。其弟张戬就是张载的忠实追随者。《眉县志·张戬传》中对其有详尽的描述："张戬，字天祺，酷爱读书，不喜为雕虫之辞以从科举。后来张戬进士及第，任职监察御史里行。戬刚正不阿，尽职尽责。他勇于上书，陈诉利弊，弹劾一些人遇事不置可否，不能持正纠偏者。"张载弟子蓝田吕氏兄弟所写的《吕氏乡约》中亦有："凡是同约者，德业相劝，过失相规，礼俗相交，患难相恤，有善行就写在册上，有过失如违背乡约的也写上，三次犯过就实行惩罚，不改过的人绝迹。"正是这样的高标准、严要求，使得张载的一众追随者亦都获得了如恩师般的高度赞誉。吕大防去世后被宋高宗赵构敕封谥号为"正愍"，其弟吕大钧被张载弟子范育誉为："醇厚正直，刚强勇敢，言行一致，是诚德君子也。"而以"敦本尚实"著称的《关学编》作者明代大儒冯从吾，可谓是张载这种"厚道范儿"的绝佳传承者。他认为"讲学就是讲道"，在给学生讲课时，无时无刻不流露出对历代诤臣风骨节操的钦佩之情。教书育人在他看来，首先是要教会学生做人，做堂堂正正、品格高尚之人：将聪明用于正路，学业便会有所成就；若用于邪路，则愈聪明愈坏，反而助长了恶行。冯从吾之所以这样强调品德情操，是认为这是原则问题，来不得半点含糊；只有秉公持正、一心为国，才配称"君子"。他视朝中阉宦权奸为小人，自己宁可高官不做、厚禄不取，也绝不与他们同流合污。所以，他常教育学生要看清君子和小人，辨明大是大非；否则，"若要立中间，终为路人"。冯从吾还特别强调：身为高尚者，务必处理好个人和国家的关系，一切都要服从国家的利益，个人的利害得失、祸福荣辱统统算不了什么。他要求学生"无驰于功名"，切勿一味追求个人名利。冯从吾不仅这样教诲学生，更是严于律己、身体力行。七十寿辰时，他写了一首题为《七十自寿》的诗作："太华有青松，商山有紫芝。物且耐岁寒，人肯为时移？点检生平事，一步未敢亏。"句句都是他的人格写照。

张载一生不苟言笑、不善言谈，"俯而读，仰而思，有得则识之"。诚恳做人、务实做事是其一生坚守的操行。他认为"存真"首先要从"去伪"做起，如果脱离了真，那就是伪善；少说话、多做事，不要过于表现自己，否则就成了口是心非、沽名钓誉的伪学人。

所以，张载在其著名的《东铭》中写道："过言非心也，过动非诚也。"要求弟子们要有承受艰难屈辱的心态，不要做违背道理规律之事，为自己的人生交一份圆满的答卷，回归平静如水的自然境界。以此，他在《西铭》的结尾处写道："富贵福泽，将厚吾之生也；贫贱忧戚，庸玉汝于成也。存，吾顺事；没，吾宁也。"

厚道者，厚我生民之道也。张载关学思想中的要旨就是反对坐而论道、清谈无为的不实学风，而提倡学贵有用、道济天下的治世抱负。张载认为教育的最终目的是使人改变气质，而成为圣贤。而圣人之学就是为排除国家民族之忧患而立，圣人若不以国家人民为大计，这样的圣人也是没有用的。这就是张载，一位忧国忧民的思想巨擘、光明磊落的正气君子、犀利耿直的"先朝鲁迅"、正心诚意的"厚道圣人"。想来，这样的画像也许更符合张载的一生：

德盛貌严的君子气度、敦本善俗的厚道品性、太直无隐的求真风范、不拘门户的为学理念、经世致用的造道精神、立心立命的治世胸怀、安贫乐道的气节情操、大心无我的圣人丰姿。

凄风苦雨中，一位儒者神情坚毅地手提心灯，胸怀"民胞物与"之志，向着"为天地立心，为生民立命，为往圣继绝学，为万世开太平"的制高点砥砺前行。

三大思想看张载

近千年来，北宋大儒张载可谓名动天下，广为人知，而我的家乡眉县横渠镇也因此成为文化名镇。身为横渠人，我颇感自豪。张载曾被北宋神宗赵顼追赠为"宣明"，南宋时又被理宗赵昀追赐为"郿伯"，并从祀祀孔庙。清朝康熙皇帝亲自赐写"学达性天"匾额，以表对张载的敬重。可是在我出生的横渠镇及眉县，甚至陕西乃至全国各地，很多知道张载的人却不太清楚这位有着极高声誉的先贤究竟是怎样一个人，又做过怎样的事迹而令世人如此称颂。我曾在广州多次为人解读张载其人其事，解读后对方貌似清楚，或是碍于情面点点头，改日再遇到另外一些人还是问同样的问题，只知张载之名，不知张载其人，更不知张载其事。我在想，张载本是很具有亲和力的一代圣贤，其学说也大都是解决和阐释民生民命问题的，可为何后人都不清楚他到底做了些什么、为后世做出了怎样的功德。下面，我将从社会和民生角度，来解读张载终其一生所形成的三大思想体系，以还原其圣贤本真。

哲学思想家

张载及其关学之所以能传世不朽，是源自其构建的哲学思想体系。由于张载一生大部分时间生活在社会底层，十三年仕途生涯大多担任的也只是中下层地方官员，这就决定了他的哲学思想立足于朴素、客观、民生、济世的维度上。张载关学的哲学体系包罗万象，涉及面广，而按照社会价值，其主要的哲学思想体系则体现在以下几个方面：

气本论（太虚即气）："太虚"一词最早见于《庄子·知北游》："是以不过乎昆仑，不游乎太虚。"庄子笔下的"太虚"指的是极端虚无的地方，还不是完全意义上的哲学概念。而一千多年后的张载则认为"太虚"是天地的始祖（即宇宙本源），天地皆从宇宙而来，并在其著作《正蒙》中有："太虚无形，气之本体；其聚其散，变化之客形尔。"在他看来，"气"是有形有象的，"太虚"则是无形无象的。无形无象的"太虚"是"气"的本体。"气"因其或聚或散的不同变化形式，而有着不同的存在状态，这就是所谓的"变化之客形尔"。张载认为"太虚"是散而未聚之气，"待其聚，则为气"。这就是关学中"太虚即气"思想的基本内涵。"太虚"和"气"作为两个不同的概念而存在，一同构成了人类生存的空间。而"气"则是宇宙中主导一切包括人的意志的源泉。张载的气本论是对孔孟儒学的创新和提升，这和二程、朱熹的理本论及陆象山和王阳明的心本论有着很大的区别。关学认为天地万物是客观的、本源的、自然的，是朴素的唯物主义哲学思想观。而程朱理学和陆王心学认为天地万物是人本的、主观的、可变的，属于唯心论的哲学范畴。

一物两体论（辩证法）：张载哲学思想中一个重要的命题就是"一物两体"。他认为凡事都有其对立的两面，既有对立性，又有统一性。张载的辩证法思想应该是中国继六世纪古希腊辩证思维之后最早的系统性哲学思想观。"一物两体"既是张载探求宇宙运动变化规律的重要范畴，也是他论述对立统一辩证法的重要概念。与同时代思想家如二程、朱熹、邵雍等不同的是，他还将"一物两体"学说运用到社会政治、伦理道德领域，使其理学思想具有更鲜明的哲学色彩。在"一物两体"的哲学概念论述中，"感"是其中最重要的环节。在《横渠易说》中有："感，感也。"意思是，"感"就是感应，是矛盾双方在相互排斥、相互吸引及相互转换的过程与形式。张载强调有"两端"才会产生"感"，没有"两端"的事物是不存在的，即所谓"独阳不立，独阴不存"。

人性论（人性二元论）： 人性问题在中国古代是被讨论最多的哲学命题。孔子有云："性相近，习相远。"人性到底是善，还是恶？孟子认为"人性本善"，荀子则认为"人性本恶"。其后，西汉董仲舒、东汉王充、唐代韩愈则持"性三品说"。张载认为人性具有变化的两个方面，即人一生下来处于懵懵懂懂、无知无畏的"天地之性"阶段。这个时期，人不能主导外界，也不受外界意志对本性的影响，所以，原始的人性是善良的。但随着环境的变化和人体自身的发育成长，人的"性"会不断受到外界的影响，而这种变化可能具有"恶"的一面，可能具有"善"的一面，也可能具有"遁世"的一面。张载认为这种变化有好有不好、有善有不善、有清亦有浊，并将此变化称之为"气质之性"。同时，他强调人更多的是受到"气质之性"的影响，所以才产生了贪念、欲望、对错、多少、长短等有形的气质标准。但无论"气质之性"怎样变化，都不能剔除人原本存在的"天地之性"，只不过在人的行为中，随着不同的变化，"气质之性"会左右人的发展，这就导致了大恶、大美、大欲、绝望、仇恨、感恩等具体的心理作用。所以，张载在《经学理窟》中强调"克己则为能变，化却习俗之气性"，要求人要以善为本，要克制自己对欲望无休止的追求，并通过不断的学习和改造，去除"气质之性"中不良的成分，使其转变或恢复到原有的"天地之性"中来。

民胞物与：《正蒙·乾称篇》中有："乾称父，坤称母；予兹邈焉，乃浑然中处。故天地之塞，吾其体；天地之帅，吾其性。民，吾同胞也。物，吾与也。"这段话的意思是，人和万物都是天地所生，性同一源，本无阻隔，世人都是我的兄弟姐妹，万物都是我的朋友。因此，张载总结出"民胞物与"的哲学观点，主张爱一切人和爱一切物；同时认为"天下疲癃残疾、惸独、鳏寡，皆吾兄弟之颠连而无告者也"，强调"立必俱立，知必周知，爱必兼爱，成不独成"。"民胞物与"的哲学大爱思想不仅被程朱理学派发挥应用至深，至今仍然是治国理政的指导思想之一。

认识论：张载关学的"闻见之知"与"德行之知"（即感性认识和理性认识）是中国古典哲学关于认识论的一个创新。他认为人的知识是由耳、目、鼻、舌、身等感官接触外界事物而获得，即为"闻见之知"。但只是"闻见"而已，并不能全面认识天下有形有象的事物，更不能穷尽无形的天下事物之理。要穷理尽性，必须有一种比"闻见之知"更广泛、更深刻的知识，这就是"德行之知"。在《正蒙·诚明篇》中有："诚明所知，乃天德良知，非闻见小知而已。"他进一步判断，只有"德行之知"才是真知，才能反映万物的本性本质。其实，张载探讨认识的来源时，已经看到感性与理性、有限与无限、相对与绝对及现象与本质的辩证关系，并做出了精辟的论述，这是古代中国认识论领域的一个重大突破。

圣人观：张载一生很敬重古代先贤，其圣人观表达了其建立理想社会政治局面的思想架构。《宋史·张载传》中有："以为知人而不知天，求为贤人而不求为圣人，此秦、汉以来学者大蔽也。"同时，张载强调学者应该"立心"，以便追随圣人。他认为"知识"的最高境界，就是"无知"，人只有达到"无知"的境界，才能做到"无不知"，以便体现对圣人的谦逊和自我的"无知"。为达到超越自身耳目之外的"无知"境界，张载认为必须追求自身以外的"弘

厚道圣人：张载关学千年寻踪 |

心"学习标杆。但他同时强调，圣人之学要为民所用，若不能给社会和民众带来福祉，这种圣人也是没用的。所以《横渠易说·系辞上》中有："圣人苟不用思虑忧患以经世，则何用圣人？"张载这种"学以载物厚以载道"的思想观堪称关学后世的敬仰之宗。今天，我们以"厚道圣人"四字对先贤张载进行追思评价，就是对这种尊师重道观的最大感念。

道统论：张载的道统论是在维护儒学正统地位、批判佛道两家观点的基础上建立起来的。自孟子以后因道释两家之说的不断兴盛，致使儒学一直沉浮低迷，处于可有可无的地位，不仅在政治上，就连在教育、民生等方面，道释两家学说也长期处于轮流坐庄或共同主导的局面，而以此带来的是统治阶层以偏信命理、笃定天命、追求奢华、沉湎迷信、不齿生民、皇权第一等价值取向主导社会的发展，从而绑架了平等、公正、公平的民生权利，致使战争不断、朝代更迭频繁、生灵涂炭，天下百姓长期处于水深火热之中。鉴于此种文化思想，才引发了宋初以"北宋五子"为主导的儒学复兴运动，及"濂洛关闽"四大理学流派的形成，这是对佛教和道教最大的打压，也是自北宋开始社会风化和民众思想不断提升并创变的重要体现。所以，张载关学强调和维护的道统论其实质是进行先进文化思想创变的革命，对当今的文化思想和人文理念具有非凡的转折意义。

张载的哲学思想观除了以上成效显著的观点外，还有探讨事物变化主导因素的"阴阳交感变化之神论"，及早前研究但不及朱熹系统深入的"天理人欲论"等。在这些广袤而博大的哲学体系中，最能代表关学思想和今天为止依然经世致用的哲学观点当推气本论、一物两体论和人性论，也称"气一元论"。这是张载关学体系中最为精华的价值所在。

教育思想家

纵观张载一生，其大部分时间都是在家乡眉县横渠镇读书、著述、教授生徒及践行治世救民之真谛。即便在不长的十三年仕途间，这种讲学授业的教育工作也并未间断过。比如在甘肃平凉担任渭州军事判官期间，受武功主簿张山甫之邀，他在武功绿野亭（今陕西武功县）进行了讲学活动。古代的教育形式并无官方统一标准，大部分属于私学教育，张载的义理道统教育思想是承载了孔孟儒学的复兴和创变思维的结合体。具体的教育观点如下：

崇德重礼： 为解决汉唐以来诸多学者"不知择术而求"的现实问题，张载带着"为天地立心，为生民立命，为往圣继绝学，为万世开太平"的强烈使命感，经过多年"俯而读，仰而思，有得则识之，或中夜起坐，取烛以书"的努力及多方实践，形成了以《易》为宗、以《中庸》为体、以《礼》为纲、以孔孟为法的学术体系，并构建了以"由太虚有天之名，由气化有道之名，合虚与气有性之名，合性与知觉有心之名"为总纲的思想体系。张载重视德范和礼仪教育，认为先贤的知识修为是经过考究和锤炼形成的，后辈在学习中必须要有敬仰之心，而且要通过礼节的方式获取知识，这不仅是一种尊重，更是一种道法自然的修身体现。张载曾在多地为官，因倡导"以礼为教、躬行礼教"而著称一时，后因长期在横渠崇寿院（今横渠书院）讲读并践行"敦本善俗为先"的治世理念，使儒学之风重新在关中各地流行起来。而"崇德重礼"的教育理念不仅在之后的元、明、清各朝成为教育的德范，也是当今教育的理念之一。张载的"礼教"被清代学者李元春誉为"张横渠以礼治天下"。

敦本善俗： 宋仁宗嘉祐二年（1057 年）进士登第后，张载先后任祁州（今河北安国）司法参军、云岩县令（今陕西宜川境内）、著作佐郎、签书渭州（今甘肃平凉）军事判官等职。在云岩县令任时，他办事认真、政令严明，处理政事以"敦本善俗"为先，推行德政，重视道德教育，提倡尊老爱幼的社会风尚。每月初，他召集乡里老人到县衙聚会，并设酒食款待，席间询问民间疾苦，提出训诫子女的道理和要求。县衙每每出台规定和告示，都要召集乡老，反复叮咛与会的人，让他们转告乡民。因此，他发出的政令即使那些不识字的人和儿童都没有不知道的。《宋史·张载传》有："其家昏丧葬祭，率用先王之意而傅以今礼。又论定井田、宅里、发敛、学校之法，皆欲条理成书，使可举而措诸事业。"张载以建立"乡规民约"的方式来告诫家中子弟、族人、门徒、乡邻等，要求他们要有规则意识，要遵循法度或先辈制定的规章来办事，要求个人的行为必须以集体或组织的意念为前提。针对家族人员，张载制定了专门的家规家训，即"六有""十戒"，规范了方方面面的生活细节，至今仍闪烁着智慧的光芒。

教育创变： 张载极为重视教育理论研究，并对此有着独到的见解。他认为教育要从幼时抓起，实行胎教。《张子语录》中载："幼而教之，长而学之。"说的是要注意儿童心理，创造良好的环境发展儿童天性，从小就培养儿童的良好习惯和道德行为，长大继续学习，使之强化，最终造就有用之才。他对学习方法也进行了研究。在《经学理窟》中，他提倡老师应循序而教，学生应循序而学。他还认为，求学的渐进应当以"三年为期，学者自朝至昼至夜为三节，每天勤学苦读，由日积月，期月成年，至三年事大纲惯熟"。经过这样的渐进过程，学习方可有成。

经世致用： 张载强调"志"是教育的大前提。在《经学理窟·义理》中，他认为："人若志趣不远，心不在焉，虽学无成。"有了志向目标，就要孜孜不倦、勤勉不息，达到目标，实现理想。关于读书方法，他则强调：人思考的主要器官是心，为了思之精、察之微，就要使心常在、常存。要做到"心思有疑释之，去之"，便会获得新的知识，认识新的义理。在《张子语录》中，他力倡"学贵心悟，守旧无功"的学习原则。他对读书求知的方法可以概括为：用心、熟读、精思、经常、不懈、去疑、求新、勿助、勿长、讲论、开塞、实作、实行等。作为一个教育家，张载对教学原则和教育规律有着独到而深刻的论述。他主张在教学中，教师要循循善诱，启发引导学生的求知意识、学习兴趣；同时要根据学生的不同情况、接受能力，因材施教，满足各类学生的不同需求，从而达到经世致用的教学目标。

自然科学思想家

北宋是中国君主专制社会历史中一个颇具特色的时代，思想学术相对自由，儒家、道家及佛教的发展和研究都达到了一个新的高度；同时，传统工商业、自然科学、发明创造也空前活跃。张载不仅在儒家思想的研究上独树一帜，而且也精研《易》，利用"易学"的原理在自然科学和农业研究上也成绩斐然。

突破地心说：《正蒙》中载"恒星不动，纯系乎天……日月，五星逆天而行，并乎地者也……间有缓速不齐者，七政之性殊也"。张载突破了远古以来的地心说，把天看作一个以恒星为中心的金、木、水、火、土诸星及地球"运旋不穷"的整体，这在人类对宇宙的认识上是一个历史性的突破。这个发现和观点补充了由古希腊天文学家托勒密最先构建的地心学体系的不足。

天体运行说：张载及其后学认为"动必有机，动非自外"。他指出，日、月、金、木、水、火、土（称之为"七政、七纬或七曜"）等天体各有运动规律，其运动的速缓升降皆取于自身的机制，而非外力使然。他又明确指出，日月星辰顺着天体左旋，只是旋转稍微迟缓一点，肉眼观察起来似乎向右旋转了，左旋、右旋其实是相对的，讲的是地球自转与其他天体公转的相对关系。他进一步指出，每天日行一度，月行十三度，故月"右行最速"而"日右行虽缓"。这些阐述虽谈不上十分精确，但对天体科学的推进已是了不起的进步和贡献。

天文气化论：《横渠易说》和《正蒙》中都不同程度记载了张载以气化论解释天文历算的地理现象。如"日质本阴，月质本阳，故于朔望之际精魄反交，则光为之食矣"，就是说，在月朔时，月精对日发生作用，产生日食；在月望时，日精对月发生作用，产生月食。按照这种理论，张载还较为合理地解释了四时更迭、寒暑往来、潮汐涨落、风云雷霆、霜雪雨露等自然现象。

复古井田制：熙宁二年（1069年），御史中丞吕公著向神宗推荐张载，称其"学有本原，四方之学者皆宗之"。神宗召见张载，问他治国理政的方法，张载"皆以渐复三代（即夏、商、周）为对"。神宗非常满意，准备派他到中书省枢密院做事。其时，王安石新法推行不畅，想重用张载。张载并不反对新法，但观点上却对"复古农事"比较认可。他认为农业生产作为一门科学技术，已被前人应用了数代，其中一些施行已久并得到很好社会效益和经济效益的"古制"依然可行。因而，他对推行"复古井田"最为用力，并将自己撰写的《井田议》上奏神宗，并与学生在眉县横渠镇、扶风五井镇、长安子午镇等处购买或租赁土地，照《周礼》的模式，划分为公田、私田等分给无地、少地的农民，并疏通横渠镇东西二渠来"验之一乡"，以证明井田制的可行性和有效性。时至今日，民间仍流传着"横渠八水验井田"的故事。

世人皆知张载，但世人未必能读懂张载。关学经历了自张载及后世的不断继承发展，已形成以哲学思想和教育观点为主线的新儒学体系，也称"关学体系"。张载的关学不仅洗涤着一代又一代人的价值观和审视世界的发展观，更是现时社会新的发展阶段客观辩证、科学思维的经世指南和治学典范。而张载思想体系除儒家道统义理外，还有来自对教育及自然科学的贡献，这也是相当一部分人不甚了解的一面。本篇即是本着化繁为简、曲径通幽的目的，将张载对儒学传承和创新的精要，甚至对世界人文思想的贡献分门别类地做了归纳，以企对中国传统文化起到学古力行、推陈出新的积极之力。

张载思想的"五个领先"知几何

张载关学思想博大精深，很多观点始终起着贯古通今、经世致用的引领作用。历时近千年的时光洗礼，我们发现在张载宏大的思想盛宴中，众多思想一直为后世所学习和推崇。其中五个权威观点自有宋以来就引领着儒学的新思维砥砺前行。仰望星空，其璀璨熠熠宛如启明之星，照亮世人前行的方向。

唯物主义思想的宝贵成就：气本论

宇宙和世界的本原源于物质，还是精神？这历来是哲学领域最基本的探讨焦点，也是每个哲学家必须回答的问题。中国古代哲学家对这个问题的答案大致可分为两类：一是认为"心"或"理"为宇宙本原；二是认为"气"是万物本源。张载认为"气"或"元气"是人和万物产生的最高体系和最初始基。这"一气"或"元气"包含了"阴阳二气"的对立依存、相反相成、升降互变的关系。在这种关系的交互运动中，产生了人和万物。张载继承和发展了周敦颐等人"太虚"的范畴，并对其加以创新和扬弃。对用来表示物质存在的基本形式和物质运动的基本状态，他提出了"太虚即气""气为本体""气化万物"的唯物主义宇宙观。张载认为，宇宙的本体是由气化而来的，形态万千的各种万物都是"气"的不同表现形态。不论聚为有象的"有"，还是散为无形的"无"，究其实质都是"有"，而不是"无"。所以，张载在《正蒙》中说："太虚即气，则无无。"因为物质的"气"作为宇宙本体，只有存在形式的不同变化，并非是物质本身的消灭，所以"气"是永恒存在的。从张载开始，古人关于物质世界认识的理论达到了系统化。

而张载关于世界的物质统一性和物质永恒性的思想——气本论，是继公元前古罗马哲学家卢克莱修提出的"物性论"、中国战国思想家荀子提出的"天地合而万物生，阴阳接而变化起"的观点，及东汉无神论者、哲学家王充提出的"天地合气，万物自生"的概念后，被视为世界古典朴素唯物主义思想领域取得最高的学术成果。

人性变化的早期解读：人性二元论

张载总结了先秦以来的人性论，吸取了各家学说的优点和长处，创立了具有特色的人性学说。关学认为，人和万物都是由"气"产生和构成的。因为"气"有清浊、精粗、明昏、偏全、厚薄的不同，便产生了千差万别的物和人、物和物、人和人。所以，张载认为气的本性就是人和万物的本性。据此，可以肯定人和万物都是有性的，而且人和万物的本性同出于"太虚之气"。因而，性是永恒存在的，先天之性的本源是纯善纯清的，是人的"天地之性"。但人生下来之后具有不同的身体条件、生理特点、家庭环境和自然环境。这些外在因素与人与生俱来的天地之性结合，交互作用和影响而形成的后天之性就是"气质之性"。"气质之性"中有善有恶、有清有浊，从而决定了人性的千差万别。张载以此创立了"人性二元论"。

"天地之性"诚明至善，是善的来源，而"气质之性"有善有恶，是恶的来源，是人欲的体现。至此，关学对于争论了千余年的"性善与性恶论"，给出了一个总结性的合理解释。人犯错误作恶了，是

"气质之性"中的恶性使然，人要成为圣贤君子，必须去掉"气质之性"的遮蔽，回归和彰显"天地之性"。变化"气质之性"的方法和途径就是接受教育、学习礼义道德、养气集义。所以，关学有关"天地之性""气质之性"的学说既为人性的善恶找到了合理的解读，又为天理、人欲的长期辩论提供了理论依据，是对古代世界人性论的重要贡献。朱熹在其《朱子语类》中称赞张载的人性论是"极有功于圣门，有补于后学……前此未曾有人说到此"。张载的"人性二元论"和中世纪法国哲学家笛卡尔的"二元论"高度一致，不过，张载以"天地之性"和"气质之性"来解读人性的观点比笛卡尔的"二元论"早了五百多年。

突破远古地心学：运旋不穷说

作为具有自然科学思想观的张载，一直关注研究"天像""天体"这些自然现象，并考察求证地球运动对这些自然现象所产生的作用和影响。在《正蒙》中，张载写道："恒星不动，纯系乎天……日月，五星逆天而行，运旋不穷，并包乎地者也……间有缓速不齐者，七政之性殊也。"他突破了远古以来的地心说，把天看作一个以恒星为中心的金、木、水、火、土诸星呈现的大轮廓，而这个大星图是一直"运旋（动）不穷"的整体。这个解说在人类宇宙的认识上是一个历史性的突破。"运旋不穷说"的发现和观点补充了公元二世纪古希腊天文学家托勒密最先构建的"地心学体系"的不足，张载也成为最早突破"地心学体系"的自然科学思想家。

中国乡规民约奠基之作："六有""十戒"

张载生活在一个书香世家，其祖父和父亲均在宋廷为官。少年时代的张载不仅学习用功，而且对以孔孟儒学为主建立的"规章制度良风民俗"很是尊崇，对先贤、长者及师者充满尊敬之意，认为"家为小""国为大"，凡事必以"国是为主"，只有"为家建规，遵约章"才能构建大的家国情怀志向。他在陕西宜川为官期间每月都要召集县域内的长者定时集会、宴饮：一则对长者尊敬慰问；二则通过宴饮之际交流获知民情，以便及时发现问题、处理问题；三则想以此"躬行礼教"之举建立"尊长爱幼"的良好家风乡规，以此帮助宋廷实现治国理政的宏大愿景。

据传张载十五岁时由四川涪陵护送父亲张迪的灵柩行至陕南勉县诸葛武侯祠时，被墙上诸葛武侯的学风遗规深深感染，遂提笔写下了传颂至今的家训学风"六有"："言有教，动有法，昼有为，宵有得，息有养，瞬有存。"后来，他辞官归横渠书院授徒讲学时，又撰写了以"教化子弟约定成章"为主的家训"十戒"："戒逐淫朋队伍，戒好鲜衣美食，戒驰马试剑斗鸡走狗，戒滥饮狂歌，戒早眠晏起，戒依父兄势轻动打骂，戒喜行尖戳事，戒近昵俾子，戒气质高傲不循足让，戒多谗言习市语。"张载"崇德重礼言传身教"的教化育人思想也极大鞭策、激励了族人、乡里树立家风乡规。其门下弟子纷纷效仿立规蹈矩，比如知名的蓝田吕氏诸兄弟学成归乡后，以吕大均为主编撰了中国历史上第一部反映民风民俗、民约乡规，并体现互助精神的民间章法之书《吕氏乡约》。这就是张载推行礼仪教化、敦化民俗，将作为个体的人和国家社会联系在一起的最集中的体现。而他早年的家规学风"六有"和其晚年的家训乡约"十戒"，应是《吕氏乡约》类乡规民约产生的基础之作。

倡导教育年限：教育三年制

张载认为教育要"循序渐进，博学精思"。他对学习方法也进行了深入研究，认为学习求知是一个循序渐进的有序过程，既不能停止间断，又不能急于求成、躐等而教。老师应循序而教，学生应循序而学。他还认为求学教育阶段的时间应以"三年为期"。《经学理窟》中载："学者自朝至昼至夜为三节，每天勤学苦读，由日积月，期月成年，至三年事大纲惯熟。"张载认为经过这样的渐进功夫，学习方可有成；学有所成，还必须博学精思。

作为宋明理学的发端者之一、关学思想体系缔造者的张载，从关学诞生时起，就注定了他的多项思想命题是为社会发展和人类生存而提出的。这样的思想智慧印证着现在、引领着未来、担当着使命，也承载着社会民生的意识主体。这也是张载思想的最高学术主旨和治世立言之根。

张横渠以礼治天下

　　对现代国人来说，关于"礼"字的解读有两重表达：一是表示尊敬的言语或动作，如礼貌、问候、行礼、祈福、送礼、宴请等日常行为中，人的善意和友好的体现；二是社会生活中由于风俗习惯及意识原则而形成，并为大家所共同遵守的仪式准则，如婚、丧、嫁、娶、大典、祭祀、集会等既定的程式化宗法及约定。对一般人来讲，日常中的"礼"和我们息息相关，不能"失礼"。至于后者提到的仪式层面的"礼"，则是在重要时刻才会与己发生关系，平时不太会去刻意关注。

　　在古代中国，礼是社会典章制度和道德规范的集合，需要所有人在制度约定下去遵守和施行。作为典章制度，它是社会政治制度的体现，是维护上层建筑以及与之相适应的人与人交往中的礼节仪式。而作为道德规范，它是古时国家领导者和贵族等一切行为的标准和要求。自夏禹时代，便有夏礼、殷礼、周礼。夏、殷、周三代之礼，因革相沿，到西周时建立的周礼已比较完善。礼是要依赖人才能体现出它的价值。古时的礼既然是一种制度，那就自然有其制定和维护的核心人物，否则礼将失去其所遵循的标准。于是，周公旦来了，他制定的《周礼》成了后世礼制治国的法典；孔子来了，他的"人而不仁，如礼何"的"仁礼合一"思想为人们奠定了礼德价值观，让世人懂得了何为真善美，何为假恶丑。之后，历经社会变革和发展，作为中国社会的道德规范和生活准则，礼在社会法度、政治秩序、等级制度等层面不断被赋予新的内容，不断发生创变和调整，已成为古代法律的重要组成部分。而北宋的张载正是继周公、孔孟之后，将礼的准则形成和应用完善推进到了一个全新的高度，其所创设或倡导的"躬行礼教、知礼成俗、笃志好礼、崇德重礼、以礼为教、敦本善俗以及崇真务实、持身立节、崇尚气节"等礼德观，不仅是其关学的思想精髓，更是整个中国社会礼德教育的必学之道。所以，清末大儒李元春在推崇张载的礼德教化时总结道："张横渠以礼治天下。"一顶礼学家的桂冠已然戴在了理学宗师张载的头上。

作为礼学家，张载有其独到的"礼产品"。下面，就将其所制定的"宗法礼仪"部分做以详细解读。

祭祀

张载在《经学理窟》中对祭祀的礼节要求进行了全面的阐述。

无后者必祭：被称作叔伯的人若死了，虽然他没有自己的后代，但作为侄子一辈，必须担当起儿子般的祭祀职责。自己死后也要交代自己的后代去履行这种职责，要一直传承下去。

近世亦祭礼：同辈人去世，去参拜祭祀时，必须带上祭祀用的礼品，如果品、香火等。也要行参拜祭祀之礼，礼节可以比晚辈少些，但必须要有。不能因为去世的人和自己平辈，就抛弃了祭祀之礼。

孟月之祭不若仲月之祭：月中祭祀先人比在月头要好些。大的祭祀还要占卜一个吉日。对天子来说，一般春季是祭祀高祖的时间，秋季是祭祀曾祖的时间。

祭酒不祭茶：酒是必须要祭奉祖先的，而香茶因为是要用火烧煮，在亡者坟前不宜蒸煮，所以就不要祭茶了。其他的饮食要带去时，必须先咨询家中长辈是否合适。

祭祀的礼数多：至于重要的祭品，应该是家中男子亲手制作，而一般的像剥豆荚之类的事情由家中女人做就可以了。不知道礼数，是会被人笑话的。

对尸体的判别：安葬尸体，男女应该同等对待。天子在祭奠完臣子后，不能再站在原来臣子的位子上。那些衣冠不整、面容有污垢的死者，必然是因酒醉后而致死的，要不是娱乐过度，否则怎么会致死？

抱孙不抱子：儿子在世时，父亲是不能抱孙子的，只有当儿子不在世了，父亲才能代替儿子去抱孙子。

山川之祭：高而深的山川必然闷热，其后导致大雨将至，这不是祭拜圣人的地方。

八蜡之祭：耕种的神农氏、房神、庄稼神、运输者、猫和虎、磨坊神、水神、昆虫八个物种作为祭祀的对象，但昆虫是有害的，所以不能祭祀。

丧纪（制）

三年丧礼：一般而言，先人去世后，后人都要为其守丧三年。若先皇去世，三年之中不能大摆宴席，这才是祭祀先皇的诚意。

哭卒：对于逝者，我们要在合适的时候用哭声来表达对他的哀思，如果不能哭出声，说明对他的哀思之情不到位。

葬前葬后：没有下葬的先王，依然是君主，即便是下了葬，他的魂魄也还在，所以也还是君主。棺椁是由很大的木材制作而成，里面四周都有空隙，除了殓尸的放置，周围是要放置些物品的。

妻妾祭夫：本来一夫一妻的礼制合乎祭祀。丈夫死后由妻子主导祭祀，但若有另外一妻，就需要分开祭祀，这样符合祭祀的表白心情。若后来的妻妾去世，也不能同时安置在丈夫的旁边，哪有一室容二妻的道理？

至亲葬礼：韩愈少时是其嫂养大的，故而嫂子去世后，他以重礼为其送葬。但有些仕子少时待嫂子如同母亲，可等到嫂子去世，他却没有行大礼送葬，说是礼制中没有此种规定，只是在心里为其默哀，很多人以为这符合道理。显然，这是不对的。

圣人和家人：圣人没有制作丧葬礼服，是因为他是圣人，用心默哀致悼即可。而若是家中长子去世，父母还在的话，母亲却为儿子做三年丧礼，那她和自己的丈夫又将是怎样的身份？张载主张用心将这种丧礼之情做好就行。

礼乐

在张载看来，诗只是表达一个人的言谈志向，歌也只是表达人的心理情感而已。它们只是传达人的内心活动。但礼乐却能让人自律并产生尊敬的觉悟感。古代礼乐能让人的德行产生平和的气质感，最后用礼乐达到哀思的状态。所以，唱歌的时候声音不能太高，也不可以太低。太高会干扰别人，太低也会让人听了难受。礼乐之声一定要根据当时的环境而奏出它的音律。

先王的音乐必须要用节律来听它的声音。音乐一定要表现出自然的浑厚感和刚强感。这样的话，让窥视我中华的四周外族之邦听见了，相信他们都会被这种高雅而美妙的声律所折服，从而带着供奉之礼前来拜见。

礼之所以能将人心性平稳，其实是来自人的本性。礼是天地的德行，这是大美的体现。礼不是来自外部，没有礼的事情是不存在的，礼的源头在于心。礼是圣人制定的，没有礼制，天下将一片大乱。

古人没有神奇的天赋，智慧也并非比今人高深。不能因为这些就断定圣人的才能不如我们。可是我们伏在地上静心聆听教诲的知识，一定是古代圣人在上面讲授。为什么呢？因为他们不仅有博大的心智，更有雅致动听的礼乐教化后产生的美德，这些都是我们今人不具备的。

乡饮酒礼

"乡饮酒礼"起源甚古，在被奉为"三礼"之一的《周礼》中早就有诸多记述。简而言之，古代凡涉及民风民俗的聚会宴饮，都会按照一定的规则制定一系列形式各异的礼法，这种礼法以酒为形，以礼为魂，以人为中心，于是便产生了"乡饮酒礼"。近代学者邓子琴（1902—1984 年）曾将古代"乡饮酒礼"的内容、用途概括为六个方面：一是选举、二是尊贤、三是运动、四是祭祀、五是敬老、六是贵爵。而张载为云岩县令时的乡饮酒礼，则是六者选其一的"尊老敬贤"。

按《礼记》所述，乡饮酒礼时，六十岁的人坐，五十岁者立侍，以明尊长；饮酒多少，也以年龄大小而定；六十岁三豆，八十岁五豆，九十岁六豆。张载将云岩县符合"乡贤"标准的老人每月初请到县衙进行慰问，并摆下酒菜进行招待，这样的"乡饮酒礼"得到了当地父老乡贤的极大赞誉。有人说这是张载为治理县域需要而举办的"乡饮酒礼"，此言差矣。张载出仕前就一直在研究古礼中的敬老问题。如何解决尊老养老问题始终是历代治国理政者极其关注的焦点。古时没有健全的社会养老机制，敬老和养老完全依靠人性中的"善"和"自觉"。所以，张载想到"乡饮酒礼"这一制度、情理相结合的礼制形式。说白了，在云岩县进行的"敦本善俗"之礼张载在验证这一养老、敬老、尊老礼制的可行性。《张子全集·礼记说》中显示，张载对"乡饮酒礼"早已有了精深的构想。

张载说，东方为春天，春天万物开始生长，代表着"圣"；南方为夏天，夏天万物一片生机，体现了"仁"；西方为秋天，成熟稳重而又不动声色，是"义"的表现；北方则代表冬天，冬季大地凝结冰冻，一切都深藏不露，是天立足的地方。建国以后必须立"三卿"之职，这样，天子在三卿的辅佐下就可以贤明地理政了。而在民间应该建立乡饮酒礼制，让有德望的乡贤居中，其他老者和地方绅士环列在其周围，形成一个有礼有德的局面，大家代表各自的乡人将一年的情况相互交流，有问题的就提出来共同探讨，有值得学习的事情就共同分享，敬酒的时候都应该按照先尊后卑、先长后幼的秩序，形成一个贤良的礼制美德，以此来教导和感化乡里乡亲及其后代。这是一件多么贤明的事情啊！

"乡饮酒礼"在张载的创设推进下，成了明清时期尊老、敬老、养老的标杆，也为他的礼学之路开辟了新的板块。这样的礼制是为民间百姓所欢迎的，也是礼法治国的一个参考版本。

礼制的言传身教

《横渠先生行状》中载："近世丧祭无法，丧惟致隆三年，自期以下，未始有衰麻之变；祭先之礼，一用流俗节序，燕亵不严。先生继遭期功之丧，始治丧服，轻重如礼；家祭始行四时之荐，曲尽诚洁。闻者始或疑笑，终乃信而从之，一变从古者甚众，皆生先倡之。"可见，张载行礼治学皆重于践行。熙宁十年（1077年），张载第二次受诏入朝担任同知太常礼院的礼官一职。由于他一心要"复古礼制"，其意见和礼院官长多有不合，致使自己以礼治世的理想难以实现，只有再次辞官。返乡途经洛阳时，他和二程进行了著名的"洛阳论学"，谈及最多的还是礼治话题，如"以礼为教""龙女衣冠"等。张载去世后，人们遵循其遗愿，以古礼下葬之："又卜以三月而葬，其治丧礼一用古，以终先生之志。"

如果说张载推行的古礼是一种倒退的表现，从而遭到"礼院官长多有不合"的结局，并以此来定论他所推行的礼制是反时代的话，那就大错特错了。张载去世后，他不仅因"尚古礼有德范"受到宋神宗"丧葬费支半"的抚恤优待，其礼制教导下的弟子们更是将老师的礼制遗愿进行了传承和推进。

弟子范育在恩师去世十年后已官至太常少卿（宋代礼官中职位很高的一种，一般在皇帝登基等重大祭祀活动中担任主礼官）。而另一弟子苏昞在元祐末年（1094 年）由同门师兄吕大忠推荐，担任太常博士，负责祭祀、礼乐方面的施行。此项职务不仅和其师张载生前所倡导的"恢复三代古礼"的"礼德"思想高度一致，更加巧合的是，张载在去世前也担任过太常礼院的礼官职务，这不仅是继承了思想，就连官职上也是衣钵相传的。

以礼治推动法治的施行，最后达到天下富足、万民和谐，实现天人合一，走向太平盛世——这是张载礼学思想的最终蓝图。

兵术家张载

熟知张载的人大都知晓这位理学宗师在哲学、教育领域的重大贡献，也知其作为朴素唯物论者在天文、地理乃至农业水利方面的积极践行。这些是世人对张载最直观深刻的认识，也是他终其一生"俯而读，仰而思"的居功修为。然而，张载对后世的贡献远未止步于此。他不仅是新儒学的奠基者和关学创始人，也是一位积极的军事思想观察家。纵观张载一生在兵术上的建树，可按时间先后以其四次与军事结缘的历程来做统一梳理。

年少喜兵，追随焦寅

宋时的眉县距离关中北侧邠州（今彬县、永寿一带）不远，而邠州则靠近延州（今延安市）。宋初，西夏不断在延州一带对宋廷用兵，而后者又表现出唯唯诺诺的消极避战态度。自宋太祖"杯酒释兵权"后，从中央到地方武备松弛，能征善战的可用将才稀缺，加之北方多次遭辽国侵袭，北宋政府对此征讨不力后，只能以交纳岁币、割地等方式与辽委屈求和。尤其"檀渊之盟"之后，宋廷对外的军事懦弱性集中表现出来。"军事无能"一度成为宋廷军事力量的代名词，这亦是西夏不断侵扰北宋最直接的原因。如入无人之境的西夏铁蹄不断冲破甘陇、延州等西北边塞，直指关中地区，致使生活在关中北部邠州地区的宋民苦不堪言。虽然宋王朝向西夏"赐"绢、银和茶叶等大量物资，以换得边境和平，但这些"恩惠"举措并未阻止西夏的侵略野心，开支庞大的"岁贡"反而加剧了战火的蔓延。邠州一带便自发出现了各种形式的地方民团组织，精通兵法且具尚武精神的焦寅是该时期的兵家代表之一。

张载从小天资聪颖，十岁随外傅学习，就表现出不同常人的品格。"志气不群，知虚奉父命"即是少年张载的写照。张载于横渠定居时年约十五，家境贫寒的他无力读私学，只能大量阅读父亲自涪州任上带回的各类书籍。读书的同时，他也关注时事变化，家乡周围不断冒起的战火对少喜谈兵的张载刺激极大。史书里对焦寅其人其事记载不多，更别说张载与之交往的具体过程了，但从当时的社会环境和横渠镇到焦寅家乡永寿（不过五十公里左右）的距离来看，二人很可能是有交集的。《横渠先生行状》中载："少孤自立，无所不学。与邠人焦寅游，寅喜谈兵，先生说其言。"此言即是张载年少时喜兵好武，追随焦寅的极好佐证。

欲展兵法，结缘范公

宝元元年（1038 年），党项族人李元昊称帝，建国号大夏（史称"西夏"），定都兴庆府（今宁夏银川），与宋朝的外交关系正式破裂。1039 年，为逼迫宋廷正式承认西夏国的合法地位，李元昊率兵进犯北宋边境，于延安三川口大败宋兵，集兵于延州城下，准备攻城，这就是历史上有名的"三川口之战"。消息传至京师，朝野震惊。康定元年（1040 年）七月，因边关吃紧，宋仁宗赵祯升众望所归的范仲淹为龙图阁直学士，诏令其与韩琦同为陕西经略安抚副使，担任安抚使夏竦的副手。八月，范仲淹请知延州，到任后更改军队旧制，分部训练，轮流御敌；同时修筑青涧城和鄜城，作为军事基地，节省边境开支。仁宗诏命这支军队为"康定军"。一系列积极的军事决策和范仲淹的临危受命，极大鼓舞了西北地区军民抗击西夏的决心和意志。机遇巧合下，张载和范仲淹结缘了。

张载得知范仲淹到任延州后，怀着满腔的报国热情带上早已准备好的抵御西夏军队的军事策略《边议九条》，向范仲淹上书陈述自己的军事主张，准备为国家建功立业，以此博取功名。《边议九条》包括"选吏行边""募善守之人，计定兵力""计民以守""组织民团""择帅""养兵""用兵"等方面的军事主张，详尽务实。范仲淹对张载其人以及他的军事才能颇为赞赏，并敏锐洞察到他对儒家之理颇有见解，在学问研究上或有更大突破。于是，他力劝张载放弃从军之志，专事研究《中庸》等儒家经典，力求在学术方面做出更大建树，报效国家，实现人生价值。关于范、张的这段交往，《宋史·张载传》中做了较为翔实的记载："张载，字子厚，长安人。少喜谈兵，至欲结客取洮西之地。年二十一，以书谒范仲淹，一见知其远器，乃警之曰：'儒者自有名教可乐，何事于兵！'因劝读《中庸》。"或许是历史的选择，张载听取了范仲淹之言，自此确定了究学问道、钻研义理的志向。

虽然张载后来用心研学，却并未放弃对兵术的兴趣，亦无中断和范仲淹有关军事方面的交流。1042年，宋廷为防范西夏进一步南下侵略，令范仲淹在安阳府城（今甘肃庆阳）西北修筑大顺城。即将竣工时，范仲淹专门邀请张载赶赴庆阳，为此次建城撰写碑文，于是便有了流传至今的《庆州大顺城记》。张载将范仲淹的"连璧""保兵储粮""避敌徐图"等军事策略和自己对西夏战事的观点进行了结合，并形成体系，以碑文的形式呈现出来。可以说，《庆州大顺城记》不仅是对大顺城竣工所具有的军事意义的总结，更是范、张二人军事思想的联袂展现。

签书渭州，专仕军职

嘉祐二年（1057年），张载进士登第，先后任祁州（今河北安国）司法参军、云岩县令、著作佐郎、签书渭州（今甘肃平凉）军事判官（相当于今天的地方市县的武装部长类职务）。据史料分析，张载任职签书渭州军事判官一职的时间当在1067年左右，也就是他为官的最后几年。历史上没有记载他被朝廷派往渭州担任军事判官的原因，但通读《张载全集》后可以知悉，张载在各地为官期间会不时展现出卓越的军事才能，其为官之地大都地处西北一带，不可能不与军事发生关联。虽然军事判官的职务级别较低，但他丰富的兵术思想并未因此而被埋没。当时，宋廷的环庆路经略使蔡挺比较认可张载的军事才能，因同处一地，两人的关系极好。环庆路经略使府内的大小事务，蔡挺都要向张载咨询。张载也曾说服蔡挺在大灾之年取军资数万救济灾民。其间，张载创设了"兵将法"，训练边防军民联合作战，还提出罢黜戍兵（中央军）换防，招募当地人取代等建议。他还代替蔡挺撰写了上奏朝廷的《经原路经略司论边事状》《经略司边事划一》等奏文，尽显其卓越的军事思想深度。

张载晚年的军事主张散见于史料，集大成者即为《经原路经略司论边事状》一文。在此，原文引入，以飨读者：

近日传闻谅祚身死，已有朝旨令接引告哀人使过界。足见朝廷含容之意，务在息民，随物应机，达于事变，虽元凶巨恶，尚不欲乘其忧患，别议讨除，使四夷知中国为一无为字。仁义，为计甚善。然谅祚猖狂，罪在不赦，边陲衅隙，已动干戈，君臣之义既亏，约束之令不守。今其嗣子始立，遣介告哀，事同初附，理必精思。若不以丁宁指挥，提耳告谕，的确事节，当面叙陈，将恐羽翼既成，却论旧怨，志怀稍适，辄踵前非，谋之不臧，乱靡有定。某今有人使到阙，朝廷合降指挥画一事件，伏望少赐裁择！具如后：当面，一作当回。

一、乞降朝旨，令馆伴臣僚分明说与西界人使："自种谔等及沿边得力使臣，所以建议开纳横山人户，为见汝主谅祚招纳过沿边罪人景珣之徒，信其狂谋，公然任用，僭拟官名制度，及诸般妄动不臣之状，一一指实事言与，自来内外臣僚多议兴兵问罪，朝廷不欲烦民，致使沿边忠臣义士不胜愤怒，遂有今日专辄之举。"

一、乞降朝旨说与西人，言："种谔等所以专擅修筑绥州，安存嵬名山等投来人口，为见汝主有从来招收下本朝逃亡军人百姓作乐官工匠及僭创作簇马御龙直名目，诸般占使，是致边臣久一作不。愤。"

一、乞降朝旨令说与西人，令："先缚送取景珣并其家属及前后谅祚所存洎逃走军人百姓，尽还汉界，朝廷当与汝国别定两界约束事件，各常遵守。"

一、乞降朝旨说与西人："汝主谅祚违拒朝命，不纳诏使，前后逆节不一。今来朝廷以汝主谅祚既死，不欲乘汝国凶丧饥旱，便谋剪戮，爱惜两地百姓。须仰汝主将取知恩改过结罪文字进来，朝廷更待观汝主诚意，礼节如何，别有指挥。"

一、乞说与西界人使，言："有谅祚猖狂及今来汝主幼小，窃虑主张木国事体不定，常萌僭逆。今来欲将本国岁赐分减一半与汝国近上主兵用事臣僚十数人，正令受朝廷官禄，主持国事，安存汝幼主，不令妄动，及为朝廷保守封疆，不扰百姓，令本国君臣具利害文字进来。"

一乞将上件五事，拣择中外有心智词笔臣僚，令作诏书付夏国新主，以观其谋，以夺其心，以正其初，使知过恶在彼，不敢妄动。及宣示陕西一路及沿边蕃汉军民，令自今后更不得乱出一人一骑，妄生事节，听候夏国新主奏报如何，别听处分。

这篇上奏宋廷的军事奏章可谓是张载对西北边事分析和排兵布阵最直观、最详尽的体现，也是其一生在军事思想方面最杰出的成文典范。

横渠论学，评议保甲

熙宁三年（1070年），王安石变法进入深水区。此前，张载因那句"公与人为善，则人以善归公"，已让执政者很是不爽，加之其弟张戬反对变法而被贬湖北公安县，这些都是促使张载辞官归乡专事"究学理宗"的直接原因。所以，他辞去即将到任的"崇文院校书"一职，致仕回乡。回到横渠后，张载便居住在崇寿院（横渠书院），潜心理学研究。其间，他并未完全放弃对政治、经济、军事的关注和思考，尤其对新政之一《保甲法》的研究更为深入。

王安石制定的《保甲法》是将乡村民户加以编制，十家为一保，民户家有两丁以上则抽一丁为保丁，农闲时集中接受军事训练。此法目的是加强对农村的统治，维护农村社会治安，建立全国性的军事储备，节省大量的训练军费。但张载及其弟子吕大均、范育等则对此法颇有不同见解。熙宁六年（1073年），张载在横渠书院提出：主张遵循王制，以《周礼》"文饰今而用"，反对"不议制产，而速图师役，以求便众"等观点。这些辩驳《保甲法》的观点在张载给范育的《与范巽之书》中可见一斑。《与范巽之书》全文为：

> 示问保甲，比侯和叔来，详闻近议近制，徐为答。然近见岐却取三丁为义勇，入府教集，或虑已有更革，故益难妄计。大率附近古制，小大必利，苟不得亲民良吏，虽三代法存，未免受弊，况半古之法又乌能？借如正观府兵，求之史，纵若便时，窃计民间之害亦未免。盖不议制产，而遽图师役，求以便众，万万无此。（摘自《永乐大典》卷八四一四，十四页引《张横渠集》）

熙宁十年（1077年）春，秦凤路（今甘肃天水）守帅吕大防上奏神宗皇帝召张载回京任职。此时，张载肺病已加重，但他不愿错过这个施展政治主张的机会，便带病入京。神宗任用其担任同知太常职务（礼部副职），但未及月余张载便因与上级官长政见不和，再次辞官致仕。归途中，张载因病情突变而病逝于临潼。

从张载一生的兵术思想轨迹看，青年时的他受军事家范仲淹慧眼识才，走上了"究学名教"的道路；中年时在各地为官，耳濡目染了诸多军事见闻，又担任过签书渭州军事判官这样的军职官员，而且得到环庆路边帅蔡挺的认可和支持；生命的最后时刻，仍然受到秦凤路守帅吕大防（时称"凤帅"）的举荐，回朝为官。这样一位集哲学家、思想家、教育家为一身的理学宗师，其人生历程中竟然和诸多军事人物及军事要略紧密结合，是命运的安排，还是历史的巧合？

无论怎样，我们今天在研究圣贤张载的人生历程及理学要义时，其兵术思想一定是绕不开的重心之一。

张载的"九型人格"

　　"哲学家"这个名头乍听起来，给人严谨、严肃、认真，甚至"较劲"的感觉。不错，这正是身为理论研究者共有的特性。他们身上有一股钻研的精神，甚至会被称为"一根筋"，不将问题的症结和理论根源弄清楚绝不罢休。这样的人又被大众冠以"理性思维者"或"情商缺失者"的帽子。

　　张载不仅拥有哲学家的头衔，而且研究范围还涉及自然天象、军事兵术等，甚至说他是种田耕地、修渠打井的农民也一点儿不为过。这样一个兼具理性思考和体力劳动之人，真的会缺少情商吗？吕大临在《横渠先生行状》中有言："先生气质刚毅，德盛貌严，然与人居，久而日亲。"一下子将张载描绘成一脸严肃、久暖才热的不苟言笑者。

　　其实这样的论调完全是一厢情愿的猜测，或者说，持这种观点者根本就不了解作为哲学家、思想家、教育家的横渠先生。历史上的张载不仅高智商，而且高情商，否则怎会因政见不合，两次率性致仕而归？又怎会在任职云岩县令期间施行"敦本善俗"的感性管理方针？一个不争的事实是，不苟言笑的张载一生中除了撰写了大量理性思想巨著，如《正蒙》《经学理窟》等，竟还是一位有情有调的文艺爱好者。因为同西晋文学家张载重名，及古人辑录的失误，现能确认的出自北宋张载之手的诗词数量为六十篇之多。比如那句著名的"顾我七年清渭上，并游无侣又春风"就出自《诗上尧夫先生兼寄伯游正叔》一诗。根据二十世纪发端于美国斯坦福大学的"九种性格形态学"，又称"九型人格"，姑且将张载众多诗词依照国际性格学最潮的解释进行匹配，看看他究竟是常人所说的"冰冷理性人"，抑或思想豁达、情感丰富的"情商达人"。

完美型

张载"苦心极力，俯而读，仰而思，有识则记之"，做事认真，特别是在学术研究上，容不得半点漏洞和马虎。当初，他尊崇范仲淹的指引，专攻学问，用了数年时间才确定研究方向应是"新儒学"。这样一位极负责任心和使命感的古代学者，我们称其为"完美型"思想家。其所作《芭蕉》一诗就是该型人格的绝佳体现：

> 芭蕉心尽展新枝，新卷新心暗已随。
> 愿学新心养新德，旋随新叶起新知。

如果说上面这首诗是胸怀天下"大完美"的表达，下面这首《克己复礼》则是张载对待具体学术研究"小完美"的自我要求：

> 克己工夫未肯加，容骄封闭缩如蜗。
> 试于中夜深思省，剖破藩篱好大家。

丰富型

依照马斯洛的"需求论"分析，人一生下来，就注定了其"欲望"的丰富性。无论是怎样的一个人，圣者抑或普通人，求生之外，还有很多比"生"更重要的需求。张载也不例外。从他研究的思想类别，如天道论、礼德观、教育、兵术、天象、政治等就可以看出，其人生追求之丰富远远大于常人。这从他以下两篇诗作就可见一斑：

土床

土床烟足绌衾暖，瓦斧泉乾豆粥新。

万事不思温饱外，漫然清世一闲人。

春晚（其一）

云霭浮空半雨晴，茅檐未忍扫残英。

欲将春物飘零尽，只有黄鹂一两声。

两诗虽然描写的是土床、云霭、浮空、茅檐、残英、黄鹂这些看似闲情逸致的景物，其实张载是在"寄情山水托志云天"，其宏大的治世思想早已"直上云天俯视神州"。

全爱型

什么是全爱？就是博爱、大爱，胸怀天下、济世为公的无我宏愿。毋庸置疑，张载诗词中最能体现这种博爱情怀的诗作非《横渠四句》莫属：

为天地立心，为生民立命，为往圣继绝学，为万世开太平。

济世济道济苍生——如此的宏大理想绝非"自我型"或"利己

主义者"所能包容。这不，在《横渠四句》外，还有先生的另外两首诗歌从"圣心"和"苍生"的角度也对"博爱"进行了诠释：

圣心

圣心难用浅心求，圣学须专礼法修。

千五百年无孔子，尽因通变老优游。

送苏修撰赴阙四首（其一）

阖辟天机未始休，衫衣胝足两何求。

巍巍只为苍生事，彼美何尝与九州。

通过这些诗句不难看出，张载不仅爱民、爱圣人，也爱苍天。换言之，他热爱整个宇宙，就如他对世间万物的态度写照："民，吾同胞。物，吾与也。"不这样，又怎能成为"立心立命"的一代关学圣人——张横渠呢？

成功型

如果认为张载一心为民，不追求成功，视功利为草芥，那就过于片面了，或是误解了他。张载一生志向远大，但并不意味着他不渴望成功。生活中的他有着比一般人更强烈的抱负，一句"人皆可以为尧舜"就是最好的说明。在他诸多的诗词中，先生对成功的愿景绝非寻常。请看：

题北村六首（其一）

渭南泾北已三迁，水旱纵横数顷田。

四十二年居陕右，老年生计似初年。

君子行

君子防未然，见机天地先。

开物象未形，弭灾忧患前。

公旦立无方，不恤流言喧。

将圣见乱人，天厌惩狐偏。

窃攘岂予思，瓜李安足论。

需要补充的是，张载心中的"成功"并非一般人所理解的"功利"，也并非"王霸天下"的"大我"欲望。爱人、爱他、爱天、爱地、爱己、爱万物，这才是张载"成功"的目标所在。

能力型

张载的能力如何？观者自有判断。可他是否将其所具备的能力进行了展示，或说，有无将自己进行"营销"，以获取机会？回答是肯定的。每一个追求上进的人当然要具备这种非凡的洞察力，"姜太公钓鱼"式的成功现实中是不存在的。如果你将自己"藏起来"，恰恰说明你不具备为人所用的能力。张载就是这种积极"营销"自我的进取型人才，非但积极，而且勇敢。

在《八翁十首》其九中，他很好地抒发了这种"身在眉县褒斜口，心却为蜀汉天争下"的远大抱负：

褒斜谷口卧龙翁，遍圆身世戒身同。

不应三顾逢先主，至今千载慕冥鸿。

而在他遭遇仕途失意、政治理想遇到挫折时，依然壮心不已，借《送苏修撰赴阙四首》其二表达了一种强烈的自信以及对前途的坚定信念：

> 道大宁容小不同，颛愚何敢与机通。
>
> 并疆师律三王事，请议成功器业中。

忠诚型

"忠诚"是张载的标配。可以说，他做到了毕生尽职尽责，可谓"春蚕到死丝方尽"。在《别馆中诸公》一诗中，张载写道：

> 九天宫殿郁嵯峨，碧瓦参差逼绛霄。
>
> 藜藋野心虽万里，不无忠恋向清朝。

而面向汴梁，张载时时想到仁寿宫，想到宋神宗，想到他和神宗皇帝的彼此欣赏。于是，在遥远的西北，在太白山下、渭水之畔，他将对神宗的思念和对宋廷的耿耿忠烈化作诗情一片，以《老大》为题，抒发了自己忠贞不贰的报国情怀：

> 老大心思久退消，倒巾终日面嵯峨。
>
> 六年无限诗书乐，一种难忘是本朝。

艺术性

所有的思想家都是艺术家，所有的思想作品都是精美的艺术呈现。拥有众多"大家"头衔的张载，其艺术张力的表现必定是美轮美奂、流光溢彩的。《我欲》和《春晚（其二）》两篇诗作即是先生在审美方面的绝佳呈现：

我欲

我欲庭前木叶疏，病枝衰蔓手披除。

从今燕坐无通塞，来往风烟任卷舒。

春晚（其二）

浮花浪蕊自纷纷，点缀莓苔作绣茵。

独有猗兰香未歇，可纫幽佩击余春。

智能型

"苦心极力"说的是张载认真做事、用心待人的品行，并非指他木讷或愚痴。一个明证就是张载的关学思想中并非都是清一色的孔孟礼德，其中也融入了不少智慧色彩。最能将其"智慧"体现完美的诗作当属《八翁十首》其三：

磻溪溪畔钓鱼翁，濯缨溪水听溪松。

龟猷未告非熊兆，渔蓑堪笑老龙钟。

另外两篇诗作则对张载有关"智能"的具体实施做了透彻的抒发：

萱草

萱草花开十日余，花繁日日倍于初。

朝开暮落终非计，栽活青松渐剪除。

诗一首

学易穷源示到时，便将虚寂眇心思。

宛如童子攻词赋，用即无差问不知。

如此"智能型"，除非有备而来，否则对释老的领悟一定不够全面，而这才是张载的智慧所在。

和平型

归根结底，张载和所有的治世能臣、先贤、大儒一样，无不心系生民、胸怀天下，对未来的愿景必定是天下太平、国家富足、百姓幸福。不如此，怎么能实现张载"天下一家，中国一人"的美好设想？请看：

鸡鸣

鸡鸣嘤嘤兮台怀忧，兄弟表里兮台心求。

黄金门，白玉堂，置酒恺乐，荣华有光。

桃伤李僵，尔如或忘。

睢阳五老图

太平气象养高闲，宴赏诸公老致冠。

朝野已闻亲相业，庙堂曾睹漆丹桓。

形容杰出新图粲，德泽雄沾旧俗寒。

一片忠心涵国史，桑田虽迹迥谟看。

题北村六首（其一）

求富诚非惮执鞭，安贫随分乐丘园。

两间茅屋青山下，赢得浮生避世喧。

　　"九型人格"是现代人发明的专利，却是古人的"自然专属"。先贤们固然没有给这"九型"起个动听的名字，但冥冥中，他们早已对人性的"风格"和"归宿"洞若观火。斯坦福大学开发的"九型人格"公开课在张载这里一一得到了印证，且个个都是高分。有人性格外露，喜欢张扬；有人性格内敛，外冷内热。张载属于后者，"苦心极力""气质刚毅""太直无隐"是他的气度风范和处世准则，也是他走向圣学殿堂的资质基础，如若换成"圆滑机巧""大智若愚"，他不一定能成为今天受人膜拜的圣贤。脱离了"真"，所有的表现都是"伪"。张载以诗歌的方式彰显了自己丰富的内心世界；而通过他的诗词，我们看到的不是想象中的"冰冷无趣男"，而是一个充满灵性的"动态张载"。这样的张载绝非"一根筋"，而是"九型人格"的集大成者。

"北宋五子"的千年之交

　　对国学和传统文化稍有研究者都知道"北宋五子"，即周敦颐、张载、邵雍、二程（程颢、程颐）兄弟。此五人因对开创孔孟新儒学（理学或宋明理学）做出的巨大贡献，被后世学界奉为"理学五子"，又称"宋五子"或"北宋五子"。

　　其中，周敦颐（1017—1073 年）为宋代理学的开山之祖，其学说混合了道家无为思想和儒家中庸思想。其著作《太极图说》堪为宋明理学初期的代表作，书中提出"太极而无极"的宇宙生成论，为科学宇宙观奠定了基础。他开宗明义地告诉世人：世界是圆的，是有阴阳变化规律的，一切事物的发展必须遵循自然的变化。邵雍（1012—1077 年）为北宋天象数学的创立者，其思想源于道教。他将宇宙发生的过程归结为神秘的"象""数"的演化过程，以"天地之数"和"圆方之数"作为天地源起之象征，并以此二数分为十六大位，以穷究天地体用之变化。二程为北宋理学的奠基者，建立了系统的以精神性的"理"（万理归于一理）为核心的学说体系，且二程的"洛学"与朱熹的"闽学"被南宋以后的各朝奉为国家科举考试的官方指南，后人将之合称为"程朱理学"。

　　周敦颐酷爱老家濂溪，其理学学说被称之为"濂学"。他的"太极而无极"理论和其后张载开创的"关学"所主张的"气本论"有着紧密的关系。张载认为"太虚不可无气，气不可无太虚""太虚无形，气之本体。其聚其散，变化之客形尔"。在周敦颐"天地是太极"的观点上，张载将世界描述为"太虚"，而"太虚"就是宇宙的本体。周敦颐认为"太极"的运作是靠"气"，这也是道家哲学思想观的集中体现；而张载认为"太虚"和"气"是两个相对客观的主体，是相依相存的关系。他将自然界概述成"太虚即气"，认为"气聚则凝聚为物，气散则回归太虚"。这在古代哲学思想领域堪称较为突出的成就，而周敦颐的"太极而无极"无疑对关学起到了承前启后的作用。

张载比周敦颐小三岁，两人的诸多理学思想已成为宋明理学公认的开山之作。但翻遍史书典籍，却难以发现二人有过直接接触。而程颢（1032—1085 年）、程颐（1033—1107 年）则与周敦颐有过交集，甚至一度还是后者的学生。庆历四年（1046 年），周敦颐担任荆湖南路郴州郡郴州县令期间最突出的政绩就是兴教办学。初到郴县，周敦颐就拨冗利用旧有县学兴教讲学。当时，二程之父程珦身在南安（今江西省大余县南安镇），距郴州不远，有机会结识周敦颐，见他"气貌非常人"，与之交谈，更知其"为学知道"，便与之结为朋友，随即将二子送至南安，拜其为师。周敦颐气质高雅，看重"诚"、讲究"静"，那篇传世的《爱莲说》正是其学风品德之明证。而二程兄弟亦被后人贯之以"雅致德高""操守高洁""儒态可拜"。冥冥中，二程之品行美誉和濂溪先生不谋而合，可见师徒间传递的不仅是学说，更是高格的人品气质。

邵雍，字尧夫，谥号"康节"，集聪颖智慧和勤奋努力于一身，在北宋理学的发端中也做出了不朽的贡献。据《宋史·邵雍传》载："（邵雍）始为学，即坚苦刻厉，寒不炉，暑不扇，夜不就席者数年。远而古今世变，微而走飞草木之性情都能深造曲畅，通达不惑，

厚道圣人：张载关学千年寻踪 |

而且智虑绝人，遇事能前知。"可见，邵雍不仅刻苦努力，更是天资聪颖的天才化身。他著书立说，有《皇极经世》《观物内外篇》《伊川击壤集》等著作十余万言流传于世。他认为历史是按照定数演化的，并以其先天易数，用元、会、运、世等概念来推算天地的演化和历史的循环。对后世易学影响颇深的《铁板神数》《梅花心易》都出自邵雍，后人尊称他为"邵子"。无论从才干或品德方面看，邵雍都不亚于孔明，只因其长期隐居，其名不为后人所知。程颢曾在与邵雍切磋之后赞叹："尧夫，内圣外王之学也！"程颐亦评价其："其心虚明，自能知之。"

邵雍比张载年长约十岁，在学问方面起步得也比较早，可说是张载的"理学先兄"。其最大成就——"易说"显然影响了远在关中的张载。张载在延州拜见范仲淹后，回归故里研究学问，首先触及的就是"易"。那时，邵雍应是三十多岁，已有了相当的学术名声。虽然尚无确凿史料显示张载所编撰的《横渠易说》受到了邵雍的指导，但其所涉内容和邵雍对易学的理解是一致的。如他认为，"以阴阳奇偶之数作为天圆地方之数的基础，并以阴阳刚柔之四象、八卦配合干支之数，参以天地变化之数和体四月三之原则，以导出象征生灵万有之动植通数"。这些学说和观点都和张载提出的有关天文的科学思想有着紧密的连接，且两人都喜好占卜和命理。抑或是心有灵犀、习性相通，他们在生命的最后时刻竟然走到了一起。

熙宁十年（1077年），张载二次辞官，准备回乡。启程前，寓居汴梁的邵雍已病入膏肓，进入生命的最后时刻。《宋史》卷四二七载："雍疾病，司马光、张载、程颢、程颐晨夕候之，将终，共议丧葬事外庭，雍皆能闻众人所言。"又据《二程集·邵氏闻见录》载："熙宁十年……康节已病，子厚知医，亦喜谈命，诊康节脉曰：'先生之疾无虑。'又曰'颇信命否？'康节曰：'天命某自知之，世俗所谓命，某不知也。'子厚曰：'先生知天命矣，尚何言。'"这是张、邵二人有文字记载的唯一一次见面对话。遗憾的是，这次相会竟是他们的永诀。张载与司马光等人安葬完邵雍后，于同年在归返横渠的途中也因疾病发作追随邵雍而去。人生的无常竟也是如此的巧合！

"北宋五子"中与张载交集最多的当属二程兄弟。从血缘上看，张载还是二人的表叔，比其他人关系亲密很多。

1056 年，三十七岁的张载赶赴宋都汴梁参加科举考试。等候发榜期间，他受文博彦（时任副丞相）之邀，在开封"设虎皮椅，开坛讲《易》"，据说观者数千，听者赞誉不绝。二程闻讯而来，听完表叔的讲学，即对其所讲内容提出了诸多意见。三人论毕，张载遂感"学不如二程"，随即撤去虎皮椅，对众多听讲者表示二程才是诸位应该学习的对象，自己并不如他们。这个故事展现了张载在治学方面的谦虚态度，也验证了他与二程之间术不避亲的可贵品德。其后，二程与张载多有交流。1069 年，因与王安石政见不合，张载被远派至明州（浙江宁波）审理苗振贪腐案件。程颢曾上书神宗要求留张载在朝为官。《乞留张载状》一文就是程颢所写。紧接着，张载与程颐又通过书信来往"论修养功夫"。《二程集》中，程颐又作书《答横渠先生书》。这一系列的举荐、交流、书信往来等，无不说明张载和二程之间紧密的关系，以及对某些问题的见解契合程度之高。

张载思想中最被二程称赞的是他的《西铭》。这篇励志铭文其实是其著作《正蒙》最后第十七篇"乾称"中的一段文字。张载本人也将之视为可张贴至横渠书院墙牖（墙上开的窗户）上供学生阅览的座右铭，并曾以《订顽》为题，录于书室。张载去世后，此文被程颐改名为《西铭》，当时学者皆"悉宗之"（认为名字改得好）。

《正蒙》中的另一段文字，张载也曾以《砭愚》为题书于墙牖，后也被程颐改称《东铭》。但相比之下，还是只有两百五十二字的《西铭》影响力更大。

此外，关学和洛学中的很多见解都是可以互为解读的。张载去世后，很多关学弟子纷纷投拜二程门下，继续学习洛学，形成"关洛融合"的局面。值得一提的是，1077年张载从汴梁再次辞官回横渠，途经洛阳时和二程进行了此生最后一次面对面的深入学术探讨。这次探讨的中心为井田制、穷理尽性、龙女衣冠、以礼为教四个命题。其后，张载继续西行，行至西安临潼突发重疾而故，终年五十八岁。程颢遂作悼词《哭张子厚先生》，以怀念这位亦师亦父、亦兄亦友的理学大宗。其悼词云："叹息斯文约共修，如何夫子便长休！东山无复苍生望，西土谁共后学求？千古声名联棣萼，二年零落去山丘。寝门恸哭知何限，岂独交亲念旧游！"

张载生前曾写诗作《诗上尧夫先生兼寄伯淳正叔》于邵雍、二程三人。其中一篇如是道："顾我七年清渭上，并游无侣又春风。"由此可见，他们彼此间情谊甚笃，交往频繁。淳祐元年（1241年），南宋理宗赵昀下诏追封周敦颐"汝南伯"、张载"郿伯"、程颢"河南伯"、程颐"伊川伯"。在孔庙陪祀中，均有"北宋五子"的一席之位。其中，周敦颐和程颢于1241年、1313年两次从祀为先儒，1642年升为先贤，分别被供奉在东庑第三十七位和第三十八位；张载和程颐在1241年、1313年两次从祀为先儒，1642年升为先贤，分别被供奉在西庑第三十八位和第三十九位；邵雍也在1267年从祀为先儒，1642年升为先贤，被供奉在东庑第三十九位。此时，嵯峨庙宇、威然殿堂之上，"五子"齐齐端坐神位，以其留于浩瀚时空的博大心胸和精深思想依然向世人讲述着不老的哲思。而他们终于可以互为天佑，延续这千年的神交。

适逢张载千年诞辰，特在此作《千年五子歌》一首，以表对先贤"五子"的敬仰：

清风去悠悠，尘世激昂昂。
上者开混沌，我辈琉璃舟。
孔孟有高足，理宗有五子。
泱泱一千年，荡荡宇宙中。

敦本善俗赢得贵人

世人多认为张载天生我才、无师自通，以勤奋和悟性独自走上新儒学的巅峰，创立了别具特色的关中理学。毕竟，阅遍史籍也很难找到引导张载走向思想高地的领路人或启蒙者。但真的不存在这样一位高人吗？非也。对张载来说，范仲淹和文彦博就是两位不可多得的恩师。

前文我们已经说过范仲淹慧眼识张载的故事。范、张相差三十一岁，却并不妨碍两人相互欣赏、彼此认同。两人既是师生，也是父子。一位是誉满宋廷的国之栋梁，一位是冉冉上升的国之重器，历史让两颗璀璨的明星相遇，并彼此映照。对张载来说，是范仲淹为他指明了人生的发展方向。然而仅有方向也是不够的，若无人赏识并提供绝好的机会或展现的平台，即便是金子也很难发光。张载何其幸运！这时，他遇到了另一位贵人——北宋名臣、两任宰相文彦博。

文彦博祖籍山西介休，数代先祖均为晚唐、五代时的显贵。其祖先原本姓敬，因避五代晋高祖石敬瑭和宋翼祖赵敬（赵匡胤之祖父）的名讳，而改姓文。宋真宗景德三年（1006 年），文彦博出生。少年时，他和张昪、高若讷跟随颍昌人史炤学习经术。史炤之母觉得文彦博不同寻常，逢人便说："这孩子是贵人啊！"其后，大家都很厚待他。天圣五年（1027年），文彦博考中进士，历任翼城县知县、通判绛州、监察御史等职，又升任殿中侍御史，官宦之路相当顺利，特别是在抵御西夏军队的侵略、平息王则的叛乱及裁撤大宋八万军队等重大事件上，均显示了其不凡的领导才能。

皇祐三年（1051年），御史唐介上奏弹劾文彦博，称他曾送蜀锦给张贵妃，才有被任命为昭文馆大学士的机会。宋仁宗因此将唐介罢职，文彦博也被降职，贬为观文殿大学士、许州知州，后又改为忠武军节度使，主管永兴军。而永兴军的指挥中心就在陕西长安。历史总是这样，要么是你找到机会，要么是机会来找你。文彦博听闻张载在经典学说方面颇有造诣，其"居郿养亲"的敦厚孝行也在关中盛传。文彦博也是家中孝子，虽然官居高位，但向来礼贤下士，为人宽厚和善，得知张载的良好德行，心生器重之情。于是，他派人邀请张载去长安学宫讲学。《横渠先生行状》中记载了这次恩师受到的礼遇："聘以束帛，延之学宫，异其礼际，士子矜式焉。"时值至和元年（1054年），文彦博四十九岁，张载三十五岁。这次讲学取得了极大的成功，为张载下一步的发展奠定了坚实的舆论基础，而张载的道学之名由此逐步为世人所知。今天营销界有句话，"如果你被一个人看重，不是你要'兜售'自己，而是对方会主动接连'买单'"。文彦博就是这么一位连续"买单"的人。

1057年，在汴梁备考的张载受到重回朝廷担任宰相的文彦博的再次邀请，在相国寺讲《易》，寺内还特意置了一张虎皮椅。古时，能坐上虎皮椅的一般有两类人，一是大威之人，二是大贤之人。文彦博以如此隆重的方式礼遇张载，可见对其学识和人品的认可之深。张载果不负文彦博所期望，一时"听从者甚众"，及至"万人空巷"。此次讲学让张载一炮而红，人气声望扶摇直上，加之不久后进士及第，张载可谓春风得意，风头无人能及，苏轼、苏辙兄弟，二程兄弟，蓝田吕氏兄弟等纷纷前来与之结交。值得一提的是，同科进士吕大钧率先拜入张载门下，学习理学，结束了张载长达数年"其学昏塞者难于领解，由是寂寥无有和者"的冷清局面。1065 年前后，受封潞国公的文彦博可谓权倾朝野，德高望重。巡视西北之际，他再次邀请张载到长安讲学。这次讲学不仅展现了关学理论之精髓，更奠定了张载"关西一人"的学术地位。随着门下弟子日丰，横渠先生这颗耀眼新星在北宋学界冉冉升起。

就这样，在文彦博的扶持下，一个属于张载的时代到来了，一个全新的理学宗派正在走向它的高光时刻。

纵观张载的人生曲线，范仲淹为他指明了发展方向，文彦博为他铺就了青云之路，这是张载的荣幸，也是关学的荣幸。

蓝田吕门力挺"厚道圣人"

大凡王者的崛起，身边必有一群铁杆支持者，否则大业难成。比如萧何、韩信、张良、樊哙之于刘邦；孔明、关羽、张飞、赵云之于刘备；长孙无忌、尉迟敬德、魏征、房玄龄、杜如晦之于李世民。帝王如此，圣贤亦如此。孔子之所以成为儒圣，正是得益于颜回、子路、子夏、曾参的追随，若非七十二贤，若非弟子三千，难以想象孔子之学能够传世不朽。论及张载的关学之壮大，就不得不提到北宋历史上赫赫有名的"蓝田四吕"，即吕大忠、吕大防、吕大钧、吕大临四兄弟。正是由于"四吕"的站台，关学脱颖而出，成为时人推崇的理学重要一脉。究其原因来自两个方面：一是吕大忠、吕大钧、吕大临三兄弟先后拜张载为师，引发关学大热；二是张载及其关学受到了"四吕"之中官位、声望最高的吕大防在政治和经济上的全力支持。

蓝田吕氏的先祖为汲郡（今河南省卫辉市）人，后迁居京兆蓝田（今西安市蓝田县）。祖父吕通曾任宋廷太常博士，父亲吕蕡简也曾担任刑部比部司的郎中。吕蕡简有子六人，除一子幼时早夭外，其余五子皆学有所成，考中进士，被授以官爵，尤以吕大忠、吕大防、吕大钧、吕大临四人最为出众，被时人誉为"吕氏四贤"，又称"蓝田四吕"（或称"蓝田学派"）。"四吕"兄弟在《宋史》中都分别有传。

长兄吕大忠（约1020—1096年），字进伯，北宋年间关学著名代表人物。皇祐年间考中进士，历任陕西华阴县县尉、山西晋城县令，后升任秘书丞；熙宁年间遭王安石排挤后辞官；元丰中期，朝廷启用他为河北转运判官；元祐初年，历任工部郎中、陕西路转运副使，以直龙图学士身份知秦州；绍圣中期，被升为宝文阁直学士，知渭州（今甘肃省平凉）。由于其弟吕大防遭新党排挤，吕大忠也遭到牵连，被降为待制，不久卒。死后以学士官职葬于蓝田。

二弟吕大防（1027—1097年），字微仲，北宋著名的政治家、军事家、书法家，声名最为显赫。1049年进士及第后，他一路做到尚书左仆射（宰相）兼门下侍郎，封汲郡公，后因"元祐党禁"被哲宗会同新党一派贬为舒州团练副使，至虔州信丰（今江西信丰县）途中病卒。南宋初年被追谥为"正愍"，追赠太师、宣国公。著有文录二十卷；工书法，有传世墨迹《示问帖》。

三弟吕大钧（1029—1080年），字和叔，自幼胆识过人、文才兼备，曾谏言朝廷"天下为一家，中国为一人"，深得宋廷上下认可，为北宋理学关中学派的代表人物之一。嘉祐二年（1057年）进士，授秦州（今甘肃天水）司里参军，任延州（今陕西延安）监折博务、三原知县、后供（今福建福州）知县等职。卒于任上。

老幺吕大临（1040—1090年），字与叔，宋代著名理学家，有"古代金石家之父"之美誉。元祐元年（1086年）位太学博士，后迁至秘书省正字；元祐四年（1089年）受范祖禹的举荐，但未及用，不久之后，就去世了，享年五十一岁。

世间万物本是有其必然联系的，人与人的交往也是如此。

张载之弟张戬（1030—1076年）自幼聪慧，少年时便才华非凡。皇祐五年（1053年），二十四岁的张戬和三十四岁的吕大忠同时进士及第。关中一地同时考中两位进士，这在当时绝对是轰动一时的头条，势必增进横渠张氏、蓝田吕氏两族的关系。而且，张载在出仕前，因其"敦本善俗"的品行和"气质刚毅，德盛貌严"的处世风格，赢得了关中仕人的尊敬和爱戴，还有名臣文彦博聘请其去长安官讲学的佳话等。以上种种都促成了张载和蓝田吕氏兄弟的交往，以及后来诸吕的拜师行动。

最先拜张载为师的正是同届吕大钧。1057 年，二人同中进士，入朝为官。吕大钧被授予秦州（今甘肃天水）司里参军，张载则被授予祁州（今河北安国）司法参军。两人算是平级的同事关系。吕大均为人谦逊好学，在老家蓝田时对张载的学识、品德已有所耳闻。汴梁科举间隙，张载在大相国寺坐虎皮椅讲《易》，风靡京师，同为考生的吕大钧对其顿生敬仰之情。1057 年进士授官后，吕大钧便拜张载为师，学习理学要义。在《蓝田吕氏遗著辑校》之《伊洛渊源录》卷八《行状略》中有载："君曰大钧，字和叔，姓吕氏。其先汲郡人……嘉祐二年（1057 年），以进士中乙科，授秦州司理、监延州折博务……盖大学之丧废绝久矣，自横渠张先生倡之，而后进蔽于俗尚，其才俊者急于进取，昏塞者难于领解，由是寂寥无有和者。君（吕大钧）于先生为同年友，及闻先生之学，于是心悦诚服。宾宾然执弟子礼，扣清无倦，久而益亲，自是学者靡然知所向矣。"这段文字是对吕大钧拜张载为师及由此引发张载之学受到追捧而大热的原因。由于吕大钧出身名门望族，与张载为同期进上，又同时入朝为官，他的拜师行动彻底改变张载门下"寂寥无有和者"的冷清现状，前来拜师的学生逐渐多了起来。这是张载及其关学初兴的引爆点，而吕大钧也为关学荣升理学一大门派立了首功。

熙宁元年（1068 年），在渭州军事判官任上的张载受邀回到陕西武功县绿野亭讲学，这是他在关中地区影响力较大的一次讲学活动。据说此次讲学轰动关中。由于讲学成功，关中地区仕子学人纷纷前来拜张载为师，吕大临也出现在此次拜师的弟子当中。由于吕大临慧根独具，对张载思想的理解精准到位，加之其学习刻苦，很快便成为张氏弟子中的一枝独秀。此时，张载仍在仕途，尚未回到横渠面授讲学，一般采用书信往来的方式进行授业或指导。《上横渠先生书（一）》便是该时期作为弟子的吕大临和老师张载进行交流学术时极为著名的书信之一。吕大临始终坚持张载提出的"气"为人和万物本源的一元论，并沿此思维路径，继续论证了"天人合一""天下一人""万物一体"等说，体现了关学"仁民爱物"的宽阔胸襟和济世情怀；同时又根据张载"一物两体"的辩证思想，提出了独创的"一体二用""生生不穷""与时消息""随时识事"等以及认识事物的变化规律，适应事物的变化形势，因势利导，不断变革图新的发展观。1076 年，吕大临又作《上横渠先生书（二）》《上横渠先生书（三）》，与老师探讨天道和性命的话题，寓意深刻。

张载去世后，吕大临于悲痛之中写下了著名的《横渠先生行状》，记述了先师张载的生平事迹和诸多功德。作为弟子，这是吕大临对张载最敬重的献礼。尽管后来吕大临随其他弟子转投二程门下继续问道理学，但他对张载提出的"气一元论"始终深信不疑，并结合关学的"气"对洛学的"理"进行了一番全新的阐释，从而使得吕大临在程门弟子中获得了学霸级的至高地位。后人将吕大临、谢良佐、杨时、游酢誉为"程门四先生"；朱熹更是将其与洛学开创人程颐相提并论，称为"程吕之学"。

再说二弟吕大防。其人文武兼备，堪称北宋中期的一代名臣。吕大防小张载七岁，少时便具侠义风范，这一点与少年张载仿佛。张载后来走上治学之道，而吕大防则崇信佛教，这或也是吕氏兄弟中独他未拜张载为师的原因。朱熹的《答吕伯恭论渊源录》中载：

"横渠墓表出于吕汲公。汲公虽尊横渠，然不讲其学，而溺于释氏。"说明吕大防和张载很是亲密，亲密到什么程度呢？张载死后的碑文就是吕大防撰写的，即可明证两人关系非同一般。而张载在渭州做军事判官时，吕大防应在秦凤路（甘肃天水、平凉、凤翔，包括横渠等地区）担任军事统帅，两人距离并不远。张载在卸任回到横渠讲学著述时，极有可能得到了吕大防的支持。张载写给吕大防的《与吕微仲书》扬扬三百言，讨论的都是有关自然的内容，折射出二人交往甚密。而此时，吕大防正位居西北一带军事统帅之职，可说是权柄极大，而已沦为平头百姓的张载若能得到如此朝中重臣的"庇护"与"抬爱"，必定更便于其潜心研学，登堂开讲。吕大防充当的正是这样一个举足轻重的角色。更为重要的是，在张载生命的最后时刻，即熙宁十年（1077 年）初，吕大防上奏神宗皇帝召张载回京任职。此时，张载正患肺病，但他不愿错过实现政治理想的良机，便带病入京。神宗召张载担任同知太常职务（礼部副职），但未及月余便因政见不合再次辞官，返回横渠途中因病情突变而去世。这是张载于仕途上所做的最后一次努力，而给到其再次出仕机遇的正是吕大防。

其实，张、吕两家已有姻亲关系。张戬将女儿嫁给了吕大临，曾说"吾得颜回为婿矣"，足见张家对吕大临的器重之情。受父亲及母家学风的影响，吕大临之子后来也在学问上取得了长足的发展。

忠厚人乃信，道深人乃随。张载身上的"厚道味"最终影响并促成了《吕氏乡约》的完成。据说，张载十五岁时便在勉县诸葛武侯祠中写下了家训"六有"，后在横渠期间为教化家人及乡邻又作了家规"十戒"。而此类家规、家训对当时求学于张载的吕氏兄弟触动很大。作为蓝田一地的望族，也有必要以教化乡人的方式将自己的所学传授给乡里，这不仅是作为豪门望族的义务，更是作为"一门

厚道圣人：张载关学千年寻踪 ｜

五进士"的吕家兄弟必须承担的责任。于是，吕氏四兄弟经过探讨，在张载的指导下形成思路，于 1076 年由吕大钧执笔撰写完成了中国第一部乡规民约——《吕氏乡约》。明代思想家、教育家冯从吾在其《关学编》中对《吕氏乡约》的推行颇为赞赏："关中风俗为之一变！"可见，它对整个关中地区的民俗发展具有深远的影响。

可以说，《吕氏乡约》是"蓝田四吕"实践张载关学的典范之作，也是吕氏推高"厚道圣人"张载及其关学兴盛的力证。

江湖虽远，终有一归
——范仲淹和张载的济世情怀

中国历史上命运轨迹相仿、联袂登场并名留青史者如云，如管仲、鲍叔牙，苏秦、张仪，廉颇、蔺相如，卫青、霍去病，房玄龄、杜如晦，李白、杜甫，等等，不胜枚举。北宋年间也有这样两位旷世奇才，就是亦师亦友的范仲淹、张载。他们同为历史长河中璀璨闪耀的巨星。

范仲淹（989—1052 年），字希文，苏州吴县人，杰出的思想家、政治家、文学家。范文正公一生政绩卓著，文学成就亦突出。他所倡导的"先天下之忧而忧，后天下之乐而乐"的济世思想对后世影响深远。而比他稍晚时期出现的张载提出的"为天地立心，为生民立命，为往圣继绝学，为万世开太平"被哲学家冯友兰称为"横渠四句"，言简意宏，传颂不衰。范仲淹和张载差距整整三十一岁，可这并不影响两人在思想见解和政治抱负上的心照不宣。古往今来的志趣相投者无不拥有不谋而合的价值取向，范、张二人的重合点即"胸怀天下"四字。

祖上儒风，同为宦道

范仲淹的曾祖和祖父在五代时期均仕吴越，父亲范墉早年亦在吴越为官。北宋建国后，范墉追随吴越王钱俶归降大宋，任武宁军节度掌书记。张载亦出身仕宦之家，祖父在宋真宗时官至给事中、集贤院学士，死后追赠司空。父亲张迪在宋仁宗时官至殿中丞、知涪州事，赠尚书都官郎中。祖荫的政治氛围和文化环境注定了两人起步的高度。

幼年丧父，客居他乡

宋太宗端拱二年（989 年），范仲淹生于徐州节度掌书记官舍。淳化元年（990 年），父亲范墉因病卒于任所，母亲谢氏贫困无依，只得抱着两岁的范仲淹改嫁淄州长山人朱文翰，范仲淹也自此改从朱姓，取名朱说（yuè）。宋真宗天禧四年（1020 年），张载出生于长安（今西安）。十五岁时父亲张迪病逝于涪州任上，张载与弟张戬年幼，家境不富，无力将其父安葬故乡，只能在运送灵柩的中途将其安葬于眉县横渠大振谷口。其后，张载随母弟侨居此地，从此他乡作故乡。

苦读及第，均走仕途

大中祥符八年（1015 年），范仲淹以"朱说"之名登蔡齐榜，中乙科第九十七名，由寒儒成为进士，被任为广德军司理参军，掌管讼狱、案件事宜，官居九品。鉴于已有朝廷俸禄，范仲淹便把母亲接来奉养。天禧元年（1017 年），范仲淹以治狱廉平、刚正不阿，升为文林郎，任集庆军节度推官，后归宗复姓，恢复本名（一说，天圣六年，即 1028 年，范仲淹服母丧后，方更名）。嘉祐二年（1057 年），张载进士登第，先后任祁州司法参军、云岩县令、著作佐郎、签书渭州军事判官等职。

为官一方，心系生民

天禧五年（1021 年），范仲淹调任泰州西溪盐仓监，负责监督淮盐贮运及转销。西溪濒临黄海之滨，唐时李承修筑的旧海堤因年久失修，多处溃决，海潮倒灌，卤水充斥，淹没良田，毁坏盐灶，人民苦难深重。范仲淹遂上书江淮漕运张纶，痛陈海堤利害，建议沿海筑堤，重修捍海堰。天圣三年（1025 年），张纶奏明朝廷，仁宗调范仲淹为兴化县令，全面负责修堰工程。天圣四年（1026 年）八月，母亲谢氏病逝，范仲淹辞官守丧，工程由张纶主持完成。

嘉祐二年（1057 年），张载担任云岩县令时，办事认真，政令严明，处理政事以"敦本善俗"为先，推行德政，重视道德教育，提倡尊老爱幼的社会风尚，每月初召集乡里老人到县衙聚会，常设酒食款待。席间询问民间疾苦，提出训诫子女的道理和要求，县衙但凡有规定、告示出台，必定召集乡老传达，叮咛他们转告乡民。因此，张载发出的这些官文即使是文盲和儿童都没有不知道的。

秉公廉吏，名重春秋

庆历六年（1046 年），范仲淹抵达任所邓州，重修览秀亭、构筑春风阁、营造百花洲，并设立花洲书院，闲暇之余到书院讲学。自此，邓州文运大振。庆历八年（1048 年），朝廷诏令范仲淹任知荆南府，遭邓州人民殷切挽留。范仲淹亦喜欢邓州，奏请朝廷得以留任。皇祐元年（1049 年），范仲淹调任知杭州。子弟以范文正公有隐退之意，商议购置田产以供其安享晚年，遭其严词拒绝。十月，范仲淹出资购良田千亩，令其弟物色贤人经营，收入分文不取，成立范氏义庄（相当于今天的基金会），对范氏远祖的后代子孙义赠口粮，并补贴他们的婚丧嫁娶等用度。

宋神宗熙宁二年（1069年），张载被朝廷派往浙东明州调查处理苗振贪污案件。案件审理过程极为复杂，张载遭到来自王安石派系王子韶等人的阻挠，但最后还是秉公了结了案件，将光禄卿祖无择的"蒙冤大罪"做了澄清，重新定案，并处理了以苗振为首的不法贪官。明州狱案对长期从事学术研究和为职地方官员的张载来说具有一定难度，但他最终还是公平公正地结案，可见一代大儒廉洁为官、恪尽职守的风范。

军事思想，兵术报国

康定元年（1040年）三月，宋仁宗将范仲淹召回京师，担任天章阁待制、出知永兴军。七月，升其为龙图阁直学士，与韩琦同为陕西经略安抚副使。康定二年（1041年）正月，仁宗诏命陕西各路讨伐西夏，范仲淹上书建议加强边防守备、固守鄜延地区，以军威恩信招纳西羌归附（时羌族人为李元昊向导，为西夏所用），从长计议徐图西夏。这个主张被仁宗采纳。他又奏请修筑承平、永平等要塞，把十二座旧塞改建为城，以使流亡百姓和羌族人民回归。仁宗非常欣赏范仲淹的军事才能，加封其为枢密直学士、右谏议大夫，任鄜延路都部署、经略安抚招讨使。十一月，仁宗又采纳范仲淹的建议，恢复设置陕西路安抚、经略、招讨使，诏令范仲淹、韩琦、庞籍分领职事。范仲淹与韩琦在泾州设置官第，将文彦博调至秦州做统帅，滕宗谅调至庆州做统帅，张亢担任渭州的统帅。范仲淹号令清楚，爱护士兵，对于前来归附的各部羌人诚恳接纳，信任不疑，后致李元昊向北宋称臣（庆历和议），西夏军队不敢轻易侵犯由他所辖的地区。

再看张载。《横渠先生行状》中载："少孤自立，无所不学。与邠人焦寅游，寅喜谈兵，先生说其言。"此言即为年少张载喜兵好武，追随焦寅尚武的写照。康定元年（1040 年），张载在得知范仲淹到任延州后，怀着满腔的报国热情和军事信仰，带上自己构想书写的《边议九条》上书范仲淹，陈述了自己打算联合焦寅，组织民团夺回被西夏侵占的洮西失地，为国家建功立业的设想。据《宋史·张载传》载："张载，字子厚，长安人。少喜谈兵，至欲结客取洮西之地。年二十一，以书谒范仲淹，一见知其远器，乃警之曰：'儒者自有名教可乐，何事于兵！'因劝读《中庸》。"也许是历史的选择，张载听取了范仲淹的"识才忠告"。自此，张载确定了"究学问道"的人生志向。这是张载和范仲淹第一次也是最重要的一次会面，也是张载人生至关重要的转折点和机遇。1042 年，也就是张载自延州面见范仲淹的两年后，宋廷为防范西夏进一步南下侵略令范仲淹在安阳府城西北修筑大顺城。竣工时，范仲淹邀请张载赶赴庆阳撰写完工纪念碑的碑文《庆州大顺城记》。通览碑文，张载将范仲淹的"连璧""保兵储粮""避敌徐图"等军事策略兼自己对西夏战事的军事观点极好地融汇一体。据考，这亦是范、张二人最后的交集。

开馆授徒，执教兴学

天圣五年（1027 年），范仲淹为母守丧，居南京应天府（今商丘）。时晏殊为南京留守、知应天府，闻范仲淹有才名，就邀请他到府学任职，执掌应天书院教席。主持教务期间，范仲淹勤勉督学、以身示教、创导时事政论，每每谈论天下大事时，总是慷慨陈词。当时士大夫矫正世风、严以律己、崇尚品德的节操，正是由范仲淹倡导的，书院学风亦为之焕然一新。至此，范仲淹声誉日隆。

熙宁三年（1070 年），张载辞官回到横渠，"俯而读，仰而思。有得则识之，或半夜起坐，取烛以书"……依靠家中百亩薄田维持生计，坚持研读讲学。其间，他写下大量著作，对自己一生的学术成就进行总结，并带领学生进行恢复古礼和井田制的两项实践。为了训诫学者，他作《砭愚》（《东铭》）《订顽》（《西铭》），并书于大门两侧。为提振家风，便于梳理宗法制度，张载提倡勤俭持家、和谐相处，还将家规家训"六有""十戒"在宗族乡邻及学生间做深入贯彻。

心系农耕，造福后世

范仲淹出任泰州时，征调民众四万余重修捍海堰堤。自天禧五年（1021 年）至天圣四年（1026 年）完工，新堤横跨通、泰、楚三州，全长约两百里，不仅当时人民的生活、耕种和产盐因此有了保障，还对后世"捍患御灾"发挥了重要作用。当地人民将所修之堤命名为"范公堤"，遗址迄今犹存。景祐元年（1034 年），苏州久雨霖潦，江湖泛滥，积水不能退，造成良田委弃，农耕失收，黎民饥馑困苦。范仲淹出知苏州后，根据水性与地理环境，提出开浚昆山、常熟间的"五河"，将积水导流太湖，后注入大海的治水计划。他以"修围、浚河、置闸"为主的治水措施不但获得时人的称颂，还泽被后世，自南宋一直到元、明二朝的两浙职守，都依照这个方式去整治水患，取得成效。

熙宁二年（1069 年），御史中丞吕公著向神宗推荐张载，称赞其"学有本原，四方之学者皆宗之"。神宗召见张载，问及治国为政之方，张载"皆以渐复三代（即夏、商、周）为对"。神宗非常满意，想派他到二府（中书省枢密院）做事。其后，王安石推行新法，想重用张载。张载虽然拥护新法，却对"复古农事"比较认可。他认为农业生产作为一门科学技术已被前人应用了数代，其中一些施行已久并得到很好社会效益和经济效益的"农事古制"依然可行。

熙宁三年（1070年），张载辞官回横渠，便极力推行"井田复古"。他曾撰写《井田议》上奏皇帝，并与学生们在眉县横渠镇、扶风五井镇、长安子午镇等处购买或租赁土地，按照《周礼》的模式划分为公田、私田等分给无地、少地的农民。至今，这些地方仍保持着部分遗迹。为解决横渠当地农田灌溉的难题，张载率领学生及乡人修成东西二渠，彻底改变了当地农田连年缺水少灌的状况，庄稼的丰收得到了保障。直到现在，横渠东西二渠遗迹依然存在。

救世济民，教育为本

范仲淹继承发展了儒家正统教育思想，把"兴学"视为培养人才、救世济民的根本手段。在《上执政书》中，他明确提出"重名器"（慎选举、敦教育），把当时科举"以考试取人而不在考试之先育人"比之为"不务耕而求获"，主张"劝学育才"，恢复制举并使之与教育相衔接。庆历年间，范仲淹主政朝纲时再次提出"复古兴学校，取士本行实"的教育策略，着力改革科举考试制度、完善教育系统、加强学堂管理。各地奉诏建学，地方学堂如雨后春笋般涌现，时谓"盛美之事"。师资选材上，范仲淹提倡明师执教、经实并重，注重对教师的培养和选拔，把"师道"确立为教育的重心。他推荐的名师胡瑗、李觏等人皆为北宋著名的教育家。教学内容上，他提倡"宗经"，即以儒家经典培养能通达"六经"、悉经邦治国之术的人才；同时兼授算学、医药、军事等基本技能，培养具有专门知识、专门技能的实用型人才。

熙宁三年（1070年），张载辞官归乡，专注于在横渠书院开馆讲学，致力教育。他继承和发扬了孔子的教育思想，以德育人，因材施教。在其影响下，著书立说、教书育人之风逐渐在关中兴起，当地民风为之一变。张载作为一位杰出的教育家，对教学原则和教育规律也有独到而深刻的见解。他主张在实际教学过程中，教师应循循善诱，启发引导学生的求知意识和学习兴趣；同时，要根据学生的不同情况因材施教，满足各类学生的不同需求，从而达到教学目标。张载在《横渠易说·系辞上》中说："圣人苟不用思虑忧患以经世，则何用圣人？"圣人之学就是为排除国家民族之忧患而立，圣人如果不以民生为忧患，经世以除患，那么这种圣人也是没有用的。张载认为教育的最终目的是使人变化气质而成为圣贤，教育必须注重道济天下、利济众生；教育学生成为一个对天下、对人民有用的人。张载门下弟子众多，大多是当时朝廷外派各地的基层官员，比如蓝田吕氏兄弟、范育、李复、张舜民、游士雄等人。后来，这些弟子多继承了张载思想，使之发扬光大。治平二年（1065年），张载受长安京兆伊王乐道之邀，在长安郡学给学生讲学时倡导"人皆可以为尧舜"，建议学生不要以科举为学习目的，而应以实业发展为宗旨，这样国家就可强盛起来，自己的人生抱负也能得到实现。张载特别强调学贵有用、经世致用、笃行践履，反对空知不行、学而不用、坐而论道，这是关学学风的突出特点。他还认为国家强盛的关键在于重视教育，人才是第一生产力。张载的这些观点和范仲淹的教育思想可谓是不谋而合。

江湖相望，济世为怀

作为一代政治名家、军事达人的范仲淹，无论身处何地、肩负何种职务，其内心深处都萦绕着"济世为民，心系朝政"的担当意识和家国情怀。他在延州、凉州等地担任经略使等军事职务时，首先关注的就是当地的民生和社会治安，倡导建立民团防卫组织，又厉行节约，以减轻国家和地方的负担。范仲淹在邓州共计三年，使该地的文化、经济、治安、民风等达到了前所未有的和谐状态，百姓安居乐业，以至于他离开邓州时，当地百姓自发组织沿路挽留。范仲淹一生所涉之处无不兴办学堂，教泽广被；晚年又设义田、建义学，对族中子弟实行免费教育，激劝"读书之美"。范氏义学在教化族众、安定社会、优化风尚等方面取得了巨大成功，开启了中国古代基础阶段义务教育之先河。正是基于这样的大爱思想和家国情怀，才有了《岳阳楼记》中的传世绝句："居庙堂之高则忧其民，处江河之远则忧其君……先天下之忧而忧，后天下之乐而乐。"

　　张载自延州接受范公"弃兵究学"的点化后，就潜心研读儒学经典和佛老之说，一改自汉唐以来儒家学者专注于典籍章句训释和玄空清谈之风。当代东亚实学学者尊张载为实学之发端的代表人物是十分恰当的。张载在《正蒙》中指出："民吾同胞，物吾与也。"意思是，天下百姓是我的同胞，世间万物是我的朋友，其所表达的是"大心""博爱"之情怀。在他看来，圣贤之心如太虚之大而无外，只有大其心，才能体认天下万物。人的心应扩大到与天同大的境界，才能合天道之心。"民胞物与，道济天下"的生民理念一直是关学所追求的济世宗旨。张载认为，生民是万世之本，是天地之根，没有济世为怀的心胸，再大的天地和往圣也不是真正意义上的"民胞物与"。所以，他肩负着"为天地立心，为生民立命，为往圣继绝学，为万世开太平"的历史使命感，从北宋社会现实问题入手，究学孔孟，创设关学，力图为"生民立命"探求根本的解决之道。

　　秉承范仲淹知遇之恩的张载虽弃兵从儒，可崇尚、追逐范公的价值趋向在其一生的轨迹中从未中断，"究理哲思，创新孔孟"成为其最终的人生信仰。"兵不挽狂澜与江湖，学可治熙攘以太平。"这是匹夫的大志，也是勇者的抱负，更是大家的心胸。最终，范仲淹和张载——两位伟大思想家"以天下为己任"的人生信念和济世情怀殊途同归。

　　　　　　　　　　厚道圣人：张载关学千年寻踪　　|

张载并非"王安石变法"的反对者

　　被中国学界长期判为"司马光旧党"的张载，其实并非王安石的对立派。从客观务实的角度分析，张载虽然在思想情感上很难接受王安石大刀阔斧的"熙宁变法"，但也并不反对变革，更未加入王安石阵营。若非要给出一个准确定位的话，他应该属于变法时期积极的理性思考者。

　　由王安石主导、宋神宗支持的"熙宁变法"（又称"王安石变法"）因部分举措不合时宜以及在执行中的不良运作兼用人失误，最终导致失败，在此过程中亦形成了以王安石为核心的新党和以司马光为首的旧党长达近六十年（1069—1127年）的明争暗斗。而张载也被时人划入旧党一派，成为变法运动中的反对者。但历史证明这是一个误判，张载实非旧党一派。

　　张载之所以遭到误判，源于两个"铁证"：一是熙宁二年（1069年）张载受御史中丞吕公著的推荐由外官内调入朝后，在与王安石的一番交谈中将自己摆在了新党的对立面。当时，王安石因执行新法受阻，急与给自己的阵营注入新鲜血液，便希望能吸收张载"入党"，遂问询之："新政之更，惧不能任事，求助于子，何如？"他满以为能得到对方的首肯，谁知张载却道："朝廷将大有为，天下之士愿与下风。若与人为善，则孰敢不尽！如教玉人追琢，则人亦故有不能。"王安石听后,"执政默然,所语多不合,寖不悦"。随后,张载被外派浙江宁波调查审理"明州狱案"。二是熙宁三年(1070年)张载了结"明州狱案"回到汴梁后,等待朝廷重新委派工作。刚巧赶上其弟张戬反对变法,并上书神宗《论新法奏》,因而激怒了王安石,而被外贬公安知县(后再贬为凤翔司竹监)。张载见状,顿感不安,遂托病辞官,归居故里著述讲学。此两则事件在历史界和学术界被认为是张载与新党对立结怨的"渊源"。但这与史实及张载当时的言行是极其不符的。

张载、王安石二人实有诸多共性。两人仅一岁之差,属同时代人,皆为书香门第出身,在学识方面都有深厚的积累。两人同为进士出身,都受到皇帝的青睐。更为重要的是,张、王二人在理学研究方面同出一门,张载是"关中学派",王安石则是"荆公学派"。哲学方面,王安石以"五行说"阐述宇宙生成,丰富和发展了中国古代朴素唯物主义哲学观,其"新故相除"之说将中国古代辩证法推到了一个全新的高度。而张载则提出"太虚即气""变化气质"等哲学观点,成为开拓中国古代朴素唯物主义的先驱者,其在辩证思想方面的见解和王安石基本是一致的。

当然,两人也有不同。首先,在地方治理方面,张载侧重礼教,王安石看重经济。第二,王安石变法导致"国富民贫",这与其"去重敛、宽农民、国用可足、民财不匮"的初衷大相径庭,且新法实行得也颇为冒进。张载则期望通过变法、改革缓解当时土地兼并严重的局面,让无地农民获得土地,实现真正的"民富国强"。第三,王安石提出"天变不足惧,人言不足恤,祖宗之法不足守"的改革主张非张载所能接受。

当初,王安石在制定新法条例时,涉及面很广,但归纳起来无非三项:一是富民强国的经济政策,如青苗法、方田均税法和农田水利法等；二是强军保边政策，如保甲法、裁兵法、将兵法、军器监法等；三是积极的教育政策，如改革科举制度、唯才用人等。张载积极的治世思想中有部分观点和新法初衷一致，特别在教育政策方面，只是具体施行方式不同而已。1065年前后，张载受京兆尹王乐道的邀请在长安郡学讲学时讲道："孰能少置意科举，相从于尧舜之域否？"倡导学生不要专注于科举做官，多学习实业和治国兴邦之事，成为尧、舜那样的治国之才。《张子语录》中有云："世学不明千五百年，大丞相（王安石）言之于书，吾辈政之于己，圣人之言庶可期乎？"可见，张载对王安石的教育变革是相当认可的。此外，张载擅长兵术，对学生也是因材施教。门徒中的种师道、游师雄、李复等诸弟子，既是新儒学的继承推行者，又是杰出的军事人才。张载这一系列的教育理念和王安石新法中"改良科举、唯才是用"的观念是完全一致的。

王安石的农田水利法鼓励垦荒兴修水利，广为修建的水利系统保证了灌溉，耕地面积也得到增加，农业生产效益也有所提升。张载归居横渠后，带领学生和乡民修造"井田渠"以改善当地农田灌溉不畅、庄稼产量不高的现状。清代沈锡荣撰写的《眉县志》中就记载："井田渠：在眉县东有东西二渠。东渠导源大振谷沟口，四水合流；西渠导源汤谷华岩泉，亦有四水合流。北迳沌砦（田地），各十里交汇。横渠祠后又北流三里入渭。宋张载所开今湮。"在改善农事方面，张、王二人再次不谋而合。

针对王安石的经济政策，张载虽持不同意见，但也并非完全反对，而是积极提出建议及举措。他一直很关注农事，认为农田是劳苦大众的命脉，面对北宋以来地主阶层不断通过兼并、购买的方式蚕食侵吞土地，造成农民无地可耕的现状，张载很是忧虑，遂撰写《井田议》，建议朝廷将土地先收归国，再分配到人，施行耕种，效仿夏、商、周三代的井田制。这样一来，农民手里就有了土地，既解决了经济发展问题，又防止土地被大量兼并后造成贫富悬殊不断升级的现状。而王安石的"方田均税法"即是进行全国性的清丈土地，核实土地的所有者。实行此法虽可增加税源，减轻农民负担，但因"清丈繁难，滋弊亦多"，受到地主豪强的强烈阻挠，不久就被迫停止了。

《宋史·王安石传》中有载："安石性强忮，遇事无可否，自信所见，执意不回。"文中的"忮"有逞强、刚愎、嫉妒、固执等意。由此可见，王安石固执己见，缺乏包容性。这样的行事风格势必引起周围人的忌惮。所以，当王安石邀请张载加入变法阵营时，后者表示："朝廷将大有为，天下之士愿与下风。"明确表明天下的贤能人才是赞同和支持新法的，只是"公与人为善，则人以善归公"。话锋一转又表达出对变法的担忧。事实上，后一句话是"太直无隐"的张载对王安石个人风格的不认同。

张载的礼德观是宋明理学界的公认之说。其"崇德重礼""以礼为教""躬行礼教""知礼成性""笃志好礼""敦本善俗"等观点都是张载重礼的标配。在与宋神宗进行治国理政的交流时，他都以"渐复三代为对"作答。以此，张载教育弟子和家人要学礼，也制定了"六有""十戒"这样的家规家训，要求家中成员及其邻里亲戚亦要守礼。张载第二次回到朝廷担任的官职也是"太常礼院礼官"，与二程的"洛阳议论"的四个问题中有两个都关乎礼的话题，就连最后的葬礼也遵照了其生前遗愿，以"古礼"下葬。因此，后人在为张载的思想进行定位时，更愿将其尊崇为"礼教之圣人"，当与孔子齐名。这样的"礼德君子"必定会在乎周围人的"礼行为"。而王安石在此方面恰恰有其不足之处，比如他与张载交流后"执政默然，所语多不合，寝不悦"，以及与张戬在辩论新法时"介甫以扇掩面而笑"，激怒了正直坦荡的张戬，致使后者直言不讳："参政笑戬，戬亦笑参政所为事耳，岂唯戬笑，天下谁不笑者？"这是王安石在礼德方面不尽如人意的一面，也是促使张载批评王安石"与人为善，则人以善归公"的主要原因。这便是世人认为张、王不合的缘由所在了。

然而，我们是否就能据此将张载划分到旧党一派中呢？显然，证据也是不够的。除了张载的思想和品行屡受旧党一派，如司马光、苏轼、吕大防等人的推崇，其在政治占位上似乎难以找到有力的"瑕疵"。而一个不争的事实是，北宋后期，蔡京等新党势力罗织罪名打压司马光一派时，促使宋徽宗将旧党一派三百零九人（后世研究表明其中亦有部分新党人物）的名字刻入"党人碑"以作鞭笞问罪的榜单中，与张载亲近的司马光、程颐、吕大防及张门弟子张舜民、种师道、苏昞、吕希哲等人赫然在列，张载的名字却并未上榜。

虽然王安石先后冷落张载、崇黜张戬，最终导致张载辞官回乡，但并未促使他彻底否定并反对变法。在"国家大我"和"个人小我"之间，张载始终具有分明的大局观、以社稷为重的济世情怀，并以厚道的姿态积极寻求富民强国的治世举措。

历史上不能混淆的两位张载

少年时，我获取有关张载的信息无非通过两个渠道：一是书本上看到的，二是从老师或尊长那里听来的。无论哪种方式，所传递出的关键信息都是"北宋著名的哲学家、思想家、教育家，宋明理学奠基者及关学创始人"。这样的定位伴随我走过了三十多个春秋。但随着互联网时代的全面到来，对张载的固有印象却受到某些信息的干扰，其中最大的干扰因素的便是历史上真实存在的另一位张载，即西晋文学家张载。经仔细分析后发现，人们之所以对两位张载产生混淆，是基于以下三处不对称的误判。

首先是张载的画像。现在网传并获得公认的画像是张载头戴高大方正的巾帽，身着宽大且有博士风范的衣衫，尽显其儒雅学究的形象。这样的装束在宋时被称作"高装巾子"。但很多涉及张载的配图或视频画面中常被引用的是一张身着官服、头戴短翅乌纱帽、体态端庄的人物图片，且旁边还有"宋·张载"之类的图注。显然，这位派头十足的人物绝非北宋思想家张载，而是西晋文学家张载。怎奈网速如光速，谬误一旦形成并产生传播，就很难得到矫正，以致很多人一直认为北宋的张载是一位"身披蟒袍、头戴乌沙、体态丰盈"的官宦模样。惊讶之余，又有种哭笑不得的五味杂陈之感。

最是纠缠不清的还有两位张载的作品归属问题。网上信息浩如烟海，多有将北宋张载的诗词归入西晋张载名下的。尤其《老大》《芭蕉》等名作写得入情入理、充满哲思，被无端扣到西晋张载的头上，真是让人哭笑不得。岂不知，西晋那位的文学造诣并不在诗词，而在文赋。于是，当我们在互联网搜索"北宋张载"时，给出的词条往往是：张载，字子厚，北宋凤翔眉县（今眉县横渠镇人），北宋思想家、哲学家、关学创始人……介绍倒是没错，可一看配图吓了一跳——一个官相十足的"张载"竟然端坐其中，违和感顿生。也有将宋代文人张举的诗歌《别后寄子进》署名成"魏晋张载"的，但一看作者介绍却是："张载，字子厚，凤翔眉县人，北宋思想家、教育家、理学创始人之一……"简直离谱到令人错愕。还有更令人瞠目的，在检索"西晋张载"时，居然有将北宋张载的三位高徒——"蓝田三吕"也一并归到其名下进行介绍的……如此张冠李戴的现象于网络上比比皆是，深受其害的又岂止两位张载？

至此，读者大致应该清楚了，两位张载归属于完全不同的时代，除了同名，毫无交集。那么，作为西晋文学家的张载又拥有怎样的传奇呢？

《晋书·张载传》中有载："张载，字孟阳，安平人也。父收，蜀郡太守。载性闲雅，博学有文章。曾任著作佐郎、著作郎、记室督、中书侍郎等职。西晋末年世乱，托病告归。永嘉初，复征为黄门侍郎，托疾不就，终于家。张载与其弟张协、张亢，都以文学著称，时称'三张'。其中，载、协相近，亢则略逊一筹。

"太康初，至蜀省父，道经剑阁。载以蜀人恃险好乱，因著铭以作诫曰：岩岩梁山，积石峨峨。远属荆衡，近缀岷嶓。南通邛僰，北达褒斜。狭过彭碣，高逾嵩华。唯蜀之门，作固作镇。是曰剑阁，壁立千仞。穷地之险，极路之峻。世浊则逆，道清斯顺。闭由往汉，开自有晋。秦得百二，并吞诸侯。齐得十二，田生献筹。矧兹狭隘，土之外区。一人荷戟，万夫趦趄。形胜之地，匪亲勿居。昔在武侯，中流而喜。河山之固，见屈吴起。兴实在德，险亦难恃。洞庭孟门，二国不祀。自古迄今，天命匪易。凭阻作昏，鲜不败绩。公孙既灭，刘氏衔璧。覆车之轨，无或重迹。勒铭山阿，敢告梁益。"

以上两段文字记述的晋人张载是一位博学多才的文学家，尤好辞赋写作，在随父做蜀郡太守时，张载路过剑门关（剑阁）写了一篇《剑阁铭》，借剑阁雄伟的山川景色，抒发了对古今战乱不断、枭雄争世的无限感慨。这是一篇相当出色的美文，有学者将其与东汉班固的《两都赋》、西晋陆机的《叹逝赋》相提并论。晋武帝司马炎也曾派人将其镌之于石，以示文章之美。可见，张载的文学功底之深、才华之厚。南朝刘勰在其《文心雕龙》中也说："孟阳、景阳，才绮而相埒。"除了上述《剑阁铭》，张载目睹西晋末年天下大乱，感怀世事无常、感念民间疾苦，激愤之下写出了传颂千古的七篇赋辞，又称《七命》。此外，他还写了一篇论述酒文化的辞赋《酃酒赋》，文辞飘逸，堪称中国古代酒赋中的难得佳品。

此外，民间传说西晋张载相貌丑陋，外出时遇到顽童以石掷他，他却不为所动，反而捡起石头以致"投石满载"。《幼学琼林》中亦有"投石满载，张孟阳丑态堪憎"之语。可见，古人有时也会以貌取人。

综上，西晋张载和北宋张载的区别还是很明显的，毕竟西晋中叶到北宋中叶少说也有七百年的时间差，但造成今天的信息如此混乱，难道意味着两人还是有着某些共通的特征？

反复分析后，不难发现两位张载还真不乏相似之处。其一，两人年少时都曾随父在巴蜀之地生活过，且在离开巴蜀的沿途中均题过诗词文赋。西晋张载在剑阁留有《剑阁铭》，北宋张载在勉县武侯祠留有"六有"家训。其二，两人都曾担任过本朝官员，最后都

厚道圣人：张载关学千年寻踪 |

以辞职的方式告别官场，专心研学。更为巧合的是，他们都曾担任过一个相同的官职，即"著作佐郎"。其三，后世对两位张载一生在为官、治学、气节，甚至兄弟（两人之弟才气均不凡）的评价上都很相似。《晋书》评价西晋张载："湛称弄翰，缛彩雕焕。才高位卑，往哲攸叹。岳实含章，藻思抑扬。趋权冒势，终亦颠殒。尼标雅性，夙闻词令。载协飞芳，棣华增映。"若用此言来评价北宋张载，当也恰如其分。可见，今人对此二人出现认知混乱亦是情有可原的。

即便如此，我们还应本着严谨的态度对相关信息做出准确的甄别，绝不能含混了事，将错就错。这是对今人负责，亦是对先贤的尊重。

陪祀在曲阜孔庙中的张载神位

陪祀，即陪从祭祀，是指祭祀某人时，其祭祀灵位（牌位）旁也会供奉其他人的牌位，以便前来祭祀者一同祭拜。上至权贵阶层、下到寻常百姓，陪祀现象都很普遍。如逢年过节，我们祭祀自家祖先，摆放在祭祀牌位中间的必定是最早或最有威望、功德最高的先祖，两旁则是其他先祖。虽然这是比较常见的祭祀方式，也绝非适用于所有人，但还是非常有讲究的。中国历朝历代统治者都有专门祭拜祖先的场所，比如明王朝的太庙、清朝的奉先殿等，主祀和陪祀也是有规可依的，绝非随心所欲。下面，我们主要谈谈供奉在山东曲阜孔庙的宋代大儒张载的陪祀情况，希望借此能对陪祀这一古老庄严的传统仪式提出一些新的启发和思考。

孔庙中除儒圣孔子外，陪祀的历代先贤大儒不胜枚举，其中绝大部分都是儒家文化的杰出传承者或发扬光大者，必定是在尊崇"仁义礼智信、温良恭俭让、忠孝勇恭廉"的儒家思想上做出了特殊贡献，并因此德高望重。北宋思想家张载亦因其对儒学的推陈出新、自成一派，于淳祐元年（1241 年）受南宋理宗的旨意，其牌位被供奉在孔庙陪祀，与孔子一起接受后世的祭拜。

儒圣孔子被尊奉在孔庙（文庙）大成殿中央，也称"大成至圣先师文宣王孔子"。陪祀的先贤先儒大致分为五类：第一类是"四配"（也称"四圣"），分别为复圣颜子、宗圣曾子、述圣子思子、亚圣孟子四人。第二类是"十二哲"，分别是闵损、冉耕、冉雍、宰予、端木赐、冉求、仲言、言偃、卜商、颛孙师、有若、朱熹十二人。第三类为孔子的弟子、子思子的弟子、孟子的弟子、颛孙师的弟子及宋代著名理学家等共七十九人，此七十九人因在儒学上的突出成就，加之已有誉满天下的声誉，在明道修德上堪为后世所仰，所以被历代君王颁旨奉为"先贤"，又因人数众多，被陪祀在孔庙大成殿北部的东庑和西庑两侧。张载则被供奉在西庑的第三十八位。与张载同时代的理学家周敦颐、程颐、程颢、邵雍四人也被列为先贤，供奉在孔庙。第四类则为先儒，被陪祀在孔庙大成殿南部的东庑和西庑两侧，共计八十人。先儒以传经授业，令儒学发扬光大为己任的孔门再传弟子为主，其中占比较大的是汉唐及宋明理学的思想大家。比如三国蜀汉时期的诸葛亮，唐代的韩愈，两宋时期的范仲淹、杨时、韩琦、吕祖谦、陆九渊、文天祥等，及明清两朝的理学大儒方孝孺、王守仁、陈献章、王夫之、顾炎武等。第五类为崇圣祠内奉祀的孔子上五代先祖先妣等数十人。以上五类陪祀者共计一百八十九人（1919 年前立祀）。

这里需要阐明的是，淳祐元年（1241 年），张载被朝廷下旨奉为孔庙先儒（并非先贤），其后元朝皇庆二年（1313 年）再次被朝廷下旨从祀为孔庙配享，依然为先儒。到了明朝崇祯十五年（1642 年），他同周敦颐、程颐、程颢、邵雍四位北宋理学大宗一同被明廷敕封（升级）为孔庙先贤。此前，南宋理宗已敕封有"理学四派五大家"之称谓的张载为"郿伯"、周敦颐为"汝南伯"、程颢为"河南伯"、程颐为"伊川伯"、朱熹为"徽国公"。从陪祀历程可见，张载在儒学上的成就已突破单纯的传道、授业、解惑的范畴，高尚的德行和处世的风范更为后世所尊崇。

孔庙中各位先贤大儒的体现方式各有不同。主祭孔子的塑像坐高 3.35 米，头戴十二旒冠冕，身穿十二章王服，手捧镇圭，一如古代天子的礼制。孔子身后的"四配"和再后的"十二哲"也均以独立的塑像呈现，只不过在尺寸和神态上稍有区别，用以明确等级的不同。而先贤级别的陪祀者早期为画像。金代明昌二年（1191 年），孔庙改先贤画像为塑像；明嘉靖九年（1530 年），撤画像改为木主。孔庙内的先贤多是两人一龛，东庑后六人每三人一龛，西庑首三人一龛，东西庑各有十九座木制神龛。木主均书"先贤某子某神位"，与"十二哲"木主相同，但"十二哲"祭于大成殿内，且以"十二哲"为共名，高于两庑先贤。二者虽均称"先贤"，但祭祀地位明显不同。张载、程颐共为一木制神龛，可能是考虑到二人年龄相仿，又同为北宋理学大宗，有着相当的威望和德行的缘故吧！先儒级别陪祀者早在唐代时就有画像，后改为木主，上题"先儒某子某神主"。先儒多为五人一龛，东庑首三人一龛，后七人一龛，西庑首两人一龛，如魏了翁等三人一龛、陆秀夫等四人一龛。东西庑各九龛，共一十八龛。

据史料载，孔庙陪祀起始于东汉末三国魏曹芳正始二年（241 年），以颜子为首，终止于民国七年（1918 年），前后历经一千六百多年。而关学创始人张载被列为先贤西庑第三十八位，由此可见，其在巍巍中华的儒家名流中可谓居功至伟。"为天地立心，为生民立命，为往圣继绝学，为万世开太平。"这传世的"横渠四句"不正是张载功德的绝好写照吗？有此大德之誉，陪祀孔庙也是理所应当的。

"厚道圣人"后学不绝

　　1077 年冬，张载病逝于西安临潼，一代大儒就此终结了其未竟的传道授业使命。后世学人依据他去世的节点，就关学的宗脉延续提出了两种见解：一种是"关学延续说"，认为关学道统在张载之后至今依然畅说不衰；另一种则是"关学中断说"，主张张载之后再无关学。孰是孰非，让我们穿越历史的长河一探究竟。

　　作为理学重要的一派分支，关学秉持的是延续孔孟之道的仁学精神，在儒学中积极探索"民胞物与""世界大同"的民生哲学发展观。正因有如此高远的普世情怀，在创建关学之初，张载就用客观朴素的唯物主义思想观"气本论"（太虚即气）为其学说找到了发展方向。他认为世界是由"无形的太虚"和"有形的气"构成的。"气"不会自发产生，更不会消亡，它是一种永恒的形体，永远存在于"无形的太虚"之中。张载以"气本论"客观地解释了人和世界的关系，即"气聚则凝聚为物，气散则回归太虚"；同时又以"民胞物与"告知世人，若想世界向好发展，就必须"爱一切人和一切物"。只有如此，才能建立起"天人合一"的大同世界——这就是"气本论"的核心思想。张载首次以自然观和唯物思想分析法解读了"世界本色"，是对中国封建统治思想中延续了一千年的佛家和道家所持的"知天不知人"，以及孔孟儒学中"知人不知天"观念的否定和挑战。显然，"气本论"的命题一经推出，便受到来自北宋社会各阶层的关注，尤其为中下级官员和普通百姓所极力推崇，因为该观点代表了广大劳苦人民图谋幸福、远离痛苦的心声。

张载病逝后，"气本论"受到来自二程洛学"理本论"的挑战，以及后世朱熹的闽学对"理本论"的遥相呼应。"理本论"在形式和内容上，都对王权进行了肯定，强调"万理归于一理"的王权论，认为社会是由阶层构成的，人人必须遵守规则，而规则的"理"不是任何人说了算的，必须遵循本来的法则。这和张载倡导的"气本论"有着极大的不同。作为当权者，自然是崇尚"规则的理"，而反对"自有的气"。所以，程朱理学在有宋一朝及以后的金、元、明、清各朝逐渐成为一家独大的官方正学。而张载之后诞生的以南宋陆九渊和明朝王阳明为代表的"心本论"（又称"陆王心学"），因其倡导以"心"为本，认为"心"的变化是主导一切的本源，给有着"改变世界"思维的普罗大众一个有力的依据，更给了图谋创变的社会中坚力量一块极好的思想基石。在"心本论"的高歌猛进下，明清两朝的经济、政治、外交、民生视乎都朝着西方资本世界发展，国人在遍地荆棘中好似找到一条生路。但这条生路却和当时统治理念明显背道而驰。因此，陆王的"心本论"即便是对社会的改良和发展有着巨大的推动意义，却因违背了"皇权论"，在当时绝不可能被扶到正统之位。归根结底，在皇权至上的封建社会，"规则"和"方法"产生的管理效果必定远大于"自有的气"。这也是张载提出的"气本论"遭遇阻力的主要原因。另外，"气本论"思想的成熟以及形成系统的哲学思想观是在张载辞官成为一介布衣之后，而二程的学术观点在当时已深受权贵推崇，得到官方认证，在背书上明显逊于"理本论"。再者，张门弟子中的佼佼者，如"蓝田三吕"、苏昞等人都"背离"了关学，纷纷投入二程门下，就连张载生前最为器重、认为最能承继关学道统发展的弟子吕大临，也成了有名的"程门四学士"之首。洛学在张载去世后一家独大和关学门徒的"转投"不能不说是对关学传承的重大打击。以上这些恐怕就是"关学消亡论"最为直接的论据吧！

但坚持"关学延续说"的一派则认为，关学之所以经久不息地得以发展和延续，完全有赖于张载提出的伟大的教育思想。没错！张载一生除在哲学领域熠熠生辉外，亦于其他研究领域做出了同样不朽的贡献，尤其在教育方面。他倡导"教育三年制"、力推"胎教"、贯彻"经世致用"的思想观等，这些务实的教育理念和主张至今仍是中华文化思想宝库中的瑰宝。而且，张载之所以被称为"儒学大宗"，其根本原因就在于关学恪守并推崇儒家道统中礼学思想。张载提出的"躬行礼教""以礼为教""崇德重礼"等观点无不具有宏大的人文色彩，是孔孟之后坚守和践行最为彻底的儒家门徒。而他在教育上的坚守和创变也使得后继者找到了延续关学的命脉。

被视为张载之后最能继承关学道统发展的是他的弟子李复，元朝的杨天德、杨恭懿父子，明初的马理、韩邦奇、吕柟、冯从吾，明末清初被后世誉为"关学亚宗"的王夫之以及稍后的李颙、王心敬、孙景烈、贺瑞麟等关学后辈。他们大都秉承了关学所主导的儒家仁德礼仪思想（尤其是"礼德"和"气节"）的延续和发展。抗清义士王夫之在明朝灭亡后一生不留辫子、不受清廷爵位、不食官家俸禄，保持了一个儒家士大夫绝对的操行德范。其去世前就亲自撰写墓志铭："有明遗臣行人王夫之字而农葬于此，其左则其继配襄阳郑氏之所祔也。自为铭曰：抱刘越石之孤忠而命无从致，希张横渠之正学而力不能企。幸全归于兹丘，固衔恤以永世。"显示了其一生以继承关学道统为己任的修学胸怀。再如清初"二曲先生"李颙，一生恪守气节，绝不仕清，清廷无奈之际"抬床板以请"，而"李则抽刀自裁以保气节"。有清一朝延及民国时期的仕子学人都以关学为"修齐治平"的初衷学说。历代学者有关关学思想的传承及其学而有为的践履操行说明关学一直未曾中断,始终在延续发展并精进。

其实,一旦追根溯源便不难发现,那些关于教育思想、礼德风范、兵术战略,乃至天文学方面的研究都是张载当初创设关学一脉的思想范畴,并不代表关学的命脉,真正的脉象来自他的哲学思想,即唯一能与程朱"理本论"、陆王"心本论"分庭抗礼的"气本论"之说。这不仅是关学持续存在、不断发力的根本,更是理学在发展之初站位的原点。"气本论"亦是孔孟儒学升级再造的最初制高点,为万千儒家学人和众多学派树立了朴素客观的哲学唯物论方向。一个不争的事实是,被冯友兰誉为关学经典的"横渠四句"还被奉为箴言,更被今天奋进在复兴中国梦的大道上的时代新人作为信念的准则和理想的标尺。面对这样的思想宏愿,"关学消亡论"又该做何解释?

张载不朽!关学永在!

古今中外评张载

伟大的思想必然会不断传承，继而成为经典；伟大的人格也必然会流芳千古，为后人永世铭记。关学如是，张载如是。本文辑录了自宋以来古今中外十余位名家对张载的评述，论及其人或其学术发展的影响，以感其功绩之不朽。

康定元年（1040年），张载奔赴延州，拜见当时位居陕西经略安抚副使、主持西北军事防务的范仲淹，呈上《边议九条》并请求从戎杀敌。范仲淹独具慧眼，认定张载乃学术奇才，若改走治学之道势必更有前途。《宋史·张载传》中载："公一见知其有远器，乃警之曰：'儒者自有名教可乐，何事于兵。'因劝读《中庸》。"范公此番评述不仅促使张载改弦更张，走上治学之路，更助力了后来关学独树一帜成为济世为民的正学之一。千里马常有，而伯乐不常有。范仲淹实乃慧眼识珠，功德千秋！

熙宁二年（1069年），张载二次奉诏回到宋都汴梁，在向皇帝陈述完自己"渐复三代之法"的治国方略后，神宗极为满意，并回应道："卿宜日见二府（中书省和枢密院）议事，朕且将大用卿。"这个"大用"就是后来张载新的官职——"崇文院校书"。这也是张载一生为官最高的职位——从七品。神宗的肯定鼓励并鞭策了张载的政治抱负，使之不断精进自己的治国思想。

张载去世两年后，即元丰二年（1079年），弟子吕大临为感怀恩师一生的学术功德，撰写了《横渠先生行状》一文。其中有云："先生气质刚毅，德盛貌严，然与人居，久而日亲。其治家接物，大要正己以感人，人未之信，反躬自治，不以语人，虽有未谕，安行而无悔，故识与不识，闻风而畏，非其义也，不敢以一毫及之。"这段文字着眼于张载的处世风范及认真严谨的礼德品行，为后世评价其人格魅力及性格特征提供了宝贵的历史资料。而彼时，吕大临已转投二程门下学习洛学。可以说，吕大临以关、洛融合的视角为先师张载生平作评，更是真实客观的再现。

　　元祐五年（1090年），官至"太常少卿"的张门弟子范育经深思熟虑三年后，终于撰写了《正蒙·序》一文。其中有云："子张子校书崇文，未伸其志，退而寓于太白之阴，横渠之阳，潜心天地，参圣学之源，七年而道益明，德益尊……子张子独以命世之宏才，旷古之绝识，参之以博闻强记之学，质之以稽天穷地之思，与尧、舜、孔、孟合德乎数千载之间。"范育的评价可谓客观而精准，完整深入地总结了张载思想的发端过程和成就高度。在《正蒙·序》的末尾，他感慨道："圣人复起，无有间乎斯文矣。"这是张载去世后第一次有人以"圣人"之誉标榜其功德。从此，"圣人张载"也便有了出处。

　　依照常理，学生评价老师大都褒多抑少，不足为奇。我们再来看看和关学呈竞争之势的洛学创始人程颐如何评价张载。钱穆在《论语新解》中有云："唯横渠则学之所长，乃在其苦学处。故伊川《与横渠书》有云：'观吾叔之见，志正而谨严，深探远赜，岂后世学者所尝虑及。然以大概气象言之，则有苦心极力之象，而无宽裕温和之气。非明睿所照，而考索至此。故意屡偏而言多窒，小出入时有之。更望完养思虑，涵泳义理，他日当自条畅。'可见横渠为学，实有似西方哲学家，所学对象多在外，少在己。"程颐在肯定张载及其思想的同时，也有"批评"之意。这显现了学术门户之陈见，但也从一个侧面帮助我们反思了掣肘于时代的限制，张载思想中确实有过于理想和唯心利他（尊君主）的成分存在。我们只有不含私心，全方位、客观务实地解读先贤的思想，才能使之学为所用。

以上评价皆可看作与张载同时代者的感性认知，毕竟他们都和张载有着不同程度的接触。而下面的朱熹，其评价就非同寻常了。

《朱子语类》中有云："（张载）极有功于圣门，有补于后学……前此未曾有人说到此……横渠此说极精。"这是朱熹对张载及其思想的总结和评价，可说是极尽溢美之词。他在《横渠先生画像赞》中有："早悦孙吴，晚逃佛老，勇撤皋比，一变至道，精思力践，妙契疾书，订顽之训，示我广居。"这段表白意味着朱熹对张载为学精神及勇于挑战自我的创新之举是极其佩服的，以至于他要将张载的《西铭》训词悬挂在自己的学堂之上，以警示自我。然而，他却将张载开创"气本论"的功劳及渊源记在了二程名下，还毫不客气地顺手将之定格在"理本论"之下，使张载及其创设的道统学统统成了程朱理学的附庸。这可是让人大跌眼镜，实属霸道之举。再看朱熹的《伊洛渊源录》中有载："横渠气说出于程洛，气于理之下，载说亦在二程内，始于程子一学。"此言给了关学从属于洛学的依据，所以造成南宋至明代中叶近乎两百年间"关学不显"，主要就是源于朱熹的评说之功。然而，历史终究是众家之说，而非一家之言。朱熹的评价反而让后世加深了对张载及其思想的深挖和剖析，这又成了"不好"之中的"极好"，反而坐实了朱熹"以他学为己从"的排他论。

明末清初的王夫之可谓是张载关学的"再传鼎器"，他对张载的评价颇有高度。王夫之在其《张子正蒙注》中有云："张子之言无非

《易》，立天，立地，立人，反精研几，精义存神，以纲维三才，贞生而安死，则往圣之传，非张子其孰与归！横渠学问思辨之功，古今无两。张子之学，上承孔孟之志，下救来兹之失，如皎日丽天，无幽不烛，圣人复起，未有能易焉者也。"王夫之一生敬重张载，尊崇关学。继范育之后，他继续颂扬张载为"圣人复起者"，进一步夯实了其圣人的尊位。1692 年，王夫之去世。此前，他已给自己撰好碑文，其中就有"希张横渠之正学"的自我定位。王夫之之所以被后世誉为"关学亚圣"，原因恐怕就在于此。

以上大都是来自文人的评价，立场、观点或多或少会有些偏颇，那么看看下面这位文武兼修者对张载的赞誉之词，会否完全打消此种片面的"文人之说"。

清末义士、"戊戌六君子"之一的谭嗣同有言："不知张子，又乌知天？地圆之说，古有之矣，唯地球五星绕日而运。月绕地球而运，及寒暑昼夜潮汐之所以然，则自横渠张子发之""……今以西法推之，乃克发千古之蔽。疑者讥其妄，信者又以驾于中国之上，不知西人之说，张子皆以先之。今观其论，一一与西法合。可见西人格致之学（指西方近代自然科学），日新日奇，至于不可思议，实皆中国所固有。中国不能有，彼故专之。然张子苦心极力之功深，亦于是征焉。注家不解所谓，妄援古昔天文学家不精不密之法，强自绳律，俾昭著之。文晦涩难晓，其理不合，转疑张子之疏。不知张子，又乌知天？"谭嗣同认为张载关于天文地理等自然现象的科学理论不仅早于西方，且高于西方；不仅合理，而且科学。

比张载晚八百多年的英国科学家、教育家李约瑟在《中国科学技术史》中说道："（气论）是十一世纪关于感应原理的非常明确有力的叙述，长期保持着它的活力。"丁韪良在《翰林集》中称其足以同"现代哲学之父"笛卡尔的"以太""旋涡"等说相匹敌。无论这

　　　　　　　　厚道圣人：张载关学千年寻踪　|

样评价是否恰当，都显示了张载之学的杰出成就和对世界的影响力。值得一提的是，李约瑟也是将张载及其思想推向世界的首位外国人，为张载思想走出国门、立足世界奠定了坚实的舆论基础。

伟大的思想，其力量是无穷的，无论时代如何变迁，都会饱有持续的生命力。张载及其关学亦是如此。

关学心路

　　熙宁三年（1070年），张载辞官回到故乡横渠镇。自此，他便在崇寿院潜心研究天理要义，授徒讲座，"终日危坐一室，左右简编，俯而读，仰而思，有得则识之，或中夜起坐，取烛以书"。就是以这样的为学精神，经过数载的洗礼磨炼，张载终于构建了以《易》为宗、《中庸》为纲、《礼》为本、孔孟为法的关学思想体系。

　　每一位往圣先贤巨大成就的背后，必然有着栉风沐雨甚至狂风暴雨般的洗礼，张载及其创设的关学就是如此。我们不仅要看雨后鲜花，也须知个中煎熬。本章将从不同维度解读圣人张载的严谨治学及其关学形成的风雨故事。

浅谈儒学、理学及关学的演变

　　自关学问世至今，其哲思领域内的诸多观点可谓冉冉升起之星，时刻点亮和启迪着迷途中的智者、教者、学者及行者。但凡学界中人或从事高等教育的人士，无不对张载创设的关学饱含崇仰之心，也对师承源流的儒学和理学通晓于胸。可关学思想及其经世致用的立学初衷毕竟是为解决万千大众的思想困惑，如此，关学就不仅是庙堂之人所倚重的思想基础，更是普罗大众所需要的民生指南。因此，厘清儒学、理学、关学三者之间的相互关系和各自的应用定位，就显得尤为必要。

　　儒学又称"儒家思想"，由孔子创立。儒学的发端是丧葬行业的司仪礼数，以"礼"为原点不断延伸扩张。后在"礼"的基础上，逐渐形成完整的思想体系，以"礼""仁"最为核心。儒学在春秋战国时期仅是作为先秦诸子百家中的一种学说而存在。诸侯间的兼并战争是当时的主要活动，以纵横术、兵术等为主导的学说更能得到权贵们的青睐。而以"礼""仁"为核心的儒家思想就显得不合时宜，不能被重用。更离谱的是，随着秦始皇一声令下焚书坑儒，一时间，儒学失声，儒生消亡。西汉武帝时期，在董仲舒"罢黜百家，独尊儒术"的政治倡议下，儒学逐渐崭露头角。儒家主要经典《诗》《书》《礼》《乐》《易经》《春秋》合称"六经"，成为仕子学人治学的核心典籍。此后，凡具有教化育人，以"仁、义、礼、智、信、恕、忠、孝、悌、温、良、恭、俭、让"为道德礼仪标准的经典学说或流派，都是儒学的延展和脉流。

秦灭六国后，焚书坑儒之火使儒学元气大伤，其后多年不振。而汉武帝刘彻则对教化育人的儒家学说给予了认可和厚望，支持董仲舒的观点，使得儒学重回孔子开派之初的辉煌。这一学术政策也使得儒家学说在其后相当长的阶段形成了一家独大的垄断局面。该时期的儒学信徒专注于经典之说如四书五经的研究，他们被尊称为"经学家"或"经学师"，代表人物有挚恂、马融、郑众、郑玄、卢植、贾逵等。尤其马融，被称为"经学之祖"。据说他在距离横渠不远的绛帐讲经论道时，"尝坐高堂，施绛纱帐，前授生徒，后列女乐，弟子以次相传，鲜有人其室者"。可见经学在两汉期间的兴旺程度绝非一般。

但儒学的发展并未因董仲舒的倡议而一帆风顺，实际情况是从西汉末年王莽篡政起，儒学便一直遭遇佛道两派的挟持或打压，尤在东汉明帝后，自印度传来的佛教对其形成架空之势，几度使儒学处于迷茫和沉寂的状态。从"南北朝的尊佛运动"到"唐朝的唯佛是举"，由于皇权阶层的认可推崇，佛教学说逐渐有一家独大之势。南朝梁武帝萧衍不仅下令全国只能信佛，还多次"亲自出家"到寺庙做和尚。武则天主政期间，只允许信仰佛学，杜绝其他学说，乃至唐后期及至五代十国各个小朝廷因自身力量薄弱，往往将天命寄托于佛，以求江山永固。更可笑的是，唐僖宗为削弱藩镇力量，竟在宫中燃香祈求佛祖灭掉藩镇，最终依然被各地藩镇所亡。

与儒家学说同期诞生的道家学说并未因秦灭六国、"罢黜百家，独尊儒术"等历史变故而消失或灭绝。相反，道家学说因其玄说和阳谋论的特点，为鬼谷子、孙膑、庞涓、黄石公、张良等各代大家所用，反而使之不断崛起。三国时期，道家学说就再度登堂入室、大行其道，代表人物有祢衡、杨修、庞统、王朗等，其中将道学用于政治和军事上最显成效者就是诸葛亮（集道家、儒家、法家等为一体）。严格意义上来讲，道家学说结合了春秋战国时期的兵家学说，在其原本的"玄"上又多了"谋"的实战特色。古人往往将投身治国理政和谋略杀伐的得道者称为"上兵伐谋"，说的就是加入兵家学说后的道家学说。魏晋时期的"竹林七贤"也是典型的道家一派。纵横东西两晋的司马、王、谢、恒、庾等几大家族，多为道学一派。但道家也并未因此形成一家独大的格局，中国历代王朝执政者总是在佛道之间摇摆不定。五代十国期间，南方的后晋、后汉及后蜀、闽、楚等地方割据政权还一度将佛道二派同时比肩共用。这样一来，就导致政治混乱、文化对立、思想迷茫、矛盾丛生的社会局面。

历经春秋战国、秦汉三国、两晋南北朝、隋唐五代后，儒学在近两千年间几经荣衰，饱受蹉跎。东汉及至后朝，佛老二学或交替、或共有，成为封建帝王治国理政乃至民间百姓价值取向的思想标尺。用今人的科学观来审视封建时代的佛老之学，大致可以判定佛学在当时讲究的是"空"，即"空就是大，大就是空"之意；而道学在此期间发挥的却是"玄"，提倡的是"无为而治"，认为凡事可以借助神力而改变或实施。如此，中国封建王朝在佛老两家之说的挟持下，于思想上愚及百姓，致使礼法丧失、公理偏颇，社会风气和思想意识长期处于混乱之中。

北宋初期，中原各州郡虽得到了统一和安定，但在周边如辽、西夏、金及蒙古这些彪悍强健的少数民族的军事打击下，作为崇尚儒家思想的赵宋王朝，仅凭"仁礼""谦让""和解""岁币"等态度和举措来换取政权的苟且和社稷的稳定显然是不现实的。从当时的政治气候和民生需要来看，非常需要一种新的思想支持。基于此，赵匡胤建立北宋后逐步振兴儒家学说，其后的几代君王也本着"明理是非，匡扶社稷"的仁心大志来矫正意识形态，将孔孟之道作为正统之学来普及推崇，孔孟儒学从尘封中再次走向新生。但由于传统儒学一则注重经典之说，有拘泥之蔽；二则在历史进程中几经浮沉后，面对佛老之说的挑战和打压，需要从"道济天下"的民生层面找到新的价值，需要一种既能传承褒扬孔孟儒学的思想公器，又能起到创变发展的科学思维体系的理法学识来将传统儒学进行一番修缮。在此种思想环境和政治气候下，作为孔孟儒学升级版的新儒学（理学）应运而生了。

理学，顾名思义是"义理道义之学"，简单通俗讲，就是研究天、地、人和谐共生共处的学说。作为代表皇权和民意双重使命的理学，最初秉信的是道德神学，即以孔孟儒学为基石，以"修身养性"的礼法为理论工具，以治国理政和为民立命为宗旨，兼具佛道两派中客观务实的部分。理学以"理"为思想特色，认为天地万物存在与否、过去未来、上下各阶层等，都要以"理"为判断的准则，而"理"是自然存在的，兼具客观的变化。但理学也不能简单地理解为道理、义理、理论等，以宋明理学的历史要义来理解，理学是探讨天地万物存在与否、相互关系及其如何发展的理论表现。简单来说，就是天理道义之学。理学对"理"的观点提炼可说对两千多年来孔孟儒学最大的创变，更是将佛道两派中纯粹的唯心观进行了彻底的批驳。两宋理学四大派中的洛学是"主观的唯心主义思想"的体现，闽学则是"客观的唯心主义思想"的折射，而关学则是"朴素的唯物主义哲学思想观"的真实还原。

因此，从严格意义上来讲，理学在诞生之初是一个学派交织的混杂体。比如，理学创始人周敦颐既认可"知人不知天"的传统儒

厚道圣人：张载关学千年寻踪 ┃

家观点，又认可"知天不知人"的佛道观点。然而，理学的价值所在就是这些佛道思想仅仅是作为调整和丰富理学大一统的基础，其从本源上讲是依据比较客观、务实、具体的思想体系来发展儒学，但并非传统儒学讲究的"传承、模拟、深入"，而是以"发展、创新、实践、探索、应用"这种"经学致用"的观念进行发展。而且相对于儒学，理学最大的突破是再次将"恒久之天地"的唯心观点领入"天体运行说"的自然唯物论上来。周敦颐的"无极而太极"、张载的气本论、二程和朱熹的理本论等，都对佛道及儒学中"天地是恒久不动"的思想体系做了几乎颠覆性的创变。理学除了在思想上对儒学进行了突破和发展，也更多涉及了何为真正的教化育人。宋以前的儒学教育观和应用范畴多是着眼于士大夫阶层，以及仕子学人中的儒生阶层。儒学认为学问是要讲给有学问基础和"有资格"来求学的人，此观点其实是封建统治阶层最为欣赏的论点之一，这样可以确保江山安稳，无须担心有人造反，可以千秋万代实现"君君臣臣、父父子子"的所谓三纲五常的封建统治愿景。这和具有客观开放思想的理学就产生了很大的区别。新儒学提出的"天下一人""中国一统"的社会愿景，不仅是北宋理学家们的寄望，更是社会中下阶层的众望所归。所以，理学在诞生的那一刻，就笃定了其传承孔孟儒学"仁礼孝道"的道德典范，批驳佛道两派愚弄虚张的唯心色彩，及突破儒家思想中因循守旧、迂腐懦弱的创新目标。理学更多提倡"经世致用""道济天下""天下一统"的世界大同观和客观唯物主义。简而言之，它顺应了新的社会意识形态，发展了孔孟儒学中的优良思想基础，同时创新并创变了儒学潜在的积极思想成分，将这些思想精华形成旗帜鲜明的新学说、新思想。

理学是客观的思想观，又兼备了相当的唯物主义色彩，因此从诞生之日起就决定了它不会成为一家独大的权威学说，从而派生了众多各抒己见的流派风格。其中最为著名的当属周敦颐的濂学、张载的关学、二程的洛学、邵雍的算学、司马光的朔学、王安石的新学以及三苏的蜀学等。这是从各派理学主要创始人所在地域和学习这些学说的人员流向来划分的，带有典型的地域特色；从思想观点来区分，理学又被划分为以二程、朱熹为代表，讲求以"理"为理论核心的程朱理学，又称"理本论"；以张载为代表，讲求以"气"为理论核心的关中理学，又称"气本论"；以陆九渊、王阳明为代表，讲求以"心"为理论核心的陆王理学，又称"心本论"。

但无论是哪家哪派，理学都是明确存于与人和事之中的物质和意识的主导排序的问题，并不是关乎佛教的"空"、道教的"玄"的问题。理学是以孔孟儒家提倡的"人性之上""天人合一"为理论基础的，最终是要实现儒学和理学诸多先贤们反复提及的"天下一家，中国一人"的道济天下的民生宗旨。

综上，有关张载创设的关学概念就很清楚了。首先，关学是理学的一个流派、一个分支，其创建人与其追随者及主要传承人大都来自陕西关中一带，如北宋的吕氏兄弟及范育、苏昞、李复、游师雄等人；而延及明朝的马理、吕柟、韩邦奇、冯从吾、李颙、李因笃、李柏、王心敬等人亦都来自长安、蒲城、大荔、三原、户县、周至、眉县等地。这些地方都是关中腹地，围绕在张载讲学的横渠书院周边，远则二三百公里，近则就在咫尺。所以，张载的关学即指"关中理学"一说。再者，就观点看，关学与闽学、洛学、陆王理学存在本质不同。如前文所言，关学是以气本论为主的带有明显朴素唯物主义的思想观。且张载一直强调以"礼"为本、以"德"为重的学术操守，即所谓的"崇德重礼"，非常看重素质教育。同时，关学又主张"践行"，不会拘泥于殿堂口舌的清谈之中。张载在关中讲学之际，就带领弟子们进行井田制的试验，并以《井田议》

上奏神宗，试图将关学思想中的民生观变现为经世致用的生产改良举措。此外，他极为看重社会秩序和民间规约，形成了具体的家训家规，还认为宗法制度及兵役制度等是改良民生、维护国家统治的根本，应该根据社会实际情况创变、创新。因此，他又给朝廷上书《保甲法谏》，指导"蓝田三吕"等弟子撰写完成了中国第一部乡规民约《吕氏乡约》。

孔孟开创的儒学早已成为中国思想界最具影响力的学说。如今，儒学思想不仅根植于中国，也在世界其他国家和地区有所应用。其后的宋明理学是儒学发展到一定阶段和一定高度后的新的补充、新的创变、新的转折，是一种全新的儒学形式和体现。而关学则是理学的一个流派，与其他各学派最显著的区别在于以气本论为学术要旨。

张载关学体系中的精华思想"为天地立心，为生民立命，为往圣继绝学，为万世开太平"，更被后世誉为"横渠四句"，成为历代崇奉的治世思想和精神价值观。

"关学"并非"关中之学"

近年研读张载关学后，为其至诚至理、博大精深的哲学思想和处世观点而走心。爱之深亦问之深，敬仰之际，难免对其中的些许观点有了新的认识。而其中最大的困惑当属时人一直以来将张载关学作为"关中之学"或"关中的学说"来理解，并大有根深蒂固之态。这不能不是一个严肃而严重的"文化学案"。

关学本是理学（新儒学）四大学派濂学、关学、洛学、闽学中重要的一支，因其创始人张载和其理学的大部分门徒及后继者主要来自陕西关中地区，所以张载理学又称"关中理学"，后世便于说教和区分称其为"张载关学"或"关学"。而"关中之学或关中学说"是指八百里秦川的关中地区所有学说的通俗说法而已，是为一个地域性的学说或文化的口语统称，就像广东的学说俗称为"岭南学说"，湖南湖北的学说统称为"湖湘文化"，山西山东的学说被说成是"齐鲁文化"一样。二者绝非一语，也并无直接的因由关联。

作为孔孟新儒学（理学）重要一支的关学，早先萌芽于北宋亲历年间关中地区的仕子学人申颜、侯可等人的发端思考，其后经同属关中的张载在此"关学胚胎"上将其全面梳理、提炼、构建后形成了一个以"气本论"为思想核心的相对全面的新儒学体系。与张载同时期究学孔孟创设理学的有周敦颐、程颢程颐兄弟、邵雍及南宋的朱熹等，这些学术大家在各自的生活环境和观点角度研究并发展着理学，从而形成了出发点相同但角度和视野各异的理学宗派。比如北宋理学的开山鼻祖周敦颐的理学思想体系以"诚"为核心，二程和朱熹的思想体系以"理"为其重心，而张载研究儒学的思想宗旨和观点则以"气"为究学的根本，及至于后来的南宋陆九渊和明朝的王阳明，他们所倚重的理学思维体系则是以"心"为始终。既然理学的先宗们都有其鲜明的哲学观点和思想体系，显然名为共同传承孔孟儒学的理学，其各自的儒学思想精髓却有着千差万别的鲜明特色和风骨各异的学术初衷。再加之初创理学的先贤们各自并未在同一地理范畴的区域进行学术发展，自然各个学派从门徒源流及所处环境等肯定有着不一样的体现。所以种种差异使得后世在区分北宋各个理学派别时，以其思想特色为介质，以其所在地域为符号，最终形成了我们现在所熟知的代表周敦颐"诚"的濂学、代表张载"气"的关学、二程兄弟的洛学、朱熹以"理"为宗的闽学。这就是被后世称作的在理学上有着卓越贡献但观点各异的"濂关洛闽"理学四大门派。张载创建的学说在理学四大派中有其一，称作"关中理学"，简称"关学"。

而将"关中理学"理解成为"关中学说"或"关中之学"的这些学说又秉持怎样的说法呢？

首先要弄清楚张载创建"关学"前的关中地区是以什么学术思想为主导的问题，这显然不是今天所说的"关中理学"，因为有宋以前哪有什么新儒学诞生。史料表明，北宋以前的关中地区的学说文化氛围可分几个阶段。首先是先秦时期的诸子百家学说，这其中就包括了孔孟儒学、纵横学、道学、墨学、法学、兵将学等，这些学说有的以关中为中心向外拓展和辐射，比如老庄学说（道学），据说是发源于关中地区终南山的楼观台一带。有些是由外而内引进，比如纵横学，本是春秋早期流行在齐楚一带的政治说客，而引发诸多的春秋有识之士为施展才能获得政治抱负，而形成风靡各国的权谋学说。秦国也成为当时纵横家们竞技的舞台，像知名的苏秦、苏厉、张仪、范雎、公孙衍等都曾在关中一带活动过。自然，这样阴谋和阳谋交织的纵横学，就不是张载所倡导的"为天地立心，为生民立命，为往圣继绝学，为万世开太平"的"胸怀苍生，道济天下"的关学思想体系了。及至两汉三国时期，在董仲舒的"罢黜百家，独尊儒术"思想学术"管控"下，一度出现了仕子学人争相研读儒学经典之学的风气。而其中以关中地区的经学大儒最为踊跃最为集中，比如关中扶风人马融，堪称东汉末年的经学大儒，据说其授徒讲学时分为帐内帐外数层，前来学习的门人及续传门人一度达数千人之多，而大部分人是无法目睹马融"真身"的，只能通过"口口相传"获得学习。其他的关中经学大师如班彪、杨震、挚恂等都在经典之学的儒学上做出了彪炳学界的贡献。这个阶段的"关中之学"的主体就是"经典之学"，简称"经学"。及至于两晋之后的南北朝及隋唐五代时期，各个朝代纷纷推崇佛学，一时儒学冷落佛学大盛，关中也不例外，佛学在关中的盛行不亚于其他各地。比如著名的儒道通人马枢、佛门高僧智永、唐朝宰相王珪、佛学大家玄奘、高僧鉴真等，要么源自关中，要么落脚于关中，不管如何，在这些佛学通人的引领下，以及法门寺、兴善寺、大雁塔等佛门的大兴大旺，"关中佛学"一时风头无两。显然"关中学说"一说，在这个时期就是绝对的"佛学"当道了。

实际上，"关中学说"不单是指思想学术层面的意识形态，文化艺术方面的"关中之学"的影响力不在思想学术之下。从西周早期传说由尹吉甫编撰的《诗经》开始，到西汉司马迁的《史记》、东汉班固的《汉书》及杜佑的《通典》等，关中文人名作层出不穷。延

　　　　　　　　厚道圣人：张载关学千年寻踪　｜

及现当代也是人才辈出大家不断，比如柳青、路遥、陈忠实、贾平凹等。从文学角度审视关中之学后，其又成了"关中文学"或"关中历史"的文化流派。此外还有绘画、书法、科学、戏曲等有着浓厚关中文化特色的艺术名人名作，也是"关中之学"的一个重要特色呈现。

无论怎样，以上这些文化或学说绝非"关中理学"一派能涵盖的。诸多学说和文化流派一起构建了波澜壮阔的"关中之学、关中学说或关中文化"。而文献中对"学说"的定义是指根据所学到的某方面知识加以总结而得出的最终结果。比如阴阳学说、五行学说、老庄学说、达尔文学说、基因学说、原子学说、氧化学说、信号学说等。如果参照以上对学说的定义，那还有什么可以辩驳"张载关学"就是"关中学说"呢？此说显然属于谬论。还须回归"学说"概念本身对其究读辨识才行。

从炎帝、黄帝时期就深耕于关中大地的文化学说是丰富而广袤的，社会应用也是千差万别的。不要说张载关学不能替代"关中之学"，作为张载关学本身而言，也是不能"点面相融"，毕竟针对"关中学说"来说，张载关学木秀于林，又怎么能让灿若星汉的理学大派掩映于芸芸学说之中呢？这显然不合乎逻辑和理论。

张载一生的四个思想阶段以及关学的形成

少年喜兵：欲建功业驱党项

年幼时，张载随父亲张迪从长安到涪州（今四川涪陵）任知州。张迪后因病在涪州任上去世，此时张载年约十五。古时，官员客死异乡有归葬故里的习俗，所以张载随同母亲和年幼的弟弟赶着马车，护送父亲的灵柩一路向北穿越秦岭，从斜谷（今眉县斜峪关）出山，再往东向河南开封进发。当时，党项人李元昊时常对宋用兵，致使西北一带战乱频发。灵柩走到大振谷（今眉县横渠镇南）附近，前方发生兵乱，加之全家回开封的路费已殆尽，张载便就近将父亲简单下葬于大振谷迷狐岭，其后便随母弟居住在横渠镇大振谷口。

唐时，西夏人祖先党项族由松潘平原迁移到陕北高原及宁夏河套平原。经过多年发展，党项人势力已发展到能与朝廷分庭抗礼的态势。宋初，党项人李继迁奠定了西夏的基础，至李元昊时西夏力量已很强大，时时侵扰北宋的西北边塞，给生活在西北一带尤其是陕北边地的民众带来了严重的威胁。而陕西眉县距边地不远，少年张载耳濡目染民不聊生的惨境，便生出了尚武报国的强烈念头。

1040 年，张载赶到延州，向当时的陕西经略安抚副使、主持西北防务的范仲淹上书自己的抗敌之见，打算联合焦寅组织民团，夺回被西夏侵占的洮西一带失地，并给呈上自己的军事主张《边议九条》。范仲淹极为认可张载的军事见解，但他更看到张载很有可能在治学方面有更大的发展，便建议"儒者自有名教可乐，何事于兵"，劝张载弃戎从文，研究《中庸》之类的儒学经典。张载的人生之路由此发生了转折。

青年跨界：笃定理学施抱负

其实，此时的张载已读过大量的佛、道经典。从延州回到横渠后，张载开始认真思考日后的治学方向。从春秋末年到西汉武帝，儒学一度成为一家之言，过程中却不断沉浮反复，秦朝末年的"焚书坑儒"曾成为其学派的致命一击，不堪回首。道家因崇尚无为而治、反对斗争，更力推其不老之术，进而获得历代帝王的支持。东汉明帝时，佛教自印度引入，在不断本土化的过程中渐渐于中原大行其道，气势如虹，至南北朝及隋唐阶段，更是达到空前盛世，不仅成为思想教化之核心，更成为统治阶层愚民的主要手段，民众苦其久矣。由于唐末五代十国以来，社会风气及士人的道德败坏，朝秦暮楚的臣子屡见不鲜，为改变这种社会及政治上的颓风，自赵匡胤起宋代帝王大倡重视气节及重文轻武之政策。此外，流落民间的大儒学子纷纷开馆受学，加之活版印刷的发明使书籍流传日盛，这些都成为滋生全新思想学说的土壤。据《横渠先生行状》中载："累年尽究其说，知无所得，反而求之六经。"审时度势后，张载确定了自己此后的发展方向，专事研读孔孟儒学，树立了重新发掘和提升儒学的毕生志向。

张载对"六经"之中的《易》尤其精通。皇祐五年（1053年）前后，时任忠武军节度使的文彦博邀请他东游长安学宫讲学，内容也以易学为主。此后，张载对《易》进行不断的梳理，颠覆了前人

"天人感应论""自然无为论"的观点，形成了以易为宗系统论证天道与人道关系的思维体系。此时的张载以研读儒家学说和游学各地讲学为主。嘉祐二年（1057 年），他于汴梁考中进士，一同登科的还有苏轼、苏辙兄弟。放榜期间，张载再次受当时已恢复宰相职务的文彦博的邀请，在开封相国寺设虎皮椅讲《易》，受众三千余人，其中便有另外两位理学干将——二程兄弟。他们在讲学后与张载讨论了《易》，以及道学之要领。有趣的是，张载系二程兄弟的表叔，和二程的父亲程珦是表兄弟的关系。通过这次探讨，张载认为二程对《易》的理解更为深刻，于是撤座罢讲。经过此次交流，张载不仅对治学之道更为坚信，更加精进了自己对《易》的研究。汴梁讲学可说是关学道统开派立宗之发端。

此间，同科进士及第的吕大钧率先拜张载为师，被称为"关学首徒"。随着对儒家典籍的研读深入，并综合了大量佛老学说之精粹，加之讲学的经历和与二程的探讨，张载愈加明晰了天道与人道的关系，逐渐形成了"中庸为载体，易说为宗向，崇尚道德，重视礼法"的思想雏形，这便是关学的最初构想。据史学界考证，《横渠易说》一书也正是张载在这个阶段"耕读兼之，昼夜续之"的清苦劳作中完成的。

中年践行：民胞物与唯物论

进士登第后，张载先后任祁州司法参军、云岩县令、著作佐郎、签书渭州军事判官等地方官职。为官云岩县令时，张载办事认真、政令严明，处理政事以"敦本善俗"为先，推行德政，重视道德教育，提倡尊老爱幼的社会风尚，每月初召集乡里老人到县衙聚会，常设酒食款待，席间询问民间疾苦，提出训诫子女的道理和要求。县衙每每出台新的规定和告示，必定召集乡老，反复叮咛到会之人，要他们转告乡民，务必将之落实到位。在渭州时，他与环庆路经略使蔡挺的关系很好，深得对方的尊重和信任，军府大小之事，蔡挺都要向他咨询。他曾说服蔡挺在大灾之年取出数万军需物资救济灾民，并创立"兵将法"，推广边防军民联合训练作战，还提出取消戍兵换防，改为招募当地人取而代之。他代蔡挺撰写了上奏朝廷的《经原路经略司论边事状》《经略司边事划一》等奏议，展现了非凡的军事才能。

熙宁二年（1069 年），御史中丞吕公著向神宗推荐张载，赞其"学有本原，四方之学者皆宗之"。神宗召见张载，问及治国为政的方法，张载皆以"渐复三代为对"。神宗非常满意，想让他去二府（中书省枢密院）做事。张载则自认刚调入京都，对王安石变法了解甚少，请求从长计议，后被任命为崇文院校书。当时，王安石变法心切，求贤若渴，听闻张载其人，急于得到他的支持。张载一面认可王安石的新政，一面又以"公与人为善，则人以善归公"为由做出了婉拒。此举引起王安石的不满。不久，张载被派往浙江东部明州审理苗振贪污案，结案后返朝。此时，张载之弟监察御史张戬因反对变法，与王安石发生激烈冲突，被贬知湖北公安县。张载料想自己必受牵连，遂在熙宁三年（1070 年）辞官回到故乡。

1057 年至 1070 年不长不短的十三年间，张载担任的都是最基层的官员。正因如此，张载的学术思想受到来自民间实况的巨大冲击，如"民胞物与""循天理去人欲"等观点正是他对民生疾苦最直接的感悟。他认为人的一切都是自然所赐予，人对自然要友善，才能持久得到自然的馈赠；同时认为天道不仅是自然的，也应是公平公正的，人不应该违背自然规律及破坏公平公正的秩序，或施展阴谋诡计而达到控制一切的目的，如果人的欲望超出现实条件或损害了其他人的利益，就会遭受来自天道的惩罚。这些观点其实都是张载在各地为官期间深入民间生活所观察积累到的。

《正蒙·乾称篇》中有："民吾同胞，物吾与也。"意思是，天下同胞都是我的父母及兄弟姐妹，世间万物都是人类的伙伴，一切为上天所赐。张载直面劳苦大众的生活现状，深入思考自然与人的关系，反思了传统儒学在自然科学上存在的不足，并逐渐将自己的哲学触角移向自然的宇宙观。在担任渭州军事判官期间，张载受好友陕西武功县主簿张山甫之邀在武功绿野亭进行了一次讲学活动，内容也是围绕自然宇宙观展开。通过程颢上书宋神宗的《乞留张载状》以及他与张载的往来书信得知，张载此时已经建立了"太虚即气"的宇宙本体论，即被视为关学核心之谈的哲学思想。这正是张载为官阶段通过研究自然规律、深入民间疾苦后，形成的朴素唯物论的基本雏形。

晚年立言：关学道统始构成

熙宁三年（1070年），张载第一次辞官返归横渠，并放弃了早前试图通过为官施政来改变社会民生的政治抱负。他深知要拯救百姓于疾苦，妄图依靠统治阶层及其制度政策显然是不现实的。这亦是张载愤然辞官的主要原因。

因为家贫，张载不得不以走读和耕读的方式完成学业。置身这样的农耕文化中，他不仅亲自见证了底层百姓的真实生活，而且也要靠亲自耕作来养家糊口。艰难的时世和贫富不均的社会现象为张载的哲学思想植入了厚重的现实色彩。该时期，张载在思想上主要论述的是自然唯物论。他认为世界和宇宙是由"气"形成的。"气"是主宰万物和生灵的本源，没有"气"的存在，宇宙和人类就没有任何关系。这就是张载哲学思想中最重要的"气本论"思想。这与二程和后世朱熹的"理本论"、陆九渊和王阳明的"心本论"完全不同。而从现代科学角度和唯物主意观点出发，张载的"气本论"无疑是符合科学思维的。继而，张载又运用辩证思想论证了"人和人""人和物""人和事""事和事""物和物"之间的诸多关系。张载推崇儒家文化，尤其是其中的"礼文化"。此外，他崇尚"德育"，认为"德"是一个人发展的基础，还认为教育的最终目的是使人达到圣人的境界，而要达到圣人之境，"崇德重礼"是必须遵守的规则。万事万物既要制定法度，又要遵循自然规律。为验证自然环境和当时宋廷政策的相得益彰，张载亲自带领学生在眉县横渠镇、扶风五井镇、长安子午镇等地对进行井田制试验。他还着力推行家风家规，以"六有""十戒"来训教家族成员及张门弟子。蓝田吕氏更是在张载的指导下，完成了中国第一部乡约文献《吕氏乡约》。

张载的著名篇章《西铭》《东铭》就是在这个阶段完成的。这期间，张载讨论和针对的问题也涉及面颇广，比如气本论、一物两体、人性二元论、天理与人欲的关系、礼德观、有神论、实学精神及经济改良举措等。这些观点及要义均被苏昞等弟子整理收录进关学巨著《张子正蒙》。

熙宁十年（1077 年），由于秦凤路统帅吕大防的举荐，张载再次应召入朝任同知太常礼院一职，但因与礼院长官在礼的施行方面意见不合，很快以抱病为由再次辞职归乡，途中"殆于骊山之下"，终年五十八岁。去世前，苏昞等人在老师的授意下着手收集整理其讲学立言的各种文本及言论，这就是《张子正蒙》，与其早前的著作《横渠易说》《经学理窟》《张子语录》及后人编撰的《张子全书》等，共同构成了关学体系的核心思想论著。至此，关学诞生。

张载一生两被皇帝召晋、三次外仕为官、四次思想锻造，最终形成了独树一帜的关学道统。其一生所历是跨界的，也是自然的，更是创变的。那句"为天地立心，为生民立命，为往圣继绝学，为万世开太平"不仅是他对孔孟儒学的创新和提升，也是对佛老唯心学说的批评，更是对自然科学、唯物主义的认可，同时也彰显了他作为理学流派创始人的广阔胸怀，为后人传承中华文明确定了目标，为今人图谋幸福指明了方向，更为万众树立了正确的价值观和世界观。

横渠先生的"绝学精神"

"横渠四句"中有"为往圣继绝学"一句。"往圣"者,孔孟所代表的先儒也;"绝学"者,孔孟先儒所弘扬之道学也。那么,张载的"绝学精神"又具有怎样的内涵?这是热衷张载文化之人所关注的。

我们先来看传统意义上的"绝学"。《老子》中有"绝学无忧",《庄子·山木》中有"孔子曰:'敬闻命矣。'徐行翔佯而归,绝学捐书",《吾思·圣神贤》中有诗云:"深思熟思,必有奇思。信师行师,自可名师。圣学博学,方成绝学。知善致善,是为上善。性勿恶,形勿舍。省勿止,神勿折。圣学乃精学、博学、绝学是也!"由此可见,广义上的"绝学"是指有造诣的独到之学,不效仿他人,重在领悟,且能够灵活运用自如。如以孔孟为代表的儒家提倡德政、礼治和人治,强调道德感化;以商鞅、韩非为代表的法家提倡"一断于法",实行法治,强调暴力统治;以老庄为代表的道家提倡顺乎自然,"无为而治"。其实,这三者之间的差异很大,但也具有一定的融合性和互补性。经过秦朝、西汉初年的治国实践,已从正反两个方面证明:群雄争霸的动荡年代,遵循凭借儒家路线难以实现全国统一,法家理念却能收到天下一统的效果;动荡结束,百废待兴之际,人口凋敝,生产停滞,应该实行道家的无为而治,让百姓休养生息，逐步恢复并发展生产；国家稳定，走上正常运转轨道后，便不能再实行暴力统治，而应选择怀柔理性的儒家路线。可见，平衡法、道、儒三种思想，使之互补长短，这样的学说道统就是"绝学"。

虽然"绝学"不可复制，却可以延伸、创新，并结合不同时代的需要加以创变，从而达到"基因"不变、"内容"转换、"效果"递增的蝴蝶效应。因此，张载在崇寿院著书立说，讲授新学，立志"为往圣继绝学"，即继承孔孟道统之学，力求实现儒学"为万世开太平"的宏大心愿。然而，他也清楚，要做到这些仅凭两千年来一成不变的儒家心灵鸡汤显然是不够的，也是行不通的。时代在变化，环境在变化，人们的思维方式和追求内容也日新月异。所以，张载在继承孔子、孟子、荀子、董仲舒等人的"绝学"外，又根据自己所处时代的实际情况，升级并创新一个理学流派——关学。

张载认为宇宙的构成主要分为三个层次，即太虚、气、万物。太虚造气，气造万物，三者是同一实体的不同状态，彼此的关系是相辅相成的。这是"气一元论"唯物观的本体论，亦是中国古代朴素唯物论发展的一个里程碑。他还从"气本论"的观点出发，提出了"民胞物与"的思想，确立了他对佛道思想的批判立场。与一般理学流派不同，关学特别强调"通经致用"，以"躬行礼教"倡行于关中，且十分重视礼学，同时注重研究法律、兵法、天文、医学等各方面的问题。

可见，张载继承了孔孟儒学的立身之本——礼德，同时将视角延展到宇宙和人性的关系，认为"气"是主宰世间万物的核心以及人的行为方式。"太虚无形，气之本体。其聚其散，变化之客形尔。"这一观点不仅重新解释了孔孟儒学中"知人不知天"的盲动思想，还为当时理学各派认识世界提供了有力的依据，为孔孟儒学中"天人合一"的辩证理论观找到了明确的落脚点。这不能不说是儒学研究的一大创举，也给"天下一家，中国一人"的世界观描绘了一幅可见的蓝图。这一辩证体系在当时世界范围内的哲学思想界是绝无仅有的。如此前无古人、后领来者的"气本论"，不就是"绝学"吗？张载不正是圣人吗？一个明证就是在他去世后，南宋理宗颁旨将其敕封"陪祀"孔庙，列为"先贤"。既为"先贤"，那么，他的学识自然也就可以称之为"绝学"了。

可横渠先生并未将关学视为"绝学"，也绝无产生与孔孟一争高下的"独家之愿"。要知道，张载最初研究的是佛老之学，后来才转向孔孟之道，其治学初衷就是想让天下苍生寒有衣、食有粮、居有所、行有路、识有教、学有为，最终实现太平盛世。他少年立志从军报国，青年饱读孔孟经典，中年为官惠民，年老著书立说、开馆授徒，将自己"为万世开太平"的宏愿普度给更多有识之士，带动更多的后生一起改变世界、改变命运，这就是横渠先生的"绝学精神"。无独有偶，张载的"绝学精神"在后世朱熹这里不仅得到了传承，更将之视为自己的治学初心和奋斗目标。在《近思录》卷二中，朱熹如是道："为往圣继绝学，为万世开太平。"

在遥远而漫长的封建时代，有一个人手提心灯，行走在凄风冷雨的黑夜。他衣薄身弱，手提的那盏微弱之光随时都有被熄灭的可能。然而，他始终不曾停步，丝毫不畏风雨雷电，在黎明的前夕自豪且满怀斗志地高呼一声："为天地立心，为生民立命，为往圣继绝学，为万世开太平。"这是历史上的张载，也是我们心中的张载。

不为圣人绝学所累，只为生民普度所乐——这便是横渠先生的"绝学精神"。

真《东铭》和爱《西铭》

"横渠四句"以言简意赅、气势磅礴的感召力影响着一代代国人奋斗不息。血脉偾张之际，有必要潜心研读一下张子的另两篇传世佳作《东铭》和《西铭》。不读"二铭"，不能知张子、解关学、懂人伦、悟心性、树志向；不读"二铭"，则人不能立也！

首先，还原《正蒙》中"二铭"原文，以感真知！

《东铭》：戏言出于思也，戏动作于谋也。发乎声，见乎四肢，谓非己心，不明也。欲人无己疑，不能也。过言非心也，过动非诚也。失于声，缪迷其四体，谓己当然，自诬也；欲他人己从，诬人也。或者以出于心者归咎为己戏；失于思者自诬为己诚。不知戒其出汝者，归咎其不出汝者。长傲且遂非，不知孰甚焉。

《西铭》：乾称父，坤称母；予兹藐焉，乃浑然中处。故天地之塞，吾其体；天地之帅，吾其性。民吾同胞；物吾与也。大君者，吾父母宗子；其大臣，宗子之家相也。尊高年，所以长其长；慈孤弱，所以幼其幼。圣其合德；贤其秀也。凡天下疲癃、残疾、惸独、鳏寡，皆吾兄弟之颠连而无告者也。"于时保之"，子之翼也；"乐且不忧"，纯乎孝者也。违曰悖德，害仁曰贼，济恶者不才，其践形，惟肖者也。知化则善述其事，穷神则善继其志。不愧屋漏为无忝，存心养性为匪懈。恶旨酒，崇伯子之顾养；育英才，颖封人之锡类。不弛劳而底豫者，舜其功也；无所逃而待烹，申生其恭也。体其受而归全者，参乎！勇于从而顺令者，伯奇也。富贵福泽，将厚吾之生也；贫贱忧戚，庸玉汝于成也。存，吾顺事；没，吾宁也。

有宋以来，对"二铭"全文的解读层出不穷，而对其中字、词、句、段、章的释义也各有千秋，并非完全一致，但对它们各自整体的要义剖析，大部分注家的认知基本是相同的，主要有两种理解：一种是将《西铭》的要旨解读对"大爱"的诠释，而将《东铭》的要旨解读为对"真诚"的体现；一种则是认为《东铭》讲的是如何做人，而《西铭》讲的是如何做事。两种理解都有道理。第一种理解上升到了思想层面，更有深度，更契合民生民意；第二种理解比较务实，却没有体现出儒家"大爱""真诚"的深度和广度。因此，这里主要从"大爱""真诚"的角度对"二铭"进行解读。此外，笔者在此不对"二铭"进行逐字逐句的白话翻译，而是将解读重点放在张载的创作背景、目的，以及"二铭"所具有的社会价值方面。

"二铭"的面目

《东铭》《西铭》原是张载《正蒙·乾称篇》中的两部分，原本是用来警示书院学子铭记关学要义以及道济天下的学习宗旨，后成为教化育人的箴言。1070年，张载第一次辞官回到崇寿院，著书立说，教授生徒。为教导学生努力向上，他写下两则铭文张贴在崇寿院山墙左右两牖，东牖为左，称《砭愚》；西牖为右，称《订顽》。

两则铭文后被张载弟子们收入《正蒙·乾称篇》。张载去世几年后，已转投二程门下的吕大临陪同新师程颐来到横渠镇凭吊张载。程颐看到"二铭"后，觉得作为牖名应在寓意和理解上更为直白些才好，遂照"二铭"所在方位将《砭愚》改称《东铭》、《订顽》改称《西铭》。南宋朱熹出于对《西铭》的偏爱，又将之从《正蒙·乾称篇》中分出，加以注解，形成独立篇章《西铭解》。此后，《西铭》一文也被誉为张载最具代表性的思想圣文。

在关学思想中，《东铭》主要阐述了《中庸》的"正心诚意"思想，认为人之所以有进步，在于诚其本心。其理与孟子的"性善论"、荀子"劝学"相近，被称为是对孟子"善"的完整解读。而《西铭》主要阐述的是《易传》中的天道思想，即乾坤一体、天地一家，归结为一个"孝"字，以现在的视角解读就是"大爱""真爱"，与儒家的礼德观相近。《西铭》被后世学者称为对孔子"德"的完整解读。

《东铭》的内涵

结合张载其他著作对《东铭》做整体分析后，不难看出《西铭》和《东铭》的关系就是道德理想和道德实践的关系。《东铭》的"过言非心也，过动非诚也"就是对《西铭》中"乐且不忧，纯乎孝者也"的践行和印证。从思想构建看，《东铭》更符合关学的本旨初衷，首句"戏言出于思也，戏动作于谋也"正体现了其思想针对一般儒者解决择术问题的指引，及对立身处世如何做人的规教。对有"戏虐"或"傲慢"特征之人，张载则秉持"不苟同"的态度进行了具有警示意义的批评。熙宁二年（1069 年），王安石想拉拢张载进入变法阵营。张载原本也是认可变法的，却因不齿于王安石的傲慢为人，遂回以"公与人为善，则人以善归公"，拒绝了王安石。然而，张载却从不吝于对底层劳动人民付出真诚之心。任职渭州军事判官期间，他说服当时的环庆路统帅蔡挺在大灾之年取出军资救济当地百姓以渡过难关；辞官回返横渠后，在连续天旱致使庄稼大量减产、百姓无粮的境况下，他因"饿殍满野，虽蔬食且自愧，又安忍有择乎"，带头节衣缩食，帮衬民众。

后来，随着越来越多的名家对《西铭》推崇备至，至善至诚的《东铭》则被冷落起来，这是有失偏颇的。

《西铭》的内涵

《西铭》以儒家精神中的"孝""爱"为指导思想，探讨人、自然、社会三者的关系，并指导在客观约束下如何遵循情理做好事情。此铭被誉为"宗法模式的宇宙本体论"。《西铭》反映了张载试图通过提倡孝道来整顿社会道德、稳定社会秩序的美好愿望。他强调"大君者，吾父母之宗子，其大臣，宗子之家相也"，即天子是乾坤父母的嫡长子，而大臣则是嫡长子的管家。此种理念后来也被他用以教化族人及弟子。

就思想内涵而言，《西铭》表达了有关"爱"的主题，也即"民胞物与"。通过"乾父坤母""民胞物与""仁民爱物""无怨无违"的依次推进，使"爱"贯穿其间。"爱"是《西铭》的逻辑主线，从宇宙境界、天地境界、人性境界、人生境界最终落实到伦理道德境界。如果说这里的"宇宙""天地""人性""人生境界"是前提、是背景的话，那么，"人生"和"道德境界"就是结果、是重心。张载在表达"爱"时，将重心放在了人与人的关系上。《西铭》有云："尊高年，所以长其长；慈孤弱，所以幼其幼；圣，其合德；贤，其秀也。凡天下疲癃、残疾、惸独、鳏寡，皆吾兄弟之颠连而无告者也。"此段就是要求人们礼敬同胞中的年长者，养育同胞中的幼弱者，大凡圣贤之人都在这些群体中，孤独鳏寡者都必须成为我们关注的对象。只有人与人同禀一气而生，社会才能建立"立必俱立""爱必兼爱"的大孝之德、大爱之范。

《西铭》将等级社会描绘成一个大家庭，将人与人不同的社会地位喻为家庭成员内部的分工。为使这个大家庭得以安宁，所有成员必须服从整体，这也是宗法社会的整体规划。而这个规划的设计者就是张载本人。这里必须指出的是，《西铭》所论及的"爱"是人与人之间的"等差之爱"，这是由于张载所处的封建社会大背景导致的，与"尊君""皇权"等思想无关。

名家捧《西铭》

《西铭》以儒家主张的"仁爱""孝道"为核心，加之辞藻丽而不妖、真而不俗、简而不粗，不过区区两百言便俘获了读者之心，比之洋洋洒洒数千字的心灵鸡汤不知高妙多少。此文一出，传颂不衰，被奉为新儒学"天道论"的法典之作。

程颢在《明道文集》中曰："《订顽》之言，极醇无杂。秦汉以来，学者所未到。""意极完备，乃仁之体也。""孟子后仅《原道》一篇，其间言语固多病，然大要尽近理。若《西铭》则是《原道》之宗祖也。"可以这样讲，程颢堪称对《西铭》推崇的第一人。论及私人感情，"北宋五子"中程颢与张载最为亲近熟稔，可见他的点评是极为精准的。其弟程颐在《伊川文集》中亦云："《西铭》之为书，推理以存义，扩前圣所未发，与孟子性善养气之论同功。"当年在崇寿院将《砭愚》改名《东铭》，将《订顽》改名为《西铭》的正是这位伊川先生。

后世朱熹在《朱子语类》中也如是褒奖《西铭》："中间句句段段，只说事亲事天。自一家言之，父母是一家之父母。自天下言之，天地是天下之父母。这是一气，初无间隔。'民吾同胞，物吾与也。'

万物皆天地所生，而人独得天地之正气，故人为最灵，故民同胞，物则亦我之侪辈。"学者韦政通也说《西铭》最可贵之处，是表现了"民吾同胞，物吾与也"的博爱精神。至于"尊高年，所以长其长；慈孤弱，所以幼其幼"云云，则是对博爱的具体说明，是天之大德的表现。"横渠使天人合一不限于成圣成贤的修养，也包括仁爱民本精神的发扬。"韦政通此言可谓一语中的。

"二铭"的影响

从创作逻辑而言，《西铭》是从"道不离器"的立场出发，将天地的"塞和帅"与"民胞物与"画上了等号，是对儒家思想中的"爱"和"孝"的诠释。《东铭》的成文则是以"过言非心也、过动非诚也"的外在教化作为规范，侧重"内在至诚"的修养功夫，是孟子"真"和"诚"的体现。"二铭"的创作思路清晰、逻辑严密，虽然是近一千年前所作，但其内在的思想和精神对于今天仍然有借鉴意义。

《西铭》《东铭》也是《正蒙·乾称篇》的核心。虽然《正蒙》一书的引题之作和重心是"气本论"，但就提纲挈领而言，"二铭"提到的"民胞物与""玉汝于成""存顺殁宁""过言非心也，过动非诚也"等语句无不概括了张载思想的主体及高度。基于此，"二铭"理所当然地成为关学体系中的精粹部分。最让我们有所顿悟的是，"二铭"提出了有关"挑战自我、坚守初心"的命题，具体如下：

什么是忠诚？如何体现忠诚？

什么是责任？如何承担责任？

什么是机会？如何把握机会？

什么是坚持？如何做到坚持？

以上设问不仅是张载创作"二铭"的初衷，更是现代社会中每一个人都应自我反思并认真作答的。

一场中国科举史上的饕餮盛宴

科举制度，是中国古代通过考试选拔官吏的制度，起始于隋炀帝大业三年（607年）三月（又说起始于唐武德四年，即621年），止于清末光绪三十一年（1905年），在近一千三百年的岁月长河里，北宋嘉祐二年（1057年）的这场考试不得不提，可谓中国科举史上一场熠熠生辉的饕餮盛宴。

宋仁宗赵祯以"仁义爱民"著称，在位期间政绩卓著、国泰民安，被后世史家称为"仁宗盛治"。正是在这样一个盛世，北宋迎来了史上规模最大的科举考试。时值嘉祐二年，又称"嘉祐科举"或"嘉祐豪科"。这次考试范围极广，不再局限于诗赋、策略等文科，也设置了算学、理政、经学、地理等实学内容，堪为中国古代科举制度的一大创变。这就给以张载为代表的儒学新秀们提供了一个施展拳脚的大好机会。

考官团亮煞眼

嘉祐二年（1057年），仁宗赵祯任命欧阳修为主考官，其"醉翁"之名如雷贯耳，集政治家、文学家、古文革新运动领袖、庆历新政推动者多重头衔于一身，官至参知政事（副宰相）。欧阳修为人忠厚谦逊，注重发掘人才，由他担任主考，不仅是出自皇帝的信任，也受到备考才子们的殷切期待。正是因为担任了本次主考，欧阳修后来被誉为"进士之师"。

除欧阳修外，副考官的来头也不小。如官至参知政事、尚书左仆射的王珪，官至司空、检校太尉、被封为"康国公"的韩绛，还有翰林学士、文学家、《新唐书》编者之一的范镇。此外，还有一位文坛大咖——梅尧臣。此人不仅和文学名家苏舜钦合称"苏梅"，又和欧阳修被称为"欧梅"，其现实主义文风在北宋诗坛独树一帜，被称为"宋诗开山鼻祖"。如此耀眼的考官阵容是唐末以来未曾有过的，也为即将拉开帷幕的"嘉祐豪考"做足了铺垫。

各科取士人数冠古

据不完全统计，此次应试人数千余，开了隋唐以来单次科举应试人数之先河，在四科取士（常科、制科、恩科、进士科）中共计录取了八百九十九人，最后的进士科取士中竟然有三百八十七人被录取。这个数字是有科举以来录取人数之最。让我们看看这一届能闪瞎人眼的豪华"进士团"吧！

首先，有九位进士最后官至宰相（含副宰相），分别是吕惠卿、章惇、王韶、林希、郑雍、曾布、苏辙、梁涛、张璪。被学界尊称为"唐宋八大家"者，有三位参加了此次"豪考"，分别是曾巩、苏轼、苏辙，加上主考官欧阳修以及前来汴梁助阵二子的苏洵，五位文豪会聚一堂。其次，还有几个"家庭集团军"，他们是曾巩、曾布、曾牟兄弟及堂兄弟曾阜，苏轼、苏辙兄弟，章惇、章衡叔侄等，共计九大家族。仅《宋史》里有传的就有二十四位，王安石变法的主要代表人物也都在这一榜里。

理学奠基者大都来自嘉祐科举

这一次科举取士对宋明理学的发展亦尤为重要。本次科举为理学的发展壮大输出了一批领军人物，张载、程颢、苏轼、苏辙、曾巩、吕大钧等，后来无不成为理学阵营中的中流砥柱。学界甚至一度还将加入变法阵营的曾布、林希等人也算入"王安石新学"一派。如此人才济济为即将开启的理学盛宴夯实了基础。

二程兄弟当时应是二十五六岁，学识已经相当渊博，但由于年纪尚轻、没有入仕，其名不显。程颢参加了此次科举并进士及第，弟弟程颐虽未应试，但科举期间跟随其兄多有参与新科进士的交流活动，遂使二程及其洛学逐渐在理学界显山露水。同为兄弟团的还有来自四川的苏氏兄弟。以二苏为代表的理学支派——蜀学一脉正是从此时开始壮大的。

再说张载。嘉祐二年（1057年），张载三十八岁，在进士队伍中属于年长者。后世学者分析这可能出于两个原因：一则，张载一直反对科举，主张实学治世，但在封建帝王专政时代，个人要想取得社会的认可，科举入仕乃必经之路。几番尝试后，张载寻求不到合适的展才之机，无奈之下才走上科举之路，时间上自然是滞后的。二则，张载十分仰慕当时的文化名流欧阳修、梅尧臣等人，尤其是宰相文彦博，虽然后者并非此科考的考官，但规格如此之高的考官团背后必定有宰相的幕后支持和督导。鉴于以上原因，张载参加了此次豪考。可喜的是，他也取得了进士资格。令他更为惊喜的是，科举后他便迎来第一个拜师弟子——吕大钧。吕大钧的加入不仅打破了张载"寂寥无有和者"的冷清局面，更重要的是，他是以同期同科进士身份拜入张载门下的，这无形助推并提升了关学的价值及其在学界的地位，为之后的发展奠定了基础。

纵观漫漫一千多年的科举历程，嘉祐二年的那场科举饕餮盛宴不仅是北宋的幸运，也是张载的幸运，更是孔孟儒学升级再造、改良更新的幸运。

"明州狱案"中的张载

在张载为期不长的官场生涯中，虽未遇刀光剑影、环生险象，也绝非一帆风顺。官场风云历来吊诡莫测，时刻都有惊涛骇浪，即便不结党营私，也难以独善其身。1069 年便是张载政治生涯中的"堰塞之年"。那场著名的"明州狱案"此时正向这位理学宗师悄然逼近。

熙宁二年（1069 年），王安石开始执掌参知政事（副宰相），当年即为变法的开局之年，亦是北宋"新旧党争"的序幕之年。

1069 年冬，受御史中丞吕公著举荐，张载被召回朝廷。宋神宗召见张载并问询治国方略，张载以"渐复三代之法"为答，神宗很是满意，准备授予其崇文院校书之职。这时正值新党一派实施变法不久，遇到诸多问题，急需吸收大量有识之士协助新法的推行落实。但以司马光为首的旧党激烈反对，极力劝阻神宗罢行新法。变法在明争暗斗中举步维艰，这让王安石焦躁不安，求贤若渴，并向张载抛出了橄榄枝。《横渠先生行状》中载："他日见执政，执政尝语曰：'新政之更，惧不能用事，求助于子如何？'先生对曰：'朝廷将大有为，天下之士愿与下风。若与人为善，则孰敢不尽！如教与人追琢，则人亦故有不能。'执政默然，所语多不合，浸不悦。既命崇文校书，先生辞，未得谢，复命案狱浙东。"由此，王安石和张载之间生了嫌隙。

再说"明州狱案"。

宋神宗即位后，祖无择任职通进银台司，一度与王安石共同知制诰，负责解释及下达皇帝的诏令。宋代允许被皇帝封赠的官员在接受诏书时可以给下达诏令的官员钱物，作为"润笔费"。一次，某地方官给银台司"润笔费"，恰逢王安石母亲去世，王安石推辞不过，就将"润笔费"架到公堂的大梁上。而祖无择认为王安石是故作姿态，有沽名钓誉之嫌，便取下"润笔费"用作银台司的公费开支。王安石认为祖无择不廉，两人由此交恶。此事在《宋史·祖无择传》中有载："神宗立，知通进、银台司。初，词臣作诰命，许受润笔物。王安石与无择同知制诰，安石辞一家反馈不获，义不欲取，置诸院梁上。安石忧去，无择用为公费，安石闻而恶之。熙宁初，安石得政，乃讽监司求无择罪。知明州苗振以贪闻，御史王子韶使两浙，廉其状，事连无择。子韶，小人也，请遣内侍自京师逮赴秀州狱。"史载祖无择为人义气，对师友诚实，年少时随北宋早期理学创始人之一孙复学习经术，又从穆修学做文章。二人死后，祖无择想方设法收集其遗文，汇编成册，自资刊印，使之传于世。祖无择为官期间勤政爱民，诗文也颇有名气，并积极推动理学发展。但其师孙复本身为司马光等人所推崇，这样一来，走旧党路线的祖无择和新党党魁王安石必然势不两立。更何况"安石得政，乃讽监司求无择罪"，发生冲突也是迟早的事情。

果然，祖无择被外派知杭州事，不久"明州狱案"就发生了。明州知州苗振在任时就有贪腐行为，不时为人所知。王安石变法后，新政里就有严治贪腐的约法。这时，有人向朝廷检举苗振徇私枉法、贪污钱财。御史王子韶奉命视察两浙，查问明州知州苗振，结果牵连到祖无择。据《宋史·王子韶传》载："王子韶，字圣美，太原人。中进士第，以年未冠守选，复游太学，久之乃得调。王安石引入条例司，擢监察御史里行，出按明州苗振狱。安石恶祖无择，子韶迎其意，发无择在杭州时事，自京师逮对，而以振狱付张载，无择遂废。"

以《宋史》对祖无择、王子韶两人的记载看，王安石与祖无择交恶后，王子韶为迎合讨好当时担任参知政事的王安石，便借机派内侍将祖无择押至偏远的秀州（今浙江嘉兴和上海松江一带）狱中，进行治罪。这时，北宋理学家之一、在天文学方面成就突出的吏部尚书苏颂进言："无择是胁从，不当与犯人同狱对质。"张载之弟张戬时任监察御史里行，也认为祖无择无罪，并设法陈情营救。张戬谏言道："无择三朝近侍，而骤系囹圄，非朝廷以廉耻风厉臣下之意，请免其就狱，止就审问。"但王子韶对这些人的意见均不理会，继续审查祖无择。但这次主审官却成了张载。至于朝廷为何要派张载去调查"明州狱案"，史料中并未有明确交代。但有两点史实可供参考：一是当时张载正在崇文院校书，处于"候任"状态，属于机动人员，可以借调；二是他的那句"公与人为善，则人以善归公"明显惹恼了王安石，后者很有可能借机报复。作为一个长期在基层从事管理事务的官员又怎能处理好如此复杂的"明州狱案"呢？

程颢在《乞留张载状》中言："臣伏闻差著作佐郎张载往明州推勘苗振公事。窃谓载经术德义，久为士人师法，近侍之臣以其学行论荐，故得召对，防陛下亲加延问，屡行天奖，中外翕然知陛下崇尚儒学，优礼贤俊，为善之人，孰不知劝？今朝廷必究观其学业，祥试其器能，则事固有系教化之本原于政治之大体者；傥使之讲求议论，则足以尽其所至。夫推按诏（一作讼）狱，非儒者之不当为，臣今所论者，朝廷待士之道尔。"尽管程颢以张载身为治学者没有办案经验为由请求张载留下，但王安石则表示："儒者亦可断！"一句

　　　　厚道圣人：张载关学千年寻踪　|

话就将程颢给怼了回去。

最终，张载还是领命，赶赴明州审案。经过耗时半年的调查取证，终审的结果是祖无择虽无大罪，但有小过，即以公款接济部下、乘船等级超规等。《宋史·祖无择传》中载："及狱成，无贪状，但得其贷官钱、接部民坐及乘船过制而已。遂谪忠正军节度副使。"《邵氏见闻录》中有："坐送宾客酒三百小瓶。"另外在《西湖游览志馀》中亦有："熙宁中，祖无择知杭州，坐与官妓薛希涛通，为王安石所执，希涛榜笞至死，不肯承伏。"（因薛希涛通至死不承认，所以不以祖无择的罪状来论）然而，前明州知州苗振贪污罪坐实，无可争辩。于是，张载上奏朝廷请求法办苗振，并建议释放祖无择。朝廷遂贬苗振为复州团练副使，同时贬祖无择为忠正军节度副使。后来，祖无择又被朝廷官复光禄卿、秘书监、集贤院学士等职，主管西京御史台，又移知信阳军。

至此，涉案人物众多、错综复杂、暗流涌动、公私兼存的"明州狱案"经半年审理正式结案。

纵观整个案件，虽然被告是苗振，但至关重要的人物还是由他歪打正着牵引出的祖无择。由于祖无择此前知杭州事，后任光禄卿、秘书监、集贤院学士等职，年龄比王安石长约十岁，为官时间甚久，可谓朝廷重臣，人缘亦不错，其师孙复也为司马光等人推崇。因此，"明州狱案"广受朝野关注、轰动一时也就在情理之中。该案表面看是查贪反腐，实则隐匿着王安石治罪祖无择的私心。如此要案若处理不慎，作为主审者的张载便有身陷囹圄之虞，很可能会成为这场私斗的牺牲品。

"明州狱案"是张载政治生涯中一次重大的历史事件，成败与否至关重要。所幸，经过半年时间的调查取证、深入研究、抽丝剥茧后，案件真相得以水落石出，张载不仅澄清了祖无择的"罪不至死"

之说，给朝野上下一个合理公平的交代，也保全了自己的周全和"名士"的美誉。

熙宁三年（1070年）三月前后，张载回京述职，等待朝廷安排新工作，时逢其弟张戬上奏神宗《论新法奏》批评变法，而被朝廷贬黜外放至湖北公安。张载见状，"心有不安"，便主动辞官，归居故乡横渠。

张载的经济改良举措
——试验井田制

若将"为万世开太平"视为张载人生的至高理想和奋斗宗旨的话，那么"渐复三代之法"就是他的具体治世方略和行动纲领。

自太祖开国以来，北宋实行"刀枪入库，马放南山"的"抑武扬文"国策：政治上，大量启用文人治国；经济上，外则曲事辽、金、夏，以"岁币""锦贡"等换得短暂和平，内则依赖达官显贵、豪强门阀，使得大量土地被地主阶层巧取豪夺，致使"民无土地可耕，国无赋税可入"，至北宋中叶，出现积贫积弱、社会运转几乎瘫痪的局面。熙宁二年（1069 年），为扭转社会困局，以宋神宗赵顼和参知政事王安石为主的改革派积极寻求治国新举措，以期摆脱"国困"。在此背景下，具有划时代意义的"熙宁变法"开始了，所涉内容之多、施行力度之大史无前例，具体包括青苗法、方田均税法、农田水利法、保甲法、裁兵法、将兵法、军器监法、改革科举制度及唯才用人等九项新政策。其中涉及土地问题的就是方田均税法。土地问题不仅是当时北宋积贫积弱的症结、政治矛盾的焦点，也是张载关注民生民命的重心。那么，方田均税法的具体内容又是怎样的呢？

方田均税法，又称"千步方田法"，简称"方田法"。为解决以往各地田赋不均、税户相率隐田逃税的情况，王安石于熙宁五年（1072 年）坚决推行曾三试三罢的方田法，其主要内容为：对各州县耕地进行清查丈量，以东南西北四边长各一千步为一方（相当于当时的一万亩），核定各户占有土地的数量，然后按照地势、土质等条件分成五等（次年又改成十等）编制地籍及各项簿册，并确定各地的每亩税额。显而易见，方田均税法的初衷是要增加国家税源，减轻农民负担，是一项利国利民的善政。

但在同样寻求治世新政的张载看来，土地清丈繁难，滋弊亦多，加之会受到豪强地主的极力反对，不一定会获得良好成效。他所设想的土地政策则是复古三代之法，创设井田制。那么，何为井田制呢？

井田制起始于夏，盛行于商和西周，终结于春秋末期。其核心要点是土地收归国有，国家将全国土地划成"井"字形块状，交给具有行政权力的各级领主（以王公贵族为主的奴隶主），再由他们将八块"井"字状土地的外围八块作为私田，交给庶民和奴隶耕种，收成属于耕种者，但要缴纳国家规定的赋税。而中心的一块为公田，归领主所有。耕种公田是所有庶民和奴隶的共同义务，而且要优先耕种。井田制最大的特点是土地国有，一般庶民皆有地可耕，虽看上去很理想，但与实际相去甚远。首先，夏、商、周时代的君主是国家的主人，土地不能买卖，也不能转让。从这一点看，所谓的"公田""私田"没有区别，不过一个说法而已。换言之，所有土地都是"私田"，都属于君主所有。其二，虽说领主的公田和庶民的私田都由庶民、奴隶来耕种，但前者的土地必定是所有井田中最好的板块，只有将领主的公田优先耕种完，庶民才能耕种自己的私田；其三，领主的公田虽然只有一块，但绝不要小觑这一块，它一般是位于井田核心位置且占地最大的板块，大都能占到整个井田的一半左右，而其他八户庶民只能分配余下的少部分田块。而且，这只是领主在土地登记中所占有的田块，很多领主还会要求庶民为自己开拓新的地块，开拓后还是交由庶民或奴隶耕种，领主是不会主动上报国家那些多出来的田地，这样便不用缴纳多出来的赋税了。这样的井田制使得庶民的私田质量很差、产量不高，而且要优先耕种公田，根本没有足够的时间和精力耕种自己的私田，国家也无法因此收到更多的赋税，进而导致国库空虚。如此一来，国家和百姓成为最大的受害者，领主则个个赚得盆满钵满。因此，时至春秋，井田制弊端横生，民不聊生，各地暴动不断。公元前350年，商鞅在秦国实施改革："废井田""开阡陌""民得买卖"，国家承认土地私有，井田制彻底瓦解。

既然如此，张载何以知难而上，非要试行井田制呢？首先，就北宋中叶的土地现状来看，全国大部分土地都掌握在豪强地主手中，土地属于地主阶层的私田，农民要从地主手中租赁土地耕种，或沦为长工，这样的后果是加重了地主阶层对农民的层层盘剥，农民还要缴纳各种赋税并承担兵役等国家义务，苦不堪言。于是，各地农民起义此起彼伏，如王小波、李顺起义就是因此而起。其二，作为一国之主的皇帝，手中其实并无土地，没有土地就难以掌握经济命脉，随时面临被地主阶层挟持的威胁。此种情况最为张载所忧虑。在他看来，夏、商、周三朝的井田制虽弊端横生，但一来土地属于公田，名义上归"王"所有，二来所谓的弊端只在西周后期才形成肌瘤，其余时间并非如此，特别是在尧、舜、禹、汤、文、武、周时期，国家呈现政治清明、经济富足、官民和谐的盛世之相，引后世纷纷赞誉并效仿。在张载眼中，王安石的方田均税法不过是"头疼医头，脚疼医脚"的权宜之计，并不能从根本上解决朝廷与民均无地的难题。

张载在《经学理窟》中有言："井田卒归于封建乃定。封建必有大功德者然后可以封建，当未封建前，天下井邑当如何为治？必立田大夫治之。今既未可议封建，只使守令终身，亦可为也。所以必要封建者，天下之事，分得简则治之精，不简则不精，故圣人必以天下分之于人，则事无不治者。圣人立法，必计后世子孙，使周公当轴，虽揽天下之政，治之必精，后世安得如此！"他认为王安石的办法不能治本，既然没有更好的办法，不如复古先法。在张载的井田制构思中，他将上古三代"九块为制，每块百亩为耕"的分法改为"一亩法""五亩法""十亩法""二十五亩法""五十亩法""一百亩法""一百五十亩法""三百亩大田法"等，且以地况"肥瘦相间"为原则、官方监督为方式，尽量杜绝过程中可能出现的渔利行为。如此，收归国有的公田再交给农民去耕种，从从属关系上讲，土地是国家重新分配给农民耕种的，而非夏、商、周时期是由领主分配的，在产权和经营权上就规避了从中渔利的行为。此外，国家不会像旧时领主一样，抢占好的田块，或是强迫农民开发更多的新田，管理上也更显公平。如此设想，于国有利，于民造福。同时，张载也想到三代之法毕竟已是两千多年前的旧历，完全照搬的话也多有不适，所以，他强调试行，试行成功，再逐步完善到位。一如今天的各种政经改革，固然有成功案例可以借鉴，但在不同阶段、不同区域要循序渐进、因地制宜地展开，可进行先期的孵化和摸索，待孵化成功，复制到更广泛的领域，再全面铺开。张载不仅是这样构想的，也是这样行动的。

吕大临在《横渠先生行状》中言："先生慨然有意三代之治，望道而欲见。论治人先务，未始不以经界为急，讲求法制，粲然备具，要之可以行于今，如有用我者，举而措之尔。尝曰：'仁政必自经界始。贫富不均，教养无法，虽欲言治，皆苟而已。世之病难行者，未始不以亟夺富人之田为辞，然兹法之行，悦之者众，苟处之有术，期以数年，不刑一人而可复，所病者特上未之行尔。'乃言曰：'纵不能行之天下，犹可验之一乡。'方与学者议古之法，共买田一方，画为数井，上不失公家之赋役，退以其私正经界，分宅里，立敛法，广储蓄，兴学校，成礼俗，救抚恤患，敦本抑末，足以推先王之遗法，明当今之可行。"此段足以看出张载对复兴井田制的苦心孤诣。

均田赋税法的出发点其实是要改变北宋积贫积弱的国情，是在国库"空虚无有支出"的严峻形势下不得已而为之的土地政策。在"熙宁变法"的高歌猛进下，新法从一定程度上确实抑制了豪强兼并土地的态势，均田赋税法限制了官僚、豪绅隐田漏税的行为，青苗法缓解了民间高利贷盘剥的现象，国家财政收入大幅增长，国库渐渐充裕起来。至宋神宗年间，国库积蓄已可供朝廷二十年的财政支出。新法固然令国库充盈，但老百姓并未从中得到实惠，相反，由于新法在施行过程中出现冒进，致使农民一度生活在水深火热之中，频频出现因赋税剧增而有人砍断手臂的惨剧，东明县的千余名农民甚至集体进京上访，于王安石的府邸前抗议闹事。由此可见，变法似乎只看重富国，而无视富民，财政收入的增长不是主要依靠发展生产，而是通过青苗、免役等名目加赋的结果。新法的推行损害了社会各阶层的利益，最终导致变法彻底丧失群众基础。此外，新法执行过程中存在严重的用人不当问题，一些执行者借机盘剥渔利，民怨沸腾，促使内忧外患的北宋王朝渐渐走向覆灭。

而张载试图通过重建井田制来保障农业社会中的人口获得最大限度的福祉，起到保障政治稳定和经济繁荣的作用。他认为井田制是彻底改变土地占有状况与社会不公的最佳方案，会给农业社会共同体带来"均平"效益，从而使国家得以长治久安。在《经学理窟》中，他大声疾呼："其混混天下之事，当如捕龙蛇，搏虎豹，用心力看方可……谓之圭田，恐是畦田，若菜圃之类！故授之在近又少也。"如此公心，天地可证。张载更为此付诸实际行动，并为后人所录。清代张琨在《井田渠碑记》中言："先生仕宋神宗朝，慨然欲复井田，行三代之制，为执事新法所碍，退而买田分井，疏东、西二渠，期验试于一乡。"

虽然，有关井田制的治世之策因种种缘故没有得到贯彻，但张载胸怀社稷、心系百姓的精神还是感召了无数的追随者，获得人们的无限敬仰。正如明人范吉的诗曰："寥寥村落实堪伤，东亩西畴大半荒。唯有横渠祠下水，滔滔二派与天长。"

张载的治国之道：渐复三代之法

世所共知，关学思想的最终愿景是要构建一个天下为公、天人合一的大同社会。其实，这并非关学一家之言，此种治世理念是中国儒家思想体系倡导的最高社会形态。那么，如何实现这样美好的理想呢？

张载给出了明确的施政方略——渐复三代之法。

1069 年，张载受诏回朝与神宗探讨治国理政方略时提出："为政不法三代者，终苟道也。"此处的"三代"，指的是上古夏、商、周三朝施行的治国理政策略。此三代文献多以青铜器铭文、石刻、骨刻的方式呈现，直到《尚书》出现，才让"三代之法"有较为正规的文字记载。《尚书》中有《洪范》一文，第一次系统阐述了国家的施政大法，后被视为夏、商、周三代的治国方略。《汉书·五行志》载："禹治洪水，赐《洛书》，法而陈之，《洪范》是也。"可见，此书乃是上天赐给夏禹的，后来商汤灭夏，继承了这一整套理论。殷商坐享国运四百载，周武王率兵伐纣之际，殷末三大贤人之一的箕子将此法传授给武王，周朝靠此法绵亘八百年。因此法由九条行文构成，又称《洪范九畴》。

以下，将《洪范》原文要义和译文加以整理，以飨读者。

洪　范

【原文】

惟十有三祀，王访于箕子。王乃言曰："呜呼！箕子，惟天阴骘下民，相协厥居，我不知其彝伦攸叙。"

箕子乃言曰："我闻在昔，鲧陻洪水，汩陈其五行。帝乃震怒，不畀洪范九畴，彝伦攸斁。鲧则殛死，禹乃嗣兴。天乃赐禹洪范九畴，彝伦攸叙。

"初一曰五行，次二曰敬用五事，次三曰农用八政，次四曰协用五纪，次五曰建用皇极，次六曰乂用三德，次七曰明用稽疑，次八曰念用庶征，次九曰向用五福，威用六极。"

【译文】

周文王十三年，武王向箕子征求治国之道。武王说道："啊！箕子，上天庇护下民，帮助他们和睦地居住在一起，我不知道上天规定了哪些治国的常理。"

箕子回答说："我听说从前鲧堵塞治理洪水，将五行的排列扰乱了。天帝大怒，没有把九种治国大法给鲧。治国安邦的常理遭到破坏。鲧在流放中死去，禹继承了父业，上天就把九种大法赐给了禹，治国安邦的常理因此确立了起来。

"第一是五行；第二是慎重做好五件事；第三是努力办好八种政务；第四是合用五种计时方法；第五是建立最高法则；第六是用三种德行治理臣民；第七是明智地用卜筮来排除疑惑；第八是细致研究各种征兆；第九是用五福劝勉民众，用六极来惩戒罪恶。"

以上九大范畴足以构建一个国家。其中从自然材质谈到人类属性，从政务规划谈到天象规律，然后推出至高理想——"皇极"，以此作为国家的指导原则，亦即人群组成国家是为了体现绝对正义。接着，又由"三德"到"稽疑"、由"庶征"推至"五福""六极"，以作为个人具体的报应参考。总体来说，《洪范》主张天子建立"皇极"，实行赏罚，使臣民顺服；又提出"正直""刚克""柔克"三种治民方法，认为龟筮可以决疑，政情可使天象变化，后成为汉代"天人感应"思想的理论基础。

基于《洪范九畴》的治国法度和三代之后各朝的清明国政，张载提出了"渐复三代之法"的构想。他也并非全盘照搬，而是在继承的基础上进行革新，选筛良劣、去伪存真，结合北宋内忧外患的实际情况，提出了独有的治国方针。在此，我们甄选其中五部分的精华内容进行详解。

复古礼制

张载心目中的"礼制"其实就是遵循《周礼》中的礼乐之制。《周礼》记载了先秦时期社会政治、经济、文化、风俗、礼法诸制，多有史料可采，所涉内容包罗万象，堪称"中国文化史的宝库"。张载在《经学理窟》开篇就言："周礼是的当之书，然其间必有末世增入者……治天下不由井地，终无由得平。周道止是均平。"此话充分表明张载对《周礼》的认可。他不仅主张将《周礼》作为"国之礼"，且提倡将"礼"下探到民间生活的方方面面。《宋史·张载传》载："其家昏丧葬祭，率用先王之意，而傅以今礼。又论定井田、宅里、发敛、学校之法，皆欲条理成书，使可举而措诸事业。"《横渠先生行状》中也有："近世丧祭无法，丧惟致隆三年，自期以下，未始有衰麻之变；祭先之礼，一用流俗节序，燕亵不严。先生继遭期功之丧，始治丧服，轻重如礼；家祭始行四时之荐，曲尽诚洁。闻者始或疑笑，终乃信而从之，一变从古者甚众，皆生先倡之。"

看来，张载心中的"礼"不只要高悬在庙堂使之成为治国理政的"重器"，更要深入日常生活的诸多层面，做到"以礼为教""躬行礼教""崇德重礼""知礼成性""笃志好礼""一准之以礼"等，只有这样才能达其心目中"敦本善俗"的礼制之效。熙宁十年（1077年），吕大防向宋神宗举荐张载时道："张载之学，善法圣人之遗意，其术略可措之以复古。"这里的"复古"就是"周礼"。不久，张载二次受诏回到朝廷，被委以同知太常礼院一职，专事礼制管理，也算是顺遂了他"重礼"的宏愿。

试行井田制

关于试行井田制的内容，前文已有表述，但张载也将之归入"礼制"进行了深入的论述。所以，笔者在本篇中从"礼制"的角度再对"试行井田制"进行一下解读。

《经学理窟》中言："井田至易行……借如大臣有据土千顷者……治天下之术，必自此始。今以天下之土棋画分布，人授一方，养民之本也。后世不制其产，止使其力，又反以天子之贵专利，公自公，民自民，不相为计。百姓足，君孰与不足？百姓不足，君孰与足？"张载对井田制给予的厚望。

井田制出现于商朝，西周时已发展成熟，春秋末期走向没落。《孟子·滕文公章句上》中载："方里而井，井九百亩，其中为公田。八家皆私百亩，同养公田；公事毕，然后敢治私事。"可见，井田制是把劳动者固化于土地的一种制度。北宋中叶，土地兼并严重，直接的结果就是导致农民无地可耕，为了生存，必须向地主租田或将自己卖给地主做长工。无论哪种方式都是豪强盘剥农民敛财的卑劣手段。王安石变法的主要目的就是要根治这个顽疾，然而新法主张的土地政策只是加大税收，迫使地主让利给无地农民，并不能从土地所有权和使用权等方面解决根本问题。因此，张载极力主张将豪强侵吞的土地收归国有，再分配给无地的农民进行耕种。

恢复井田制是张载"渐复三代之法"中极为重要的政治主张。为此，他不遗余力筹集资金在长安子午镇、扶风午井镇及眉县横渠一代买回田地，交给无地的农民耕种。但对于皇亲国戚、豪绅地主这些既得利益者，又岂能容忍如此美好的"大同理想"？最后，随着张载去世，井田制的复兴不了了之。但不可否认，张载把孟子有关井田制的思想境界提升到了前所未有的高度，为其"为万世开太平"的伟大理想做出了一份不可磨灭的贡献。

构建宗法制度

在《经学理窟》中，张载这样解释构建宗法制度："管摄天下人心，收宗族，厚风俗，使人不忘本，须是明谱系世族与立宗子法。宗法不立，则人不知统系来处……宗子之法不立，则朝廷无世臣……宗法不立，既死遂族散，其家不传。宗法若立，则人人各知来处，朝廷大有所益。"张载的宗法构建体系中，包括建立谱牒制（族谱）、建立乡贤机制、定期举办乡饮酒礼、遵循严格的丧葬和祭祀制度（比如为父母守丧三年，不仅是礼制的要求，更应是宗法的制约）、倡导孝养尊亲逊弟、建立嫡长子制度、俸禄给养制、宗子支子秩序制度等。"经世致用"是关学思想一直极力强调的践行条约，张载始终以身作则，堪称表率。护送父亲灵柩穿越秦岭途经武侯祠时，十五岁的他就写下了"六有"家训，卸任返乡后又为宗族乡里制定了"十戒"家规，二者都是他在宗法制度构建上的积极探索。而弟子吕大均所制定的《吕氏乡约》，被称为中国史上最早成文的规范性乡规民约，也是对张载"渐复三代之法"成效的集中展现。明人冯从吾赞扬道："关中风俗因《吕氏乡约》为之一变。"

被誉为张载之后关学旗手的弟子李复在其著作《潏水集》中言："某蒙悔喻宗子之法。若以差等言之，则自天子下至公卿、士大夫、庶人，其法各有不同。每迁之远，必须有异。诸侯每一君各为一大宗，而小宗又应不一。五世之间，其众亦滋，而同继其祖。同继其祖，则同谓之继曾祖。同继曾祖之小宗，而于大宗，如何？而公子之宗，至于亲尽，则各立其宗。若大宗中绝，则当谁继？以《春秋》考之鲁之考公、炀公、幽公、魏公、献公、武公、孝公皆弟也，不可以为宗子之法。又《传》云：'同姓从宗子之族属。'其法亦不见。今若为之说，恐非《周礼》。此制久废，若得其说，礼可行也。"这也是张载极力倡导建立并施行宗法制度的有力明证。

提倡实学之风

张载提倡以"贵于有用"的实学之风来解决疑难，鼓励学生走出高墙校门，到实践中去锻炼。他首先倡导"躬行"，反对"空谈"和"少留言于科举"，支持学生重视自然科学，如对天文，地理、生物、易经、医学、兵法、井田等领域的研究，而他本人在这方面就有卓著的成果。这在当时的历史条件下足以显示张载教育思想和学术观点的先进性。张载受京兆尹王乐道的邀请在长安郡讲学时说道："孰能少置意科举，相从于尧舜之域否？"可见，张载研究和讲学的宗旨是强调以德育人，不提倡或反对为应科举、求功名而读书，与其沉迷科举，不如多多关心、钻研与实学有关的治国大事。他的这一主张响应者众多。比如弟子苏昞听从张子教诲，不留恋科举，一生追求学术研究，以倡明关学为己任。当然，提倡实学之风并不意味着张载反对科举制度，不然他也不会直接参与并引领其弟投身科考，且获得了功名。他只是清醒地意识到传统的科举制度并不能选拔出真正能够治国兴邦的人才，他试图协调进德与功名的关系和次序，希望应试者们在扎实掌握儒学经典、养成良好德行的基础上，再投身科考，获取建功立业的机会。可以说，张载较早地看到了应试教育的弊端，并产生了这种严谨独特、在当时看较为超前的应试观实在是难能可贵的。

从"神本"到"民本"

应该说，张载倾尽一生为生民奋斗的道统观，究其本源是要让把持权柄的统治者从神本思想回归到民本思想，是以实现天下万民的和谐幸福为终极目标，用善的德行和胸怀引领普罗大众走向太平盛世。经过反复衡量，张载最终选择走向孔孟儒学的改良之路。尽管传统儒学迂腐保守，甚至有愚忠的一面，但其在"礼德"和"仁政"方面的朴素品德观和价值观是底层民众所需要的。他提出的"民胞物与"直接继承了孔孟"仁民爱物"的思想，并把"仁民爱物"的道德要求提升到了"民胞物与"的伦理价值高度，使道德论命题转化为价值论命题。当武王和箕子确定以《洪范九畴》之策来治理天下，以达天下同乐时，他们也许不会想到在三千多年后，有一位"立心立命"的大儒依然在殚精竭虑中用"三代之法"来实现"万世开太平"的宏大夙愿。

这就是张载！

开馆设学的张载不是私塾先生

很多人认为张载是私塾老师，是传道授业、助力科考的老学究；关学也是流行于关中地区的学问代称。类似说法其实是对张载的误解，也是对关学的误解。

《礼记·学记》在追述西周的学制时言："古之教者，家有塾，党有庠，术有序，国有学。"所谓"塾"，就是乡学的一种形式。私塾形成于春秋时期，但古时很少把"私""塾"两字连用。"私塾"成为一个常用词汇是近代以后的事情。私塾是中国古代社会一种开设于家庭、宗族或乡村内部的民间教育机构，即旧时私人所办的学校，以示与官立或公立新式学堂的区别，以传授儒家思想为教学核心。私塾里学生既有儿童，也有成年人。依照施教程度，私塾分为蒙馆和经馆两类。蒙馆学生由儿童组成，重在识字，日常教材是《三字经》《百家姓》《千字文》《千家诗》等，同时注重礼节和品德的培养；经馆的学生以成年人为主，大多侧重举业。经馆的学生使用的教材多为《论语》《大学》《中庸》《孟子》等儒学典籍。南宋以后，程朱理学成为主导学说，经馆的教材则以朱熹编撰的《四书五经注解》为主。清末，学部又把私塾分为义塾、族塾、家塾和自设馆。义塾带有义务教育的性质，以家境清贫的子弟作为施教对象；族塾依靠族产支撑，属于宗族内部办学，课堂一般设在宗祠内，不招收外姓子弟；富家大户聘请名师宿儒入室，专门教授自家子女，称为"家塾"；自设馆由塾师自行设馆招生，范围较宽。过去，私塾教育多为蒙学程度，以自设馆形式为多。塾师文化水平悬殊，当中既有蒲松龄、郑板桥这样的文化名流，也有不少粗通文墨的腐儒。

清楚了私塾发展的来龙去脉，再看张载究竟是不是私塾先生。

张载父亲张迪在宋仁宗时官至殿中丞，知涪州事，死后赠尚书都官郎中。可见，幼年张载家境尚好，家中必定是请了专门的塾师给两兄弟传道授业的。父亲去世后，张载家道中落，家塾是读不起了，读的大致是乡塾（乡间公学）。后来，范仲淹慧眼识珠，引张载走向治学之路。回到横渠后，张载先是研读佛老之说，后发现该学说距离自己"道济天下"的目标尚有很大差距，便重新研习孔孟之学，直到1057年赴汴梁应试。换言之，在进士及第前，除了自修孔孟之学，张载也曾到作为义学（乡里集资办学）的横渠书院学习。多年后，厚积薄发的张载开始受邀在各地讲学，并未开展私人授业行为。所以，应试前的张载是不可能成为私塾老师的。

1057年，张载进士及第取得做官资格，被宋廷派往祁州、云岩、渭州等地做官，至1070年第一次辞官回归横渠，整整十三年的仕途生涯，他一直以儒家理念践行着自己"为生民立命"的远大抱负。其间，除在长安郡学、武功绿野亭等地进行了为数不多的公开讲学外，不可能有更多的时间和机会从事教育工作，更不可能开馆授徒。诚然，该时期已有多位弟子拜其门下，如蓝田吕氏、范育、游师雄等，但他们也只是跟随张载学习义理，并非接受启蒙教育或助考辅导。而且，这些人当时大都也是在职官员，绝无可能通过私塾受教的方式进行学习。

从1070年辞官回到横渠崇寿院，到1077年春第二次受吕大防举荐回朝做官前的八年时间里，张载却是一个地地道道的老师。各种零散史料显示，他此时已"颇负盛名""关学道统已成体系""子厚之学俨然已成一派""孔孟新学大成者唯周子（周敦颐）、张子（张载）、二程子（程颐程颢）、邵子（邵雍）也，此五人乃宋理五子也"。即便如此，张载所授内容也只是理学要义，和私塾教育内容没有关系。此时，他已成为北宋理学界的一面旗手，其关学构架体系也已然形成。如此一来，崇寿院一时称为宾客盈门的问道胜地，洛学、濂学、新学等其他理学流派的弟子纷纷云集于此，拜张载为师。盛传，当时张子门下弟子八百。张载除在崇寿院设坛讲学，也应邀到各地讲学，每到一处都有新的弟子投拜其门下。一时间，"横渠之学"名动天下，关学走向鼎盛时期。这一时期也是张载授业解惑、传播学问的爆发期。一个以关学为代表的理学思想盛世已然到来，张载也化身学贯古今的理学泰斗。

当时，会聚在张载门下的学生既非幼童，也不全是科举应考者，有相当一部分是朝廷命官，即便不是为官者，如李复、苏昞等人也都是当时学界的翘楚或青年学子领袖，绝不是因科举助考而来。况且，张载的学识优势不在识文解字，而在解读思想义理，绝非一般塾师可比。最为关键的是，蒙学是教授《三字经》《百家姓》《千字文》这类童谣形式的基础知识，经学则主要涉及应试内容，即儒家经典学说。那么，张载之学传授的又是什么？诚然，前文已讲述不少关学"气本论"的要义，此处不做赘述。这些都是张载传道授业的内容。与一般理学学派不同，关学还特别强调"通经致用"，以"躬行礼教"倡道于关中，并且十分重视《礼》学，还注重研究包括律法、兵法、天文、医学等在内的各方面知识，可谓包罗万象。这些内容自然不是当时朝廷法定的科举应试范畴，也并无现成的教材可用，张载的教授形式主要是思想解读和观点探讨。因而在《宋元学案》中有言："学说能盈天，辩才满乾坤。横渠之地，人声鼎沸，经纶之语，不绝于耳也。"这样五光十色的授课内容又怎是蒙馆、经馆所学能够含括的呢？

因此，武断地将张载归为私塾先生或老学究一类，实在是对关学思想的误读。我们不妨再回头听听那振聋发聩、传颂不衰的"横渠四句"："为天地立心，为生民立命，为往圣继绝学，为万世开太平。"如此高瞻远瞩的铮铮之言又岂会出自一介普通的私塾之师？

张载精通医术和占卜吗

熙宁十年（1077年），张载二次辞官准备返回故乡。此时，张载的好友、理学另一宗师、被称为"康节先生"的邵雍在汴梁病入膏肓。据《宋史·邵雍》卷四二七载："雍疾病，司马光、张载、程颢、程颐晨夕候之，将终，共议丧葬事外庭，雍皆能闻众人所言。"又据《邵氏闻见录》卷一五载："熙宁十年，康节已病，子厚知医，亦喜谈命，诊康节脉曰：'先生之疾无虑。'又曰'颇信命否？'康节曰：'天命某自知之，世俗所谓命，某不知也。'子厚曰：'先生知天命否，尚何言。'"两段文字记述了邵雍重病之际，张载询问其病情并提出了占卜意见。学界由此认为张载精通医术和占卜，甚至有人说他掌握"职业异术"。事实真是这样吗？

不妨先解读一下张载早年的著作《横渠易说》，便可知一二。《易》是《周易》《易经》《易传》等学问典籍的统称，后人便将沿袭此类思想的著作俗称为《易》。《易》也是儒家文化的重要组成部分之一。《四库全书总目提要·经部》中言："圣人觉世牖民，大抵因事以寓教。《诗》寓于风谣，《礼》寓于节文，《尚书》《春秋》寓于史，而《易》则寓于卜筮。"意思是：古圣先贤是通过生活中具体的事来启迪人民百姓的，这就是所谓的"因事寓教"。可见，最平凡的生活中就有着最深刻的道。《诗》是歌谣录、《礼》是日常伦理规范指南，《尚书》《春秋》则是横亘尧舜时代到夏、商、周乃至春秋战国的先秦史书。那么，《易》的作用是什么——卜筮，占卜是也！秦始皇焚书坑儒，把《诗》《书》等各类典籍都毁了，唯独《易》留存于世，便足以证明古人对占卜的看重。此外，在先秦典籍如《左传》《国语》中也记载着大量有关占卜的内容。如此也不难理解，无论是出兵打仗、幼主登基，抑或娶妻嫁女、生儿育女，甚至出走叛逃、被贬远疆，古人都要卜上一卦，以断吉凶祸福。甲骨文是中国的一种古老文字，其主体内容就是卜辞，即占卜活动结束后，记录活动进行情况与结果的刻辞。可见，在先秦时期占卜行为已十分普遍。

张载以"天""地""人"三者通贯为一的宏大视域，重建了易学的话语体系，创立了"横渠易学"。在张载看来，天与人的根本区别就在于"天无心无为，人却有思虑行为。"他说："神则不屈，无复回易，鼓万物而不与圣人同忧，此直谓天也。天则无心，神可以不屈，圣人则岂忘思虑忧患？虽圣人亦人耳，焉得遂欲如天之神，庸不害于其事？圣人苟不用思虑忧患以经世，则何用圣人？天治自足矣。圣人所以有忧者，圣人之仁也；不可以忧言者，天也。盖圣人成能，所以异于天也。"我们不要忘记，作为理学开创人之一的张载，其研究的命题主要是哲学宇宙观、自然科学观以及礼德教育，但因为科技的落后和古人认知上的滞后性，中国古代宇宙观和自然学说大都是建立在隶属于易学的玄学和命理学之上，很多哲学命题和有关自然现象的解释既要从玄学角度来判断，又要结合客观朴素的唯物发展观来分析。比如古时连续大雨造成江河泛滥，或是连年干旱庄稼歉收，这些现象从主观上都会让人产生"天命不可违"的神异心理，认为必须依靠祈求或顺应的心理以感化神灵，从而施恩于人，达到"天地人和"的状态。然而，张载并非神学论的吹鼓手，而且他对佛道两家"知天不知人"的提法甚为反对，亦对孔孟儒学所持"知人不知天"的说法表示疑虑。于是，他提出独到的思想观——"天人合一"。他问诊邵雍，其实是结合了病人肉体的病理变化，并根据当时的自然环境（天气、温度等）综合分析病情。这在今天也是中医大夫最为常见的问诊方式，只不过受时代局限，张载没有意识到这其实是一种科学方法，仍将其视为占卜行为。于是，时人也就认同了张载能占善卜。

如此，"张载精通医术"一说也就很好理解了。这里又不能不说到中国最早的医学典籍《黄帝内经》。《周易》对《黄帝内经》的影响巨大，尤其是有关阴阳的思想。《黄帝内经》有云："阴阳者，天地之道也，万物之纲纪，变化之父母，生杀之本始，神明之府也，治病必求于本。"唐人孙思邈说："不知易，不足以言太医。"明代医家张景岳亦云："易者，易也，具有阴阳动静之妙；医者，意也，合阴阳消长之机。"一言概之，医学与易学的核心归根结底是阴阳的问题。因此自古即有"医易同源"之说。既然医学是解决阴阳的问题，那么，张载提出的"太虚即气""乾父坤母"等观点不正是在解决平衡阴阳的问题吗？只要阴阳平衡，人体病灶自然会向好的方面发展。这便是张载所理解的："气聚则凝聚为物，气散则回归太虚。"

一个不争的事实是，张载本身就患有慢性肺疾，他自己曾给邵雍和二程写过一首《诗上尧夫先生兼寄伯淳正叔》，诗云："病肺支离恰十春，病深樽俎久埃尘。"这说明张载不仅知道自己患有肺疾，也知道病因是"久埃尘"。在长达十年的患病期，张载自然会对自己的病体产生一些见解。在他另一首诗作《贝母》中就言："贝母阶前蔓百寻，双桐盘绕叶森森。"贝母是什么？即治疗肺病的一味中药材。这两首诗作有意无意间给后世提供了张载"久病成医"的佐证。因而说张载"知医"也就是很好理解的事了。

张载问邵雍："颇信命否？"邵雍答："天命某自知之，世俗所谓命，某不知也。"子厚曰："先生知天命矣，尚何言。"此话不正道出了命运在于自身，而不在天。不仅邵雍知道，"喜谈命"的张载更是心知肚明。谙熟《易》的张载既能洞察他人，亦能感知自身。据《张子全书》载，熙宁九年（1076 年），张载因"感异梦"，自觉或遭不测，于是"忽以书属门人，乃集所立言"："此书予历年致思之所得，其言殆于前圣合与！大要发端示人而已，其触类广之，则吾将有待于学者。正如老木之株，枝别固多，所少者润泽华叶尔。"张载交代门人整理自己毕生的学术思想形成典籍以传后世，是叮咛，也是遗嘱。张载毕竟不是神医，没有妙手回春之力，但说他有悬壶济世之功，则并不为过。他要医治的并非肉身之虞，而是"天地之病""社稷之疾"。这是他的宏伟愿望，也是他的伟大使命。

"聚徒传授"是张载唯一的讲学方式吗

　　每每与人论及张载设坛开讲，就想到偌大的崇寿院内，门徒分列而坐，先生端坐其中，说《易》论《经》，陈述王道，感念民生，构建宏大的关学思想体系。院内书声琅琅，辩学之音不绝，门前则车水马龙、川流不息，来往徒众络绎不绝。横渠之地一时成为理学圣地。

　　但仔细斟酌，不觉生出疑虑。横渠地处边陲，战乱不断、交通不畅、物产凋敝、民不聊生，崇寿院作为一个古代小镇的议事中心，规模也不可能大到哪里去，如何承载接待这么多的门徒朝拜听讲？而且，关学思想的发展期介于1057年至1070年，张载正奔走于各地为官，并未能静心安居，讲读于横渠。即便是归居横渠后（1070—1077年），因地贫食欠，他还要亲自从事生产劳动，"足衣食而传经"。据《宋元学案》等史料分析，当时张载讲学是不收取任何费用的，甚至还要给学生提供餐食住宿。《横渠先生行状》中载："横渠至僻陋，有田数百亩以供岁计，约而能足，人不堪其忧，而先生处之益安……又以为教之必能养之然后信，故虽贫不能自给，苟门人之无赀者，虽粝蔬亦共之……岁值大歉，至人相食，家人恶米不凿，将舂之，先生亟止之曰：'饿殍满野，虽蔬食且自愧，又安忍有择乎！'甚或咨嗟对案不食者数四。"可见其时张载生活之窘迫，自身尚难保，又怎么能撑得起"徒众络绎"的大场面？而且，他又会以怎样的方式来讲授传播自己的道统思想呢？

根据现有史料，笔者考证后将张载授徒讲学的方式归纳为以下三种。

（一）邮驿传书

邮驿，就是现在的快递物流业。邮驿制度在中国古时由来已久，在通信和转运方式较为落后的年代，邮驿是传递信息、运送物品的主要方式。北宋时，邮驿行业已较为发达，但其主要业务范围还是负责政府官方的信件往来，并将官员住宿的驿站和传递物品的邮驿进行了区分。宋人王应麟的《玉海》有载："郡国朝宿之舍，在京者谓之邸；邮骑传递之馆，在四方者谓之驿。"而传递政府公文和书信的机构另设名目，总称为"递"，又分"急脚递""马递""步递"等数种。可见，宋代邮驿的发达程度之高，这就为张载和门徒之间通过信件往来交流传授新知创造了便利条件。

嘉祐四年（1059 年），担任云岩县令的张载就以书信的方式和当时在长安户县任主簿的程颢，交流了有关"定性功夫"的哲学问题，即载入《宋元学案》一书颇引人关注的《答横渠张子厚先生书》和《答张横渠先生定性书》。熙宁元年（1068 年），吕大临作《上横渠先生书》（共计三封书信），以表求学于张载的心愿，并在之后的信件中提出了诸多观点。张载的复信今无可考，但作为自己最得意的弟子，他是不可能不回信的。熙宁二年（1069 年），身在汴梁的张载和远在外地做官的程颐通过书信的方式，辩论了有关"修养功夫"的哲学命题，此事可详见程颐的《答横渠先生书》。熙宁三年（1070 年），刚了结完"明州狱案"回到京师的张载，又和弟子范育业通信，交流探讨了有关"鬼神""道学""政术"的问题，并连作三封书信予范育进行讲解。这就是关学史中著名的《答范巽之书》《并答范巽之书》和《再答范巽之书》，后被称作"三答范巽之"。从连篇累牍的书信中可以想见张载对范育的器重、期望之高，也显现了先生对神鬼问题的思考之深。熙宁三年（1070 年），辞官回到横渠的张载通过书信与另一弟子李复探讨"宗子之法"，这也是关学思想中极为重要的命题之一。此事在李复写给张载的《与横渠先生书》中有详细记载。同年，张载还撰写了《吕微仲书》寄给当时担任边帅的吕大防，讨论了有关"浮屠""鬼神""孔孟"等问题。熙宁六年（1073 年），身在横渠的张载心系变法深水区的政治动向，就分别写信给远在外地的两位弟子吕大钧、范育，针对保甲法进行了深入的讨论，即《与吕和叔书》和《与范巽之书》。

可见，邮驿传书在当时是张载传业布道的重要方式之一。

（二）受邀讲学

可以这样说，张载关学思想之崛起主要得益于几次重要的公开讲学活动。

进士及第前，张载主要在家乡横渠读书学习、研究道统，其间偶有到周边讲学，如横渠以北扶风塬上的贤山寺和以东长安方向的楼观台等地。此时的张载虽满腹经纶，但因声名不显，"寂寥无有和者"。皇祐五年（1053 年），其弟张戬进士及第，获得官职，顿时令张载一家成为方圆百里的名门之户，张载的学识也渐为人所知。至和元年（1054 年），宰相文彦博被贬下放知永兴军。此时，张载已名声在外，器重人才的文彦博便"闻先生名行之美，聘以束帛，延之学宫，异其礼际，士子矜式焉"。长安学宫的讲学令张载一炮而红，为接下来的系列讲学活动奠定了舆论基础。嘉祐元年（1056 年），赶赴京师待考期间，张载再次受邀于文彦博，于相国寺设虎皮椅讲《易》。面对台下数以千计的听者，张载从容不迫，侃侃而谈，纵贯古今，条理清晰。讲学获得了空前成功，"横渠先生"之名红遍京城。要知道，在北宋时期能够"誉满汴梁"，就意味着名扬天下，关学的崛起已经呼之欲出。随着吕大钧为首的新儒学崇尚者纷纷拜入张子门下，张载逐步走入了高光时刻。

治平三年（1066年），张载受京兆尹王乐道邀请，讲学于长安郡学。此次讲学的核心是经世致用的"实学精神"。张载提出："孰能少置意科举，相从于尧舜之域否？"此观点一出，即刻引得"学者闻法语，亦多有从之者"。熙宁元年（1068年），尚在渭州军事判官任上的张载受好友陕西武功县主簿张山甫的邀请，在武功绿野亭讲学。这次讲学致武功及周边多地关中仕子学人"争相闻之"，再度让张载圈粉无数，吕大临、苏昞、种师道等人多于此时拜其为师。明朝马理、吕柟编撰的嘉靖版《陕西通志》收录了明人吴宽撰写的《横渠先生绿野亭记》，此文专门记录了绿野亭讲学之盛况："关中有大儒曰横渠张先生，当宋之盛，以道学鸣于时。君子以其德尊与孟子比，故当时学者争师宗之。"可见，此次讲学于关学发展史上的意义之重。而武功绿野亭也因此被后世改建为"绿野书院"，以此纪念张载的讲学之功。

归居横渠后，张载的讲学活动更是接连不断，关中多地如长安学宫、扶风贤山寺、周至楼观台等处殿后成为其讲学论道的思想圣地。随着讲学活动持续受到热烈反响，一个盛况空前的关学盛世到来了。

（三）聚徒面授

尽管吕大临的笔下有"横渠至僻陋"的描述，但鉴于关学道统的影响力和张载个人的魅力，前来拜师问学者仍是络绎不绝。《横渠先生行状》中有载："先生常谓门人曰……方与学者议古之法，共买田一方，画为数井……熙宁九年秋，先生感异梦，忽以书属门人，乃集所立言，谓之《正蒙》。"通过这些零散的记载可知，张载归居横渠时绝非独处，身边总是聚集着众弟子，具体多少不得而知。其时，张载弟子中相当一部分是朝廷重臣抑或地方大员，如吕氏兄弟、种师道、游师雄、张舜民、范育、薛昌朝等人，绝无可能追随张载回到横渠坐而论道。张载通常会以书信往来的方式与他们切磋交流。但可以确定是，李复、苏昞、刘公彦、田腴、邵清、潘拯等人应追随张载左右，亲历了关学体系成形的全过程。

在苏昞所著的《正蒙·序》一文中便有如是记载："先生著《正蒙》书数万言。一日，从容请（苏昞等）曰：'敢以区别成诵何如？'……于是辄（大家）就其编，会归义例，略效论语孟子，篇次章句，以类相从，为十七篇。"作为跟随张载学习时间最久的弟子，苏昞此语可谓是将先生追随者的状况做了明确的记载。

综上，张载讲授道统、推进关学的方式多种多样，邮驿传书、受邀讲学、聚徒面授是最主要的三种。结果就是，张载桃李满天下，关学崛起天下闻。一如熙宁二年（1069 年）御史中丞吕公著举荐张载时所言："（张载）学有本原，四方之学者皆宗之，可以召对访问。"其中"四方之学者皆宗之"一句更是透露出张门弟子众多的信息，这也是横渠"弟子八百"之说的底气所在。

浅论张载之后"关学不盛"的三大原因

熙宁十年（1077年），张载二次辞官，归乡途中病故。尔后，学界以此为分界岭，认为自张载去世后关学"日渐不起"，其生前的辉煌盛况和贯世声誉已不复存在，甚至更有史家就此做出"张载去，关学亡"的论言。这种说法显然是不符合实际的。关学作为新儒学思想的代表流派，其影响力之大、传承时间之久，是世人有目共睹的。纵然张载的去世对关学的发展造成了一定的打击，以至于横渠书院一度门可罗雀，但绝不能就此泯灭张载之名、关学之功。之所以出现此种"关学不盛"的说法，想来原因有三。

（一）官阶影响

中国古代，某一学术流派的兴旺与否多和其创建人或主要传承者的背景身份有密切关联。学术思想精深宏大固然重要，宣扬者的社会身份和家世背景也不容小觑，二者往往相辅相成，彼此成全。比如贵族出身的儒圣孔子曾做过鲁国的大司寇（管理刑狱审判的官员，相当于今天国家的司法部部长）。"罢黜百家，独尊儒术"的董仲舒初为汉景帝身边的博士，后担任江都易王刘非的宰相长达十年之久。占据中国思想界统领地位长达四百多年的程朱理学，其代表人物之一朱熹官至焕章阁待制兼侍讲，为宋宁宗讲学，即"帝王师"。

明代中叶，稳坐学子仕人思想阵营头把交椅的王阳明曾官居两广总督、南京兵部尚书等职，且被明廷赐封为"新建伯"，以示褒奖。有官方背书加持，王阳明的"心学"一时大热。

此外，无论何种学术思想能否得到最高统治者的认可和青睐也相当重要，君权至上的时代，帝王的垂青甚至可以决定一种学派的兴衰。秦始皇一统六国后，憎恶儒家之说，就有了焚书坑儒，儒学近乎灭绝。汉武帝却极力支持儒家，一声"罢黜百家，独尊儒术"，让孔孟思想再度成为统治阶层的座上宾，得以中兴。程朱理学在南宋中叶高歌猛进，得益于朱熹之说备受南宋几代帝王的推崇，其本人亦成为宁宗的帝师。如此待遇，对朱熹学派的发展自然起到了巨大的助推作用。反观关学创始人张载，从 1057 年进士及第后一直在外担任基层地方官，职位偏低，二次受诏后担任的也不过是同知太常礼院（礼官），这样的官阶很难助力其学说从诸多流派中脱颖而出。更可悲的是，张载死后在翰林院许将的努力下，皇帝才下召"支丧葬半费"，而一年前其弟张戬去世时，朝廷抚恤的丧葬费竟是"全支"。官方的态度不言而喻。1092 年，张门弟子张舜民欲为恩师的功德"讨个说法"，遂上呈《乞追赠横渠张子疏》，却并未获得哲宗皇帝的回应。

可见，官阶的高低以及最高统治者的态度是古代学派兴衰的两个风向标，关学后期走向没落正是由于缺乏此二者的加持。

（二）弟子转投

从某种程度上来说，一个学派能否存续并发扬光大需要门徒们的群体努力。不可否认，伟大的思想天然具有强大的感染力，但在信息较为封闭的年代，如果没有形成规模庞大的人为传播之势，再优秀、再先进的思想也很难得到发展。张载去世后，一部分门下弟子，如刘公彦、田腴、邵清等人继续先生未竟的事业，致力于关学的发展和传承；一部分如李复、游师雄、张舜民、种师道、薛昌朝等人，勤于躬行，在各自当官为政的领域继续弘扬先生的治世思想；还有一部分弟子转投洛阳二程门下学习伊洛之学，很多都是张载生前的得意弟子，如"蓝田三吕"、苏昞、范育、潘拯等人。值得一提的是，吕大钧可谓关学的首席弟子，而今先师离世，他却率先"背弃师门"，这向外界释放了怎样的信号？而张载生前最为器重、人称"颜回再现"的弟子吕大临，在转投二程后竟又成了"程门四先生"（吕大临、谢良佐、杨时、游酢）之首，不得不引人深思。据史料分析，当时转投二程门下的关学人才远比坚守张门的弟子实力雄厚，声望也更高，这对关学的发展实在是一次重创。难怪朱熹在研究关学时，竟将其渊源和血脉归入洛学。朱熹此行固然遭到"识横渠之学不全"的批评，亦不能否认，张载弟子转投二程门下是后世学人形成"关学不盛"说法的主要原因之一。

（三）金元摧残

在官阶不威、弟子转投的背景下，关学的传承和延续面临着巨大的挑战和考验，这也是张载去世后横渠书院"门前冷落鞍马稀"的原因了。张载去世的第二年，即元丰元年（1079 年），朝廷在翰林学士许将等的建议下，敕封张载为"宣明"。这样的身后追赠显示出皇权对关学的肯定和鼓励。于是，在多方的努力和期许下，以及铁杆弟子李复、张舜民等人的倾力复兴中，关学缓步向前发展。

怎料，未及中兴局面到来，靖康元年（1026 年），北方女真金人的铁蹄便踏破了汴梁城，北宋竟然亡国了。康王赵构带领一众遗臣逃奔临安，组建了临时政府，是为南宋。宋室南渡，北方的大半国土沦丧于金人之手，关中一地则首当其冲。由于金人文化落后，轻视学术发展，加之为从思想层面控制宋人，他们实行愚民教化，不仅废止科举考试，而且阻挠学术流派发展，致使北方的学人们不能自由地进行学术研究，关学的发展戛然而止。反观二程洛学，因金人南下时已有杨时、游酢等人在南方广为传播，不仅没有停止传播，并且诞生了新的理学阵营，如福建的"南平学派"等。洛学门徒李侗成为二程之学在南方的嫡系传人，其后朱熹也拜李侗为师。如此一来，洛学在南宋得以延续香火，在远离战乱的南方再次兴盛起来。

可深陷"震中"的关学就没那么幸运了。南宋的一百五十二年间，关学始终遭到冷藏，成为无人问津之学。蒙古人进入中原后，继续依照金人的做法，对思想文化进行严酷打压，还对民众按种族不同进行分层管理，知识分子几乎毫无作为，当然也就谈不上有什么学术发展了。后经一批程朱理学家们的倾力努力，最终于皇庆二年（1313 年），元仁宗下诏书恢复科举，同时规定将程朱理学作为考试的主要内容。由此，程朱理学成为元朝官员的必备知识，明清时代则更进一步成为统治阶级的官方哲学。而关学也在同恕、许衡、杨恭懿等名儒的大力推进下，逐渐从沉寂中走向重生。元贞年间（1295—1297 年），朝廷在以前崇寿院的基础上改建了新的张载祠。元泰定四年（1327 年）七月，朝廷诏令地方修葺张载祠，并在祠前建成横渠书院，形成后祠前书院的格局。随着元朝统治阶层对理学态度的转变以及对张载故地的重视，尘封已久的关学又重新焕发出生机，走向新的思想高度。而此时，距离张载去世，关学已足足在冰窖中冷藏了两百多年。

张载之后的关学在裹挟中前行

需要强调的是，即便"蓝田三吕"这样的关学代表人物在张载去世后转投二程，对关学的传承和发展造成了极大的困扰，但也并不意味着关学嫡脉后继无人。李复就是这样一位忠诚守道的张门弟子。

李复（1052—1128 年），字履中，世称"潏水先生"，为关内一代名儒。李复继承了"太极元气说""张载易说""太虚即气"等关学思想。在张载"天人合一"的架构下，着眼于"太极"与"气"的结合，发明象数，会通义理，阐发哲学创见，在《潏水集》中提出了诸如"万物生芸芸，与吾本同气"等理论。李复认可张载"经世致用"的治学理念，认为立政须立本，立本要观时宜，进而以儒家仁政民本等思想来阐述养民之政、兵制、井田制及学校教育等。他也推崇张载的兵家思想，不仅熟悉边防情况，还曾参加西北边事，成功策划了反击西夏侵略的青唐、邈川等战役。他还针对权臣请造战船、战车等不切实际的政策，作了著名的《乞罢造战车疏》《乞罢造船奏》，舍命直谏，终使宋徽宗撤罢制造计划。李复的坚守在关学即将被洛学覆盖的关键当口，起到了力挽狂澜的作用。即便如此，洛学呈一家独大之势亦锐不可当，加之张门弟子纷纷转投二程门下，李复一人之力也就显得杯水车薪，关学被洛学裹挟的局面已不可扭转。

南宋末年至金、元二朝，朱熹的闽学逐渐脱颖而出。闽学实则源于二程洛学，但又全面丰富和发展了洛学。随着朱熹理学思想的形成，标志着洛学闽化的完成。后人将两种学说融合后的新说称之为"程朱理学"。其后，程朱理学逐渐成为南宋之后各朝各代设科取士的测试内容，朱熹的《四书章句集注》更成为众生备考的主要教材。这样的理学发展走向使得原本形单影只的关学更显孤立。尽管金元时期以许衡，杨天奂，杨天德、杨恭懿父子，萧维斗，同恕等人为代表的关中大儒努力延续着关学的命脉，但基于程朱理学一统天下的大气候，关学的发展仍是举步维艰，很多思想观点难免被程朱理学所裹挟。比如，杨恭懿在学术上尊崇张载"经世致用，躬行礼教"的治学风范，可行为上却遵循朱子理学，为其父杨天德治办丧礼时，"事遵朱文公家礼，尽祛桑门惑世之法"。可见杨恭懿深得程朱理学之精髓，穷理敬义，表里相贯，又具有关学躬行礼教、注重人伦纲常、推崇礼教的学风。

明初，程朱理学被奉为统治思想，除限定《四书章句集注》为科举考试大纲，并颁修《五经大全》《四书大全》《性理大全》等理学典籍。程朱理学一家独大的局面已成定局。反观此时的关学，虽继续砥砺前行，却乏现权威大家。直至明中期，由王恕、王承裕父子开启的"三原学派"开始名播天下。"三原学派"不再以朱子理学为宗，而是通过体认、重新诠释《易》，回溯到张载的思想；另一方面，"三原学派"进一步吸收了当时流行的王阳明心学，在很大程度上脱离了传统朱子理学的束缚与金元关学"宗朱"的倾向，甚至采用"名物训诂"等方式对程朱理学进行了反思与批评，保持了关学"躬行礼教、崇尚气节"的学风，并对张载著作《正蒙》《易说》等进行了重新诠释。所以，"三原学派"后被黄宗羲评价为"关学别派"。明朝中叶，除了关中一隅，非关中人王廷相、罗钦顺对"气本论"的推崇和发扬，也成为关学立足明代学术思想阵营的有力支撑。王廷相提出"元气之上无物无道无理"，批评程朱理学："南宋以来，儒者独以理言太极而恶涉于气。"罗钦顺支持张载的"理气说"，认为气有聚散，聚散之理就在其中，并不是超乎气之聚散之上另有聚散之理。其时，关学发展一片大好之势，大有当初开派立宗时的无限风光。

略晚出现的"关陇理学"是承接"三原学派"而延续关学的重要一脉，代表人物是薛敬之、吕柟。他们崇尚"气本论"，认为"气"是构建时空和万物的一切，"气"既是轮回的过程，又是永恒的存在。但是，"关陇理学"在推崇"气本论"的同时，又对王阳明的"心本论"充满了期望，认为"心"是思道德修养的主体，无"心"则无"气"。如此摇摆不定的表现也体现了该时期关学发展的被动局面。总而言之，由"三原学派"重新锻造的关学绝对是明朝中后期学术思想界的一颗冉冉之星，为关学的生命重新注入了生机。遗憾的是，行至明代的关学还遭到了主流学派"程朱理学"和后起之秀"阳明心学"的夹击。这是历史的必然，也是客观的使然。

明末清初，尽管关学在社会动荡和新旧时代交替中忽明忽暗、闪烁迷离，但有赖于无数关学承继者的坚守之心，使得关学在举步维艰中得以存续。其中对关学发展做出突出贡献和卓越成就的当属冯从吾、王夫之、李颙、王心敬等人。王夫之更被世人誉为"张载其二"，成为传承关学的标杆和旗手。

虽身为湖南人，王夫之却对远处关中的张载关学笃信不疑。他一生屡试不第，对作为科举道统的程朱理学多有批判。王夫之基本承接了张载的一系列哲学思想和学术体系，反对禁欲主义，提倡人不能离开人欲而空谈天理，天理即在人欲之中。这是对张载提出"循天理必灭人欲"的继承和创新。王夫之自称受关学影响最深，平生治学以张载思想为宗，一再宣称自己是"气一元论"的继承者："张子之学，上承孔孟之志，下救来兹之失，如皎日丽天，无幽不烛，圣人复起，未有能易焉者也。"他还指出，天地间存在的一切都是具体实物，一般原理存在于具体实物之中，绝不可说具体实物依存于一般原理。康熙二十四年（1685年）春，王夫之完成了《张子正蒙注》九卷；康熙二十九年（1690年）正月，重定《张子正蒙注》。王夫之一生崇尚关学，去世前还亲自撰写墓志碑文："有明遗臣行人王夫之字而农葬于此，其左则继配襄阳郑氏之所祔也。自为铭曰：抱刘越石之孤忠而命无从致，希张横渠之正学而力不能企。幸全归于兹丘，固衔恤以永世。"如此这般，王夫之可谓是张载之后绝无仅有的关学大宗。

清初的"关中三李"（李颙、李因笃、李柏）也都秉持关学"敦本尚实、躬行实践、经世致用"的学风，宁死不愿致仕清廷。李颙曾多次被逼担任朝官，都被他依然拒绝，甚至拔刀自刺以铭心志。李柏也因逃避为官而逃入家乡眉县太白山长达数十年之久。李颙弟子王心敬在《关学续编》中对其师如是记载："其生平论学，无朱、陆，无王、薛，唯是之从。"可见李颙对关学的忠贞不贰。

延及清代中后期，李元春、孙景烈、贺瑞麟等学儒还是秉持以程朱理学为宗，对陆王心学，时而驳斥，时而兼顾，关学只是在具体内容和观点上融入"宗学"之中，并未形成独树一帜的宗派或魁学之说。但无论关学遭遇何种裹挟，其本身始终折射出不可泯灭的耀眼光芒。被称为"清末最后一位关学大儒"的刘光蕡一直注重"经世致用"，强调"因材施教，循循善诱，方能学以致用"。而今，关学思想在新时代的发展洪流中，正以其前所未有的昂扬面貌重新焕发出勃勃生机。

张载著作知多少

　　自宋代以来，与关学相关的著作一直盛行不衰。二程的《易传》《经说》及后来的言论合集《河南程氏遗书》中，屡屡可见张载思想的体现。及至南宋，朱熹将关学思想融入程朱理学，观点散见于其著作《伊洛渊源录》《西铭解》等。到明朝，关学的主要著作有罗钦顺的《困知己》、王廷相的《横渠理气辨》《内台集》、吕柟的《宋四子抄释》、韩邦奇的《正蒙拾遗》、王夫之的《张子正蒙注》、冯从吾的《关学编》等。而清代学者王心敬的《关学续编》、李元春的《关学续编》、贺瑞麟的《关学续编》及民国张骥的《关学宗传》等都是张载思想及其后学思想的再现和传承。除此之外，明末清初思想家黄宗羲主导编撰的《宋元学案》一书较全面地辑录了有关张载思想以及关学的内容，如《宋元学案·横渠学案》《宋元学案·张载弟子》两章就集中体现了关学要义和发展面貌。众多典籍著作为关学的延续发展奠定了良好的传播基础。

　　但所有这些典籍著作都只是张载以外的"他人"或"后学"们的再传言论，即便是全面复盘张载思想的《张子正蒙注》《关学编》，其中仍掺杂了相当多的"注解""释义""解读"等主观文字。特别是到南宋，朱熹在研究和整理张载思想时，一度认为关学从属于洛学，甚至毫不客气地认为"横渠之学源于洛学"，将关学的要义并入

《伊洛渊源录》。朱熹此举，让后世数百年间不能从被误导的泥沼中脱身。这亦是学界一直辩论不息的"关学已亡"说法的渊头。所幸，历史终归会慢慢还原真相。其实，张载在世时，关学思想已经形成了完整的要义体系，甚至已经编撰成书，流行于世。依据撰写（部分内容为后世门徒整理）完成的时间先后，这四部著作分别是《横渠易说》《经学理窟》《正蒙》《张子语录》。

《横渠易说》

这是张载早年的一部易学著作，准确地讲，是他在受范仲淹点拨后，经过一番尝试和沉淀，最终选择以新儒学为研究方向，通过对《周易》、四书五经及释老的多方比对和佐证后，撰写完成的。据当代学者王美凤、张波等编撰的《关学学术编年》所述，可推测编写《横渠易说》时，张载应在三十一到四十一岁之间，也即皇祐二年（1050 年）至嘉祐五年（1060 年）间，恰好处于张载研究诸学的彷徨阶段，其理学方向逐渐明确，要义得以建立之际。

《横渠易说》共三卷，保留了其思想的阶段性认识和后期思想的部分原型，具有奠基性、过渡性意义。北宋初期，儒学受到佛、道两派的猛烈夹击，自身又处于"经学变古"与"理学造道"的双重裂变之中。在如此背景下产生的《横渠易说》，其中既蕴含着张载对汉唐经学的变革，也孕育着他对新形态儒学的思考。该书是张载唯一传世的"诸经说"著作，其主要内容形成于其进士及第之前，而后或有所增益、修订。在此书中，张载认为《周易》经传是圣人所作。这里的"圣人"并非专指一人。而是指伏羲、神农、黄帝、尧、舜、禹、汤、文王、周公、孔子十人。这是张载所推崇的儒家道统的最早谱牒承制体系。他指出，《周易》是圣人为世人所撰写的"法律之书"，目的在于"使人知所向避"。就内容而言，《周易》是天人之书，又是君子之书，并非卜筮之书。所以，张载在《横渠易说》中提出两种圣人观：一是立法通变以抵运数的"思想改良者"，一是取义契象以足民用强调社会的稳定与生活质量的"经世致用者"。因此，《横渠易说》有不同于汉唐注疏的诠释主旨，彰显了三种儒家学术形态，即显义理、合天人、辟佛老。《横渠易说》中，张载论气有自然之气、化生之气、太虚之气之分，其中太虚之气乃本源之气。该书对"神"也做出了阐释，认为天地万物之性是通过"神"的方式被赋予的。这里的"神"是非宗教性的，具有神圣性和形而上的神妙能力，包括太虚之神、天道之神、鬼神之神、圣人之神四重含义。书中，张载将"修养功夫论"以"阴阳之道"为天道基础做出了论证，认为人道本源于天道，但又区别于天道。所以，他提出了"先识造化""穷神知化""与天地参"的"天人合一"的纲领性路径与方法。

《横渠易说》关于"易"的诠释对程颐、朱熹乃至宋明理学都产生了重要的影响。张载作为理学奠基者的地位也是首先通过《横渠易说》树立起来的。在此，张载克服了汉唐诸儒以天人为依托的状况，确立了"性与天道合一"的理学命题，初步实现了新儒学"天人合一"体系的理论架构。

《横渠易说》的历代著录版本颇多，传世者只有明清诸本，包括明代吕柟所刻二卷本、明代徐必达《张子全书》本及其衍生本，清代《通志堂经解》本，以及清代《四库全书》本。诸本中，"明吕本"为最早、"明徐本"为最全、"通志堂初刻本"与"荟要本"为最佳。宋元本未见流传，但可根据宋本《大易粹言》等书辑佚出《横渠易说》辑宋本。此辑佚本对与《横渠易说》的文本校勘和思想研究均具有重要价值。

《经学理窟》

《经学理窟》一书主要反映了张载的政治思想。一如同期学者，张载十分推崇《周礼》，并企及借《周礼》所论来改良北宋时期的官方制度，特别是土地制度。根据《关学学术编年》，《经学理窟》的成书时间在 1073 年至 1076 年间，关学的体系已经完全形成了以《易》为宗、以《中庸》为纲、以《礼》为本、以孔孟为法的鲜明架构及体系。此种情况下，张载的"经世致用"思想又促使其将所学所授的"天道论"，如"试验井田制""宗法制"等应用到治国理政中去，以期发挥更大的作用。张载的诗作《老大》中的"六年无限诗书乐，一种难忘是本朝"就明确了体现了《经学理窟》治世思想的归宿和宗旨。

这部张载晚年精心编撰的经典之作（部分内容在张载去世后由门人做了补充）共十二篇，分别对儒家提倡的思想、制度、礼俗进行了阐释，如《义理篇》推崇的"立天理""灭人欲"等观点："今之人灭天理而穷人欲，今复反归其天理。古之学者便立天理，孔孟而后，其心不传，如荀、扬皆不能知。"全书以《学大原篇》最为精致，张载从"人性二元论"出发，认为教育的作用在于改变气质，重点强调、论述了"变化气质"的初衷、方法、作用及要求等，认为"混混沌沌的气，不变则浊"，以唯物观点阐述了发展和创新的必要性。《经学理窟》可以说是一部科学的启蒙经典之作。

《经学理窟》中，张载又提出"井田"和"封建"两项主张。张载所讲的"井田"，主观上是解决土地不均的社会矛盾。他认为，实行《周礼》式的井田制，就必须解决北宋中叶贫富不均的社会问题。具体做法是将土地收归国有，然后分给农民，"先以天下之地布画定，使人受一方"，取消"分种""租种"的办法。至于"封建"，张载解释道："井田卒归于封建乃定。"他看到了过分集权的弊病。特别是当时边防无力，他认为一切都由中央朝廷来管，必有许多事情顾及不到、管理不好，"所以必要封建者，天下之事分得简，则治之精，不简则不精。故圣人必以天下分之于人，则事无不治者"。此外，在书中，张载还对儒家经典《礼》《乐》《诗》《书》，及学校、宗法、丧祭等进行了精致而审慎的论述。

《正蒙》

熙宁九年（1076年）秋的某夜，张载突然被异梦惊醒，预感到有什么事情要发生。晨起后，他唤来范育、苏昞等一众弟子，拿出自己多年讲学的文稿，委托弟子们尽快将这些内容形成系统的书稿。众弟子马上行动起来，将散乱繁多的讲义分门别类，按照《四书》的体例形成章节，最后由苏昞执笔统稿完成。第二年年初（1077年），苏昞等人就完成了书稿的编纂工作，递呈张载审阅。在征得张载同意后，该书取名《正蒙》："蒙"是《周易》的一个卦名，"正蒙"即"蒙以养正才能得到新知"之意，并首先在张载弟子中小范围地传阅起来。张载去世后，苏昞等人认为书中有很多地方需要完善，直到元祐二年（1087年），《正蒙》一书才告完成。苏昞请同门师兄范育为之作序，时值范育母丧其间，直到元祐五年（1090年）《正蒙·序》才算完成。苏昞将此序连同《正蒙》书稿、自己所做的序合到一处，形成了完整的《正蒙》一书。自此，这部耗时长达十四年之久的关学经典著作《正蒙》终告完成。

《正蒙》，又称《张子正蒙》，是中国思想史上一部罕见的专讲哲理的著述，是用儒家学说批判佛道思想，建立了"气一元论"的哲学体系。全书以《易传》为根据，论证了物质的气是世界的本源，批判了佛教"以心法起灭天地""诬天地日月为幻妄"，及老子"有生于无"的思想。在中国哲学史上，这是第一次从世界观的高度揭示了佛教唯心主义哲学的实质。《正蒙》提出的"一物两体"思想对古代朴素辩证法的发展无疑做出了重要贡献。其所奠定的"气一元论"哲学开辟了中国古代朴素唯物主义发展的新阶段。此外，千古流芳的《东铭》《西铭》就收录在书中。

后世学人多受《正蒙》之启发，明代王廷相撰写了《横渠理气辨》、李文炤撰写了《正蒙记解》，而明末清初的王夫之撰写的《张子正蒙注》最为精深。他基本上继承并发展了张载的"气本论"哲学体系，被称为关学史上"最完善的张载思想衣钵再传"。他也因《张子正蒙注》一书被后世誉为"关学亚圣"。《正蒙》堪称关学法典，是全方位展现张子文化的传世巨著。

《正蒙》，功在张子，千秋养之。

《张子语录》

本书并非张载著作，而是后世学者收集整理之作，经典之语层出不穷：

道生万物，何以生道？欲也，变化者也。变化中求不变之道，欲中求矩也。

万物存心，心生万欲，欲生万矩，万矩为用。

因欲生爱，因欲生恨，若离于欲者，无爱亦无恨。

因欲生善，因欲生恶，若离于欲者，无善亦无恶。

纵观惊天之伟业，无不结盟合力而起。

所谓天人合一者，天即是矩，人即是欲。天矩难遂人欲，人欲常顺天矩。故难存人欲而灭天矩，常存天矩而灭人欲。若人顺天矩，以天矩为人欲，人欲出而天矩合，谓之天人合一矣。

所谓女娲补天者，何以破天？欲望也。何以补天，规矩也。

哲之大者，所以融魔通佛解易释道、为万世开绝学也。

吾心即宇宙心，吾定则乾坤定。心，一曰：心志、心神、欲望；一曰：心智、心理、规矩。

……

《张子语录》提出"感亦须待有物，有物则有感，一无物则何所感"的命题，指出"人本无心，因物为心"，强调"万物皆有理，著不知穷理，如梦过一生"。此处的"理"是客观的，"理不在人，皆在物，人但物中之一物耳"。"理"是事物的"理"，不在人的内心。这些都是张载唯物主义思想观的折射。值得一提的是，而最让世人津津乐道和历久不衰的"横渠四句"即出自《张子语录》。这四句话原本是散见于书中，也并非现在约定俗成的"四为"形式，前后经由多位学者为其做注并整理。其中以现代哲学家、思想家张岱年教授整理发掘的四句为准，即"为天地立心，为生命立道，为去圣继绝学，为万世开太平"。"横渠四句"言简意赅，字字铿锵，尽显有识之士对国家、对社会的担当和使命，历久而弥新。

明朝时，有学者将《横渠易说》《经学理窟》《正蒙》及《张子语录》四书合为《张子全书》，这是张载毕生心血的凝结和关学思想体系的完整呈现，对中国哲学思想的发展具有极大的贡献。

横渠门徒

　　再好的思想，若得不到传承，就不能惠及民生，受益于千秋后世。孔孟儒学如此，张载关学亦如此。

　　1057年，吕大钧首拜张载门下，此后追随者络绎不绝，吕大临、李复、苏昞、吕希哲、游师雄、潘丞、张舜民、刘公彦、种师道、邵清等，不胜枚举。张载去世后，部分弟子转投二程，学术界将此看作关学衰败的节点。其实，张载在世时就和二程交流甚深，弟子转投二程门下，是关洛融合发展的极好明证，也是张载不拘门户"厚道"思想观的折射。正是在关学的助力下，洛学才迎来了空前的辉煌。横贯南宋、金、元、明、清、民国等各个历史时期，一批又一批的优秀学子，如吕柟、马理、韩邦奇、罗钦顺、王廷相、冯从吾、李二曲、王心敬、李雪木、贺瑞麟等人，以接力赛的形式不断传承并发扬着关学的义理道统。尤其王夫之这般"关学不二者"，更是以"关学亚宗"之名流传千古。关学的思想是无穷的，门徒的力量更是无尽的。

　　本章不再拘泥于前人将关学作为"关中地区之学"或"关中人之学"的片面观，而是秉持张载太直无隐、敦本善俗的厚道品德，将关学传人的范畴放大到更广阔的天地，看看那些横渠门徒的身上折射出了怎样的璀璨光芒。

吕大临：冠绝关洛二派的"独一份"

无论研究关学或洛学，必定绕不开这位张门高徒——吕大临。就连理学大宗朱熹也说其可与程颐相提并论，并称二人"程吕"。

吕大临，字与叔，号芸阁。吕氏先祖乃是鼎鼎大名的殷人姜尚，因其封地于汲郡（今河南卫辉市），国号为"吕"，故又名"吕尚"。姜太公归周后，改封于齐，其子孙入齐者为姜氏，留汲者为吕氏。秦汉至隋唐以来，吕氏一门书香传家，世代为官。北宋初期，曾任太常博士的汲郡人吕通赴长安为官，后葬于京兆蓝田，后人遂迁居于此。吕通次子吕蕡为兵部郎中，膝下有六子，一人早夭，一人不显，而吕大忠、吕大防、吕大钧、吕大临四人先后进士及第，世称"蓝田四吕"。排行老幺的吕大临自幼聪慧、才华横溢，且情趣高雅。其兄吕大防为他撰写的祭文中有："修身好学，行如古人。"大临博古通今，好读六经，尤其三礼（《礼记》《周礼》《仪礼》）。考中进士前，他就已经以门荫入官（古代朝廷对仕宦人家子弟的官位赠送），但他称"不敢掩祖宗之德"，坚辞不就，继续学习儒家之礼。嘉祐六年（1061年），吕大临进士及第；元祐元年（1086年），官居太学博士，后迁至秘书省正字；元祐四年（1089年），受范祖禹的举荐，但未及用，并于次年去世，享年五十一岁。

受吕大钧率先拜张载为师的影响，关中一带仕子学人纷纷问学于张载，其中就包括吕大忠和吕大临。1068 年，张载在武功绿野亭的讲学空前成功，轰动关中，名士纷纷拜入张载门下。吕大临大致也是在此时拜张载为师，后刻苦学习，成为众弟子中最受张载青睐之人。他还就学习中遇到的种种问题以书信的形式和老师进行交流。在写给张载的《上横渠先生书（一）》中有："某启：近得伏见门墙，累日待坐，虽君子爱人无隐，赐教谆谆，然以不敏之资，祈进大学，恐不克奉承，以负师训。拜违而来，夙夜耸惧，属盘桓盘雍，华旦初始，还敝邑逾月之久，不获上问，当在矜照。"求学之心昭然若揭。

论易，吕大临继承了张载易学"天人一体"的架构和二程易学的专注形式，注重参证儒家典籍，推天道而别人道；论礼，他则继承了张载"以礼为教""知礼成性，变化气质"的思想，主张"存心治身""礼所以正心修身"。此外，他又提出"居尊守中"的"中道论"，并从人伦道德、社会秩序、精神境界等诸多方面进行了深入探讨。可见，吕大临的思想突出了关学独特的易道宇宙论，同时也存有洛学中"识仁、体认天理"的"功夫论"趋势。总体上，他在思想上侧重关学思维，又杂糅了洛学的相关特点。张载去世前，吕大临又作了《上横渠先生书（二）》《上横渠先生书（三）》，师生又探讨了有关天道和性命的话题，可谓寓意深刻。

作为张载的得意门生，吕大临一面与诸兄及其他门人一起大力推动关学的传播和发扬，另一面又积极躬行实践张载的思想学说，并多有创新。他始终坚持张载的"气本论"，并沿袭张载的思维路径，继续论证了"天人合一""天下一人""万物一体"等学说，体现了关学"仁民爱物"的宽阔胸怀和救世精神。他根据张载"一物两体"的辩证思想，在《易章句》《老子注》等著作中，提出了自己"一体二用""生生不穷""与时消息""随时识事"的辩证法思想和

厚道圣人：张载关学千年寻踪 |

认识事物的变化规律，适应事物变化形势，因势利导，不断变革图新的发展观。总之，无论对关学的传承之深，还是对张载思想的衣钵继承，吕大临都堪称弟子中的领军人物。

治平三年（1066 年），二程来关中讲学。吕大临听后觉得他们的学说很有见地，大为叹服，便有了膜拜洛学之意。1077 年，张载病故临潼，吕大临与部分关学弟子转投二程门下继续学习理学，并成为程门高足。其间，他记录汇集二程语录，著作《东见录》，为后世学者研究洛学提供了难能可贵的第一手资料。当然，他并未放弃关学的基本思想宗旨，成为关学最有力的捍卫者。对此，二程就一再申明"吕与叔守横渠学甚固"。

无论师从张载，还是改随二程，吕大临均享有极高的声誉，因文采出众，张载之弟张戬还将女儿嫁给了他。改随二程后，因其学识渊博，又与谢良佐、游酢、杨时一起被时人称作"程门四先生"。二程赞其为学"深潜缜密""涵养深醇，妙达义理"；朱熹则认为"于程子门人中最取吕大临"，并将他与程颐合称为"程吕"。

吕大临不但是北宋著名的理学家，还是中国最早的金石学家（青铜器专家），曾对青铜器铭文进行了系统的研究，并对文字加以考证，著成了堪称奠定了现代考古学、古文学基础的《考古图》一书。该书共十卷，是吕大临在去世前一年，即 1089 年撰写完成的。其中收录了当时秘阁、太常、宫廷内藏和民间青铜器两百二十四件、石器一件、玉器十三件，大多是价值连城、造型精美的作品。每器先摹画器物图像，定以器名，后又撰写短文叙述出土时间、地点、尺寸、容积、重量、流传经过及收藏情况。但吕大临从未把自己对青铜器的收集与研究工作当作单独或独立的学问看待。可以说，他所从事的这些工作完全是为倡导和践行张载生前提出的"恢复三代宗法制度"的关学宗旨和古礼研究服务的，是其经学思想研究的有机组成部分。吕大临认为:"先生(张载)学通《六经》,尤邃于《礼》,每欲掇习三代遗文旧制令可行,不为空言以拂世骇俗。"他研究古代器物,并不是为了收藏把玩,而是为了理解、吸取古代思想文化的精义,供后学者做参考。对此,他在《考古图后记》中也有明确说明:"予于士大夫家所阅多矣……非敢以器为玩也。观其器,诵其言,形容仿佛以追(张载)三代之遗风,如见其人也。以意逆志,或深其制作之源,以补经传之阙亡,正诸儒之谬误,天下后世之君子有意于古者,亦将有考焉。"这既是吕大临编纂《考古图》的目的,也体现了他求实贵用的关学精神。

元祐四年(1089年),礼部侍郎范祖禹以吕大临勤奋好学、人品出众向宋哲宗推荐,任其为太学博士讲官,但未及抵任,他便于次年因病去世,年仅五十一岁。许多学人都哀悼其不幸早亡,直到三年后,程颐还"思与叔之不幸早死,为之泣下"。苏轼晚年游蓝田时,写成《吕与叔学士挽词》一诗,为其"泪倾"。像吕大临这样先后师从理学两个重要流派创始人,同时被两个流派视为代表人物,且又得到当时及后世著名理学家高度评价的学者,在宋明理学史上是极其少见的。

张载去世后,为表哀悼,吕大临写下了广为后世传颂的《横渠先生行状》一文。其中"孰能少置意科举,相从于尧舜之域否"一句不仅是记录了先师张载的思想理念,更是将自己胸怀天下、为苍生图谋幸福的济世观做了最真切的表达。

李复：当之无愧的"关学旗手"

李复，字履中，世称"潏水先生"，北宋思想家、哲学家、诗人及抗金名臣，亦为北宋末年关中一代名儒。李复原籍河南开封祥符县，其父一直在长安一带做官，所以李复年少时便随父寓居长安（后世又称李复为长安人）。张载去世后，门人大多都转投二程门下或别做他途，但李复及少数弟子一直坚守张载关学道统并积极推广传播关学要义，故被后世视为关学的正传之人。据《宋元学案·李复传》载："李复负奇气，喜言兵，于书无不读。宋神宗元丰二年（1079年）进士。五年（1082年），摄夏阳令。宋哲宗元祐、绍圣年间历知潞、亳、夔等州。元符二年（1099年），以朝散郎管勾熙河路经略安抚司机宜文字。宋徽宗崇宁初，迁直秘阁、熙河转运使。三年（1104年）知郑、陈二州。四年（1105年），改知冀州；秋，除河东转运副使。靖康之难死于金寇。"其一生撰有《潏水集》四十卷，已佚。明代《永乐大典》中辑录李复文集十六卷，其中诗歌八卷。

治平四年（1067年），李复参加了平生的第一次科举考试失利。此后，他潜心读书十余年，学习程颢、程颐的文章，进一步坚定了读书为善的仁者胸怀。元丰二年（1079年）三月，李复再次参加科举考试登进士第。《潏水集》卷四《答彭元发书》中载："予幼时所学声律偶丽之文耳。年十五岁就太学取解，是时试诗误中，以故不赴礼部试，遂不复以科举为意。但当博考前，言往行笃于为善而已矣。后十余年，迫于生计，学今日程文，一试而顿忝预名第，斗禄足以自养，益坚向日读书为善之志，此外妄求非惟不敢轻萌，亦自然无毫发意。"以此推算，李复进士登第应是二十八岁，而张载已于 1077 年去世。可见，李复成为张载弟子时还未做官。那么，李复在何时又是以怎样的禀赋学问取得了张载之后"关学旗手"的美誉呢？

据《关学学术编年》考证，张载于 1070 年第一次辞官回乡，其间在崇寿院著书立说，开馆授徒，便与李复有探讨"宗子之法"的记载。彼时，李复十八九岁，而张载已是五十岁开外了。《潏水集·与张横渠书》中载："某蒙悔喻宗子之法。若以差等言之，则自天子下至公卿、士大夫、庶人，其法各有不同。每迁之远，必须有异。诸侯每一君各为一大宗，而小宗又应不一。五世之间，其众亦滋，而同继其祖。同继其祖，则同谓之继曾祖。同继曾祖之小宗，而于大宗，如何？而公子之宗，至于亲尽，则各立其宗。若大宗中绝，则当谁继？以《春秋》考之鲁之考公、炀公、幽公、魏公、献公、武公、孝公皆弟也，不可以为宗子之法。又《传》云：'同姓从宗子之族属。'其法亦不见。今若为之说，恐非《周礼》。此制久废，若得其说，礼可行也。"这是张载、李复师生间关于关学要义很深入的一次交流，主题就是"宗子之法"，这是张载关学思想中一个极其重要的板块。张载一生最大的成就有两方面：一是朴素的唯物主义哲学思想体系，以"气一元论"为代表；另一个就是对孔孟儒家礼德观的尊崇和深探，而"宗子之法"则是张载礼德观中一个重要的组成部分。能和张子探讨"宗子之法"，可见李复的思想深度和见解必定深得载的认可。况且，李复正值少年，聪明勤学，这正符合张载"幼儿教之，长而学之""虚心求知，择善而从"的教育观。所以，李复成为张载回到横渠开馆授徒时年龄最小的弟子之一（另一年龄较小的为苏昞），而早前已被张载收为弟子的"蓝田三吕"及同期的范育、张舜民、游师雄、吕希哲等多数弟子均比李复年龄要大。

熙宁十年（1077年），张载再次告官回横渠，行至临潼病逝。终年五十八岁。此时关学正处于不断探索和发展的蓬勃期，有望不久便走向枝繁叶茂，但张载的离世就好像大厦倾倒一般，关学的前景突然变得一片迷茫。很快，张门的代表弟子"蓝田三吕"、苏昞、游师雄等纷纷东走洛阳，投拜在二程门下，大有"树倒猢狲散"之势。一时间，横渠书院人去堂空，关学深陷"无可奈何花落去"的落寞境地。

令人欣慰的是，蓝田吕氏兄弟等众多弟子转投二程门下，并不意味着关学就此凋零，扛起关学旗帜前行的大有人在，李复、张舜民、种师道、薛昌朝、田腴、邵清等人无不如是，尤其李复，是张载去世后推进关学前行的表率性人物。

李复继承了"太极元气说""横渠易说""太虚即气"等关学思想，着眼于"太极"与"气"的结合，发明象数，会通义理，阐发哲学创见。他在《潏水集》中提出："万物生芸芸，与吾本同气。"这和张载"民胞物与""天人合一"的观点是相一致的。李复秉承张载"经世致用"的治学思想，认为立政须立本，立本要观时宜，进而以儒家"仁政民本"等思想来阐述养民之政、兵制、井田及学校教育等。李复还推崇张载的兵术思想，不仅熟知边防情况，还曾参加西北边事，成功策划反击西夏侵略的青唐、邈川等战役。据《宋史翼》的记载，崇宁年间李复担任熙河转运使时，泾原经略使邢恕曾采纳许彦圭的策略，提出建造战车三百辆，运输船五百艘进攻西夏的灵武。李复上书极力指出这个计划不切实际。徽宗感悟，遂取消了这个计划。《宋史翼》又载，靖康年间李复已病老在家，但建炎二年（1128 年）高宗赵构颁旨强征李复担任秦州知州地域金军。无奈之下，李复领旨带病前往，但秦州（今甘肃天水）一地无兵无饷，在艰难抵抗后，秦州城被金兵攻破，李复也死于乱兵之中，是年七十七岁。

李复一生恪守关学道统，不离不弃，不仅身体力行践行宗师张载未尽的大业，更是扛起弘扬关学道统的大旗。其孙李龟亦继承了李复的部分哲学思想观，于关学研究上也有颇多建树。一如祖父李复，李龟也成为南宋时期的一代名儒，学识渊博，弟子门人众多，其中就有宁宗朝丞相钱象祖。由此可见，关学在李复等后继者的力挺下，不断砥砺前行。

吕大钧：一纸“乡约”天下名

　　吕大钧，字和叔，1029 年出生于京兆蓝田，祖籍河南卫辉市。吕氏五兄弟中，吕大钧排行第三。自小他便胆识过人、文才兼备。1057 年，二十九岁的他和张载、苏氏兄弟同时高中进士，此后又被宋廷授予秦州司里参军，再任延州监折博务、三原知县、后供知县等职。《张载集》中，有范育撰写的《吕和叔墓表》载："君（吕大钧）与先生（张载）为同年友，一言而契，往执弟子礼。"《蓝田吕氏遗著辑校》之《伊洛渊源录·行状略》中有："君曰大钧，字和叔，姓吕氏。其先汲郡人……嘉祐二年，以进士中乙科，授秦州司理、监延州折博务……盖大学之丧废绝久矣，自扶风张先生倡之，而后进蔽于俗尚，其才俊者急于进取，昏塞者难于领解，由是寂寥无有和者。君（吕大钧）于先生为同年友，及闻先生之学，于是心悦诚服。宾宾然执弟子礼，扣清无倦，久而益亲，自是学者靡然知所向矣。"吕大钧倾慕张载的才学，并极为认同他的哲学思想，心甘情愿以同科进士之身拜"同学"张载为师，成为张门的首徒。由此成全了一段关学佳话。在吕大钧的带动下，关中学者纷纷效仿之，横渠名噪一时，关学初露峥嵘。

　　吕大钧被举荐为陕西泾阳知县时，其父吕蕡病逝，他回乡奔丧。三年丧期满后，他自认学识尚浅，便辞官回到蓝田，研修并传授张载学说，以"教化人才，变化风俗"为己任，关中风俗为之一变。晚年，吕大均经大臣推荐，为诸王宫教授，撰写了《天下一家中国一人论》，文中描绘了"外无异人，旁无四邻，无寇贼可御，无闾里可亲"的大同理想。这一观点显然是受到张载"民胞物与，天人合一"的哲学思想的启发。

1070 年，张载辞官回到崇寿院著书立说，此时吕大钧尚在外地为官，但师生间有关学术的交流并未因此中断。1073 年，王安石变法的弊端在民间逐渐显现，百姓叫苦不迭。身在横渠的张载心系民生，就给在外做官的吕大钧写了一封探讨保甲法的信函，这就是著名的《与吕和叔书》。据《宋史·兵志六》载：（我）主张遵循王制，以《周礼》"文饰而今用"，反对"不议制产，而速图师役，求以便众"等。后来，这封信又被收录在《永乐大典》的《张横渠集》中。

师生二人不仅在哲学思想和治国理政方面观点一致，在道德礼教方面，吕大钧也深受张载的影响。

张载尤为看重"礼德教化"。据说，张载十五岁协同母弟将父亲的灵柩一路从四川涪陵运回河南开封，途径秦巴山脉勉县诸葛武侯祠歇息时，在祠内墙壁上写下了著名的礼教自勉诗句《六有》，即"言有教，动有法，昼有闻，宵有得，息有养，瞬有存"。后来，张载在家乡横渠又给族人立下了约束自我的"十戒"，即"戒逐淫朋队伍；戒好鲜衣美食；戒驰马试剑斗鸡走狗；戒滥饮狂歌；戒早眠晏起；戒依父兄势轻动打骂；戒喜行尖戳事；戒近昵婢子；戒气质高傲不循足让；戒多逸言习市语"，成为中国古代家规家训的典范之一。受到"六有""十戒"的启发和影响，熙宁九年（1076 年），由"蓝田四吕"发起制定的乡约推行乡里，后世将此乡约称为《吕氏乡约》，分为"德业相劝""过失相规""礼俗相交""患难相恤"四部分。该乡约经由吕氏兄弟共同探讨，在吸取了恩师张载提出的修改意见后，最后由吕大钧执笔完成。

《吕氏乡约》是中国历史上最早的成文乡约，对后世进行乡村治理影响甚大。其内容虽然简单，共计两千余字，却有着一套与众不同的完整体制，涵盖组织机构、聚会时间与赏罚方式。它更多地表现为一种具有儒家特色的民间基层组织规章，而区别于今天乡村的乡规民约。国学大师钱穆称誉《吕氏乡约》为国人的"精神宪法"。经过推行，该乡约对改化当时关中风俗起到了实际功效，扭转了汉魏以来佛学空谈、道学玄奇、儒家礼教衰败的混乱局面，矫正了儒家道统立言的治世地位，对关学的发展起到了积极的推行作用。张载曾欣慰地表示："秦俗之好化，和叔有力。"程颐也称："任道担当，其风力甚劲。"朱熹更称《吕氏乡约》"今为令申"。

张载去世后，吕氏兄弟及张载部分门生转投二程门下，继续进行理学研究。元丰二年（1079年），吕大钧在富廷（今陕西富县至延安一带）担任转运司副使时因病去世，时年五十一岁。之后，同门师弟范育为他撰写了墓志铭，称吕大钧是"诚德君子"，其人一生性格醇厚正直，刚强勇敢，言行一致。吕大钧不因世事无常而动摇自己的观点，始终以"继承孔孟之绝学，阐物儒家礼治"为宗旨奋斗不息，终成一代鸿儒。

吕大钧的美好品行和君子之风受到时人的敬仰，亦影响着家人。他去世后，妻子种氏为其父办理丧事时，不以乡风野俗，而是效仿其夫严格依照儒家礼制将其安葬。其子吕义山也深得父传，后也成为一代学者。吕大钧一生主要著作有《四书注》《诚德集》等，很多内容观点都有师承之风，折射出了一代宗师张载与这位得意门生惺惺相惜的师生之情。

苏昞：关学大典《正蒙》的整理编撰者

作为"北宋五子"之一的张载，是宋明理学史上不可绕开的人物。他的大部分作品都亡佚了，所幸的是，《正蒙》一书作为其最重要的作品却被保存了下来，造福了后世，亦是关学能在宋明理学思想阵营独树一帜的傲人资本。但《正蒙》并非由张载亲自撰写完成，而是在他去世后，经由弟子苏昞等人整理完善后才最终成书。

元朝脱脱等人编著的《宋史·苏昞传》中载："苏昞，字季明，武功人。始学于张载，而事二程卒业。元祐末，吕大忠荐之，起布衣为太常博士。坐元符上书入邪籍，编管饶州，卒。"寥寥数语，却足以彰显苏昞的张门弟子的身份。又据明末清初冯从吾编著的《关学编》卷一《季明苏先生》载："先生名昞，字季明，武功人。同邑人游师雄师横渠张子最久，后又卒业于二程子……元祐末，吕进伯大忠荐曰：'臣某伏见京兆府处士苏昞，德行纯茂，强学笃志，行年四十，不求仕进，从故崇文校书张载学，为门人之秀，秦之贤士大夫亦多称之。如蒙朝廷擢用，俾充学宫之选，必能尽其素学，以副朝廷乐育之意。'乃自布衣召为太常博士。后坐元符上书入党籍，编管饶州（卒）……先是，横渠《正蒙》成，先生编次而序之，自谓最知大旨。"苏昞的人生轨迹由此可见。

苏昞的出生年月已不可考，但由史料推及，他可能出生于皇祐六年（1054 年）前后，1104 年因"元祐党籍"事件被贬黜饶州，后病故于该地，享年五十岁左右。苏昞不仅聪慧，且学习勤奋。年幼时，他博览群书，才华早现。1068 年，张载在担任渭州军事判官期间受其好友、武功主簿张山甫的邀请，讲学于绿野亭。关中及周边仕子学人纷纷赶来听讲，少年苏昞也由此结识了张载，并于其后不久拜张载为师，学习天理道义之学。此时，苏昞年仅十四五岁，可说是张门弟子中年龄最小者。除研究儒学义理外，苏昞还具有朱砂刻石的特长。《武功苏昞史料》显示：苏昞之兄苏昕的墓志铭便是"从父弟苏晦撰文、苏昞书丹、吕大观填讳"，时值熙宁二年（1069 年）。此碑文便是少年苏昞书法的重要见证，也是目前发现的苏昞唯一的书法作品，显得弥足珍贵。

熙宁三年（1070 年），张载从汴梁辞官，"竭告西归，居于横渠故居"，此后便"终日危坐一室，左右简编，俯而读，仰而思，有得则识之，或中夜起坐，取烛以书，其志道精思，未始须臾息，亦未尝须臾忘也"。熙宁九年（1076 年）秋，张载因"感异梦"，觉得自己大限已到，即刻安排弟子将自己平时的著述讲义整理成书，以便传于后世。苏昞将这些书稿分门别类进行整理完善。在得到张载的同意后，苏昞"会归义例，仿效《论语》《孟子》篇次章句，以类相从，为十七篇"。经过一段时间的汇总整理完善，苏昞等人基本完成了初稿。在张载二次受诏赴朝做官（约 1076 年年底）之际，苏昞将《正蒙》初稿拿给张载，并征求意见："即受其书而质问（请教）。"同时，《正蒙》初稿开始在弟子中进行小范围传阅。1077 年冬，张载在回横渠的途中去世，弟子们"遂出其书，传者浸广"，《正蒙》逐渐流传于世。这一年，苏昞从少年时追随张载至其故去已经过去了九年。《正蒙》一书的顺利问世与苏昞对张载思想的透彻理解及其精神传承密不可分。不仅如此，苏昞还是张载人生最后阶段的言行记录者。据《关学学术编年》载："熙宁十年（1077 年），张载二次辞官回归横渠，路过洛阳时与程颢、程颐论学，苏昞笔录三人言论形成《洛阳议论》。"能追随张载东去洛阳与二程论学，可见张载对这位弟子的信任和寄托之深。因而说苏昞是"师横渠张子最久"门生，也是其最为信赖的关门弟子，此言不假。

张载去世后，苏昞又对《正蒙》进行了大量的审定和补充。元祐二年（1087 年），即张载去世后的第十年，苏昞找到同门师兄范育，请他过目重新修正过的《正蒙》，并请其为《正蒙》作序。但由于母丧在身，三年之后范育才写成《正蒙·序》。苏昞将自己写的序和范育的序并归入，形成最终的《正蒙》书，正式流传丁学子仕人中。从 1076 年秋着手整理到 1090 年最终完成所有内容的修缮及作序，苏昞用了整整十四年时间锻造出了张载的理学要义，这也是《正蒙》这部书今天读来依然让人感到博大精深的原因所在，无怪乎此书被世人评为"精粹之学"。

《正蒙》一书系统性较强，但作为末篇的《乾称篇》则是张载早前公开的《订顽》《砭愚》（即"二铭"）的合篇。以此推断，张载传给苏昞等人的札记书稿是不包含《乾称篇》的，应是苏昞后来加入的。

需要说明的是，苏昞完成《正蒙》初稿时尚未获取功名，且终其一生也未以科举出仕。这大概是其奉行张载"不求仕进"的处世风度的体现吧！安葬张载后，苏昞与"蓝田三吕"、范育、游师雄等高徒转投二程门下，继续学习天理道义。元祐末年（1094 年），经由师兄吕大忠推荐，苏昞以布衣身份担任太常博士，负责祭祀、礼乐方面的施行，此项职务不仅和其师张载生前所倡导的"恢复三代古礼"的礼德思想高度一致，巧合的是，张载在去世前也担任过太常礼院的礼官职务，苏昞不仅继承了张载的思想，就连官方身份也一并衣钵相传。可以说，苏昞在礼德观方面继承并践行了先师张载的遗愿。这一年，苏昞四十岁，完成了由一介布衣向仕宦阶层的转变。其后数年，随着旧党权臣司马光和高太后的先后去世，宋哲宗重新启用王安石的新党派系章惇、蔡卞、曾布等人，全面打压和反击旧党及其学派，而奉行张载关学、亲近旧党的苏昞也在其中。苏昞与其他"元祐党人"共计三百零九人一同被刻入"党人碑"树立于宫门前及各地府衙进行贬责，同时被刻入"党人碑"的还有张载的另外三名弟子：种师道、张舜民及吕希哲。随后，苏昞被流放饶州（今江西鄱阳县），后因病在该地去世，终年约五十岁。

　　一生大半时间以布衣行世的苏昞，笃信理学不疑，始终秉持张载"学古力行，笃志好礼"的观点处世，而整理编撰《正蒙》一书成为他的最大功绩。可以这样说，《正蒙》因宗师张载而起，却因高徒苏昞而成。

范育："圣人张载"的定位者

　　古代官员升迁，一般须由位高权重的朝官向皇帝举荐，或是有深受皇帝信任的有识之士的推荐。换言之，就是上级举荐下级、老师举荐学生，而学生举荐老师的情况貌似罕有。熙宁三年（1070年），张载了结"明州狱案"回到都城汴梁，当时已是崇文校书、监察御史里行的范育就向神宗举荐了张载等人。而据《宋元学案》等史料显示，在此之前，范育已经拜张载为师，学习理学思想及儒家精义。此番学生举荐老师可谓是佳话一则。

　　范育，字巽之，三水（今陕西旬邑县）人。其父为北宋著名盐政改革家、治理西北边防的地方官范祥。据《陕西通志》载，范育父子同科，为同年进士及第。由此表明，范育在年少时便已获取功名。范育后被宋廷任命为陕西泾阳县令。其后不久，他便以"养亲"为由辞官归家，从张载治学。熙宁三年（1070年），范育任崇文校书、监察御史里行、诏使河东。熙宁四年（1071年），因弹劾李定丧亲匿服，被宋廷罢免了御史职务，出任陕西韩城知县。元丰初年（1078年），他又复职崇文校书，加直集贤院，为枢密院检祥官，后改为河中知府，又受诏为凤翔知府，继而以直龙图阁镇泰州。元祐初年（1086年），朝廷诏令其为太常少卿，元祐四年（1089年）改为光禄卿，知熙州，兼西河兰岷路经略安抚使，入为给事中、户部侍郎。元祐九年（1094年）卒。高宗赵构绍兴年间，被追封为"宝文阁学士"。

范育一生官运亨通，死后也被朝廷敕封。据现有史料推断，范育可能是与张载论学最多的一位弟子。他不但勤于问学，而且"笃信师说而善发其蕴"。冯从吾的《关学编（附续编）》中记录了张载对弟子巽之颇为赞许："今之学者大率为应举坏之，入仕则事官业，无暇及此（此，指道学）。由此观之，则吕（吕大临）、范（范育）过人远矣。"张载将范育与吕大临相提并论，足见其在弟子中不同凡响。

《张子语录·语录下》记载了张载与范育的三封书信，又称"三答范巽之"，它们在关学发展史中可谓意义深远。

以下抄录此"三答范巽之"，以便更深解读范育其人其学。

附一：《答范巽之书》

所访物怪神奸，此非难语，顾语未必信耳。孟子所论知性知天，学至于知天，则物所从出当源自见，知所从出，则物之当有当无莫不心喻，亦不待语而知。诸公所论，但守之不失，不为异端所劫，进进不已，则物怪不须辨，异端不必攻，不逾期年，吾道胜矣。若欲委之无穷，付之以不可知，则学为疑挠，智为物昏，交来无间，卒无以自存，而溺于怪妄必矣。

朝廷以道学、政术为二事，此正自古之可忧者。巽之谓孔孟可作，将推其所得而施诸天下邪？将以其所不为而强施之于天下欤？大都君相以父母天下为王道，不能推父母之心于百姓，谓之王道可乎？所谓父母之心，非徒见于言，必须视四海之民如己之子。设使四海之内皆为己之子，则讲治之术，必不为秦汉之少恩，必不为五伯之假名。巽之为朝廷言，"人不足与适，政不足与间"，能使吾君爱天下之人如赤子，则治德必日新，人之进者必良士，帝王之道不必改途而成，学与政不殊心而得矣。（摘自《张载集·答范巽之书》）

附二：《并答范巽之书》

示问保甲，比俟和叔来，详闻近议近制，徐为答。然近见岐却取三丁为义勇，入府教集，或虑已有更革，故益难妄计。大率附近古制，小大必利，苟不得亲民良吏，虽三代法存，未免受弊，况半古之法又乌能借，如正观府兵，求之史，纵若便时，窃计民间之害亦未免。盖不议制产，而遽图师役，求以便众，万万无此。（摘自《张载集·与范巽之书》《永乐大典·张横渠集》）

附三：《再答范巽之书》

今且只将"尊德行而道问学"为心，日自求于问学者有所背否？于德行有所懈否？此义亦是博文约礼，下学上达。以此警第一年，安得不长！每日须求多少为益？知所亡，改得少不善，此德行上之益；读书求义理，编书须理会有所归著，勿徒写过，又多识前言往行，此问学上益也。勿使有俄顷闲度，逐日似此，三年庶几有进。义理之学，亦须深沉方有造，非浅易轻浮之可得也。（摘自《张载集·并答范巽之书》《宋元学案补遗》卷十八，及《横渠学案补遗下·横渠文集》）

综上，书札所述不仅触及关学的志趣，还显示了关学学者在平素论学中所关注的问题。三通信札告诫后世为师为学者，学问不是冰冷的，可通过师生间的深入交流增加其厚度和温度。如此师德风范正是张载"崇德重礼，以礼为教"的教化理念的绝佳体现。

北宋以来，解读张载及其关学思想的读本非常之多，用"层出不穷"来形容一点都不为过，但精深贴切者不过有三，分别是元朝脱脱等人编著的《宋史·张载传》、吕大临的《横渠先生行状》、范育所作《正蒙·序》。尤其是这篇《正蒙·序》，不仅情深，也堪称意笃。

张载去世十年后，即1087年，苏昞找到范育，请他为重新修订完善的《正蒙》作序。其时，范育已官至太常少卿（宋代礼官中职位很高的一种，一般在皇帝登基或重大祭祀活动中担任主礼官）。张载一生崇德重礼，《正蒙》不仅是其哲学思想的最高体现，又是张子礼德观点的深刻反映，而范育的身份和官方职务也非常适合为此书作序，更有利于此书的推广和关学思想的光大。但不巧的是，当时他有母丧在身，按照古代礼法，父母过世三年之内家中具有威望的男子需要停止一切社会活动，而为《正蒙》作序在范育看来，是一件极为严肃的事情，所以直到三年守丧期满，即元祐五年（1090年），他才动笔完成了《正蒙·序》。

范育在《正蒙·序》中言："子张子校书崇文，未伸其志，退而寓于太白之阴，横渠之阳，潜心天地，参圣学之源，七年而道益明，德益尊……子张子独以命世之宏才，旷古之绝识，参之以博闻强记之学，质之以稽天穷地之思，与尧、舜、孔、孟合德乎数千载之间……圣人复起，无有间乎斯文矣。"范育以磅礴精致的辞令总结了恩师张载奋斗终生的人生志向，以及立心立命、道济天下的宏大愿景，并将张载定位为"圣人"。这是最早为张载做此定位的史料记载，也将张载的思想贡献提到了与尧、舜、孔、孟比肩的至高地位。可以说，《正蒙·序》是后世正确解读张载及其关学思想的核心指南，范育功不可没。

斯人已逝，唯德流芳。时近千年，一代宗师张载与其爱徒范育均已驾鹤西游，但他们的思想精髓和品行操守至今仍绽放着光芒，惠及后世。

游师雄：张载兵术思想的继承者

横渠先生不愧为高德大贤之人，既有文韬，也有武略，一生则"攻防戍守，长于策略，伺机而动"的兵术思想，针对北宋的边防建设和军事体制提出了极具建设性的建议。这些军事思想都可在张载的《边议九条》《庆州大顺城记》《经略司边事划一》等文献中寻到踪迹。幸运的是，横渠先生的兵术思想也得到了传承，接此重任的就是张载门下的出色弟子——游师雄。

游师雄出生于景祐四年（1037 年），字景叔，宋陕西武功县武功镇人。治平元年（1064 年）中进士，授仪州司户参军；熙宁四年（1071 年）改任德顺军判官，与诸将计议边事，多有建树。游师雄因屡建军功，被朝廷委任为陕西转运使、秦凤路经略安抚使，做到了地方官的最高位，绍圣四年（1097 年）去世，享年六十一岁。

张门弟子张舜民为游师雄撰写的《游公墓志铭》中有载："年十五，入京兆学，益自刻励，蚤暮不休。同舍生始多少之，已而考行试艺，屡居上列，人畏敬，无敢抗其锋。横渠张载，以学名家，公日从之游，益得其奥，由是名震一时。"游师雄年少聪明、勤学不殆，听说张载对儒学研究颇深，便拜其为师。那么，游师雄具体得到了张载哪方面的真传呢？细看游师雄一生的为官履历，或许能寻出些端倪来。

治平二年（1065 年）取得进士后，游师雄先后担任仪州司户参军、德顺军判官、颍州军事推官、宗正寺主簿、军器监丞、陕西转运判官、提点秦凤路刑狱、祠部员外郎、集贤校理、陕西转运使、秦凤路经略安抚使等职，大多与军事相关，基本都是带有参谋性质的职务。元祐元年（1086 年），游师雄被征召入京，任宗正寺主簿。当时，宰相们准备放弃地处边疆的四个要塞，因游师雄详知边情，便征求他的意见，他据理力争、坚决反对。主管宰相并未采纳他的意见，为此，他上呈《分疆录》，得到了哲宗皇帝的认可。在《分疆录》一文中，游师雄主要分析了边疆的敌情和宋军的防守现状，进而提出了一系列攻略建议，很多内容与当年张载建议环庆路经略使蔡挺的极其吻合，如推广边防军民联合训练作战、免除戍兵（中央军）换防、招募当地人取而代之等。1065 年后，游师雄担任仪州（今甘肃平凉市华亭县）司户参军，而 1067 年张载调任渭州军事判官，如此一来，张载俨然成了游师雄的上级长官，两人无论工作抑或生活上，都有了更多的交流便利。同在渭州任职期间，既是师长又为领导的张载必定没少给游师雄传授兵术心法。那么，游师雄依据张载的兵术方略获得了怎样的军事成效呢？

元祐二年（1087 年），西夏、吐蕃联合出兵侵占熙河，军情紧急，朝野震惊，遂任命游师雄为军器监承，并授予他定夺生杀之特权，督办战事。游师雄到了河州（治今甘肃省临夏县东北）前线即刻和主帅刘舜卿商讨战敌之策，同时召开战前动员大会，信心百倍地激励全体将士树立必胜信心。游师雄收到探报，西夏已南下到达天都山（在今宁夏回族自治区海原县东南），其前锋部队屯驻在天都山以东的通远寨，而吐蕃气焰嚣张，即将从西面进攻河州。游师雄准备先发制人。统帅刘舜卿认为敌众我寡，不肯贸然行事。游师雄表示："用兵之道在于谋略，不在人多。如果不能取胜，我情愿接

　　　　厚道圣人：张载关学千年寻踪　|

受诛戮！"此事商议了三天才定夺下来，分兵二路：一路由姚兕率领，从左路出击；一路由种谊率领，从右路出击。姚兕北上，攻破六逋宗城，斩杀一千五百敌军，并攻下盖朱城，切断了通向黄河的要道，使得青唐地区的十万羌人兵马不得渡河；种谊南下，攻破洮州城（今甘肃省临潭县），生擒了吐蕃酋帅鬼章及大首领九人，又斩首一千七百敌军。捷报传至京师，百官上表庆贺，准备厚赏游师雄。后来，朝廷提拔游师雄官升一级，调为陕西转运判官、提点秦凤路刑狱，不久入朝为礼部员外郎，加集贤校理，为陕西转运使。

在京期间，哲宗数次召游师雄入宫，询问边防利弊。游师雄遂将庆历以来边帅处置的优劣、朝廷谋议的得失以及当今御敌的要务共计六十条编为《绍圣安边策》呈上。该文撰写过程中实际上也参照了先师张载当年呈给范仲淹的《边议九条》，以及张载在渭州军事判官任上为加强西北边塞防务所作的《经略司边事划一》。如张载兵术思想中的募善守之人，计定兵力、组织民团、择帅、养兵、用兵、马良兵精、坚壁清野、相机行事、先发制人、合围一击等军事主张，都可在《绍圣安边策》中寻到蛛丝马迹。这就是师承之志，也是张载兵术思想后继有人的力证。

秉承张载"气质刚毅、德盛貌严"的风范，游师雄为人慷慨大度而不拘小节，除在军事上屡有建树外，还热心于民生民计，通晓文史，重视历史文化遗产的保护。在担任陕西转运使期间，他于元祐四年（1089 年）主持重刻《昭陵六骏碑》，在唐太宗的陵庙中重新塑造了六骏石像；于绍圣元年（1094 年）刻制了《昭陵图碑》。二十世纪二十年代，著名的"昭陵六骏"石雕被民族败类分解成小块，将其中的拳毛䯄、飒露紫两块盗运至美国，另外四块被群众拦截，藏于碑林（今西安碑林博物馆）。四骏石雕虽得以幸存，但已残损不全，上面所题刻的太宗赞马诗及马的名称都无法看到，唯独游师雄所作的《昭陵六骏碑》依然清晰可见。宋敏求撰写的《长安志》和李好文撰写的《长安志图》中有关昭陵的记载，都是依据此碑而来。特别是关于昭陵十四国君长石像的题名，与今天发现的几件像座题名基本相符，而游师雄所作的碑文无疑是昭陵文化得以传承发展的有力保障。

游师雄不仅通经兵术，满腹经纶，在教育子女方面更是以身作则，以严于律己的修为和德行影响着下一代的成长。《游公墓志铭》中就有："……妣张恭人，生子五，长靖、次竑、三义、四守、五陳，皆登科甲。"一门两代，父子六人，都在科举考试中进士及第。如此家风，令人拜服。榜样的力量的是无穷的，此言用在游师雄身上是再合适不过了。

种师道：大宋虎帅老种

　　除了游师雄，张载门徒中还有这么一位以武见长者，不仅武艺傍身，有胆有谋，更具备出色的军事才能，其威名不在李纲、岳飞、韩世忠、张浚等人之下。这就是北宋历史上威名赫赫的抗金名将——种师道。

　　种师道（1051—1126年），字彝叔，京兆府人（陕西长安），原名建中，大儒种放从曾孙、名将种世衡之孙、名将种谔之侄，因避讳宋徽宗"建中靖国"的年号，改名"师极"，后徽宗御赐名"师道"。《宋史·种师道传》中载："种师道字彝叔。少从张载学，以荫补三班奉职。通判原州，提举秦凤常平两郡。"看后不觉生疑，如此将门虎子因何要拜张载这样的儒学之士为师呢？

　　种师道其实也是有家风传承的，其曾祖为北宋初期鼎鼎大名的儒学大家种放。据《宋史·种放传》载："种放七岁能文，精于易学；不应科举，父亡后随母亲隐居终南山，讲学为生，撰写《蒙书》十卷及《嗣禹说》《表孟子上下篇》《太一祠录》等儒学篇章。"这样的家世背景、耳濡目染，加之宋朝一贯崇文抑武，儒家学说备受推崇，种师道有学儒的热情也是顺理成章的。1066年，受京兆尹王乐道之邀，张载在长安郡学讲学。这时，种师道大概十五六岁的样子，作为官宦子弟必定就读于官办学校，从而有幸聆听到张载的教诲。"少从张载学"说的即是此事。众所周知，张载本人深具军事才能，并有完整成熟的兵术思想，这些后来都在种师道与金军作战的过程中体现出来。比如他升迁至龙神卫四厢都指挥使、洺州防御使时，他统率兵士们修筑席苇城，可尚未竣工，西夏军就赶到了，并在葫芦河筑垒。种师道在河边佯装布阵，摆出要和敌军决一死战的架势，暗中却派偏将杨可世绕道横岭包抄西夏军，扬言是援军赶到。西夏军还未回醒，杨可世已率军绕到敌人后方，种师道则以精甲部队正面攻击，敌方溃不成军。此战，宋军俘获骆驼、牛马数以万计，西夏军酋长只身逃脱，宋军也最终完成筑城任务。这样攻其不备、断其退路的军事策略正是张载当年所主张的"合璧"之术。

种师道在抵抗外敌的统兵策略上屡屡展现出不凡的战略眼光和指挥才能。金国完颜氏兴兵叛辽时，童贯想借机联合完颜氏攻打辽国，种师道则劝他不要"引狼入室"，童贯则充耳不闻，一意孤行，结果金军从此侵入大宋国土，为北宋亡国埋下了祸根。1126年，宋钦宗赵恒继位后召请种师道上殿，问询抗金之策。种师道答曰："女真不懂兵法，岂有孤军深入别人境内而顺利撤退的道理？"于是，宋钦宗拜他为检校少傅、同知枢密院、京畿两河宣抚使，诸道兵马全部由他统帅，以姚平仲为都统制。当时，种师道身体有恙，宋钦宗许他不必朝拜，可乘轿入朝。金国使者王汭为人傲慢，只有见到种师道，才肯依礼拜跪。宋钦宗对种师道笑道："他是因为你才如此。"此时，种师道已是七旬老翁，可金军听到他的名字仍觉如雷贯耳，胆战心惊。当时，李纲把持朝政，种师道主管军事，但很多时候李纲不能及时和种师道达成共识，而错失攻杀金军的良机。种氏、姚氏都是山西大族，姚平仲之父姚古此时率熙河兵入援，宋军的实力增强。姚平仲担心功名都被种氏占去，就报告说将士们无不摩拳擦掌，种师道却不准打仗。李纲于是命令城下兵马听由姚平仲指挥，

　　　　　　　　　　厚道圣人：张载关学千年寻踪　|

宋钦宗也不提讲和了，天天派使者催促种师道出战。种师道准备等其弟种师中率军赶到，并认为过了春分才能袭击金人。宋朝君臣约期举事，当时离春分只有八天。谁知，当初等不及要和的宋钦宗如今又等不及要战，与姚平仲密定半夜劫营，欲生擒金军统帅斡离不，抢回康王。结果这个计划落空，反致金军大举围城汴梁。宋钦宗和李纲未听种师道之谋，北宋灭亡在即。1126 年 10 月，种师道在忧愤交加中病逝，时年七十六岁。宋钦宗赵恒亲临祭奠，下诏追赠开府仪同三司。种师道死后次年，汴梁城破，二帝被掳往金国，北宋宣告灭亡。后南宋建炎中，宋高宗诏令加赠种师道为少保，谥曰"忠宪"。

处世为人方面，种师道亦秉承张载遗风，坦荡为人，不愿趋炎附势。当年，王安石曾想将张载拉入新党阵营，却遭到张载的不屑和拒绝。无独有偶，奸相童贯掌握兵权后西征，一路作威作福，官员见到他无不奴颜跪拜，只有种师道仅作长揖而已。正因为人过于耿直，种师道被蔡京、高俅、童贯等罗织罪名，打入"元祐党"一派，其名和张载其他三位弟子苏昞、张舜民、吕希哲一并刻入"党人碑"。《宋史·种师道传》中载："又诬其诋毁先烈，罢入党籍，屏废十年。"不胜唏嘘矣！

种师道以七旬老朽之躯，奋力维系摇摇欲坠的大宋江山，但最终因徽、钦二帝在战与和之间摇摆不定，致使种师道定下的歼敌良策屡屡失败，最终城破国亡。这是大宋的悲剧，也是一代名将种师道的遗憾。但历史是公正的，"大宋虎帅"种师道在史书上留下的这笔"碧血丹心"必定垂世不朽。他必定是受到先师张载"为天地立心，为生民立命，为往圣继绝学，为万世开太平"的精神感召，为国为民鞠躬尽瘁，死而后已。

张舜民：上书皇帝为张载请追赠

　　名师出高徒，此言不虚。张子门下人才济济，政界精英、学界翘楚、军中猛将无所不包，这里再介绍一位文艺大师——张舜民。

　　张舜民，生卒年不详，字芸叟，自号"浮休居士"，又号"矴斋"，北宋邠州（今陕西彬县）人。少时勤于读书，且对诗词文赋颇有兴趣，于乡中博得文士的声誉。治平二年（1065年），张舜民参加殿试，一考即中，同期进士还有他的同门学友、张载的另一高徒游师雄。遂后，张舜民便被宋廷委以凤翔府掾（助理），后又调任襄乐县（今甘肃宁县）知县。元丰四年（1081年），张舜民随高遵裕西征西夏，目睹宋军久守不攻而致此役失利，心中愤懑，遂作"青铜峡里韦州路，十去从军九不回。白骨似沙沙似雪，将军休上望乡台"一诗，讥讽朝廷用兵失策。很快，他就因此被贬至邕州（今广西南宁）做监管盐米的仓官。元祐初年，他被调回朝廷做监察御史，其后不久提升为吏部侍郎。张舜民个性耿直，敢于直言，重气节，不图名利。宋徽宗时，他升任右谏议大夫，任职七天，言事竟达六十章之多，不久以龙图阁待制知定州，后又改知同州。张舜民喜论时事，往来者也多是热衷理学之人，如苏轼、吕大忠、种师道、李复等。正因与众多理学之士往来甚密，崇宁初年，张舜民卷入"元祐党人案"，其名被刻入"党人碑"，以诏耻天下。其后，张舜民获罪，贬为楚州团练副使，商州安置。五年后，他又出任集贤殿修撰，后辞官，告老还乡，于政和中病逝。南宋绍兴年间，宋高宗赵构追赠张舜民宝文阁直学士。

张舜民一生跌宕起伏，官运多舛，曾官至龙图阁待制（四品）。然而，他被宋元理学界称颂感念并非因光彩的履历，而是他以张载弟子的身份上书宋哲宗赵煦，请求朝廷给已故恩师进行追封，以表其师在光大道统方面做出的贡献。节选《全宋文》中张舜民的《乞追赠横渠张子疏》原文如下：

> 臣伏视凤翔府横渠镇故崇文院校书张某，学际天人，诚动金石，义之所在，白刃可蹈，心有不厌，万钟何加！口如不能言，体弱不胜衣，议论感激，凛如秋霜，虽万军之将，不足言其勇也。平居与人言，退然若不知读书者。坐而讲贯，剖别是非，谈辨如流，虽滔滔江河，不足方其广也。著书万言，名为正蒙，阴阳变化之端，仁义道德之理，死生性命之分，治乱国家之经，罔不究通。方之前人，其孟子、扬雄之流乎？如荀况辈，不足望于某也。关中学者靡然就之，谓之"横渠先生"。一登其门，言行皆知，孝悌仁义，有如凤成。虽去载千里之远，十年之久，不敢一蹈非义，常若载之临其左右前后也。自此，西士学者，洒然知先圣之学……载之死，于今十有五年，中外臣僚，犹录其平生，以言于朝廷者，略以十数……元祐四年上，时为秦凤路提点狱。

这是张载弟子中唯一一位以上书的方式请求朝廷为张载进行名位追封，上表时间是1092年，即张载身故十五年后。此前的元丰元年（1078 年），即张载去世后的第二年正月，在翰林学士许将等人的奏议下，宋神宗敕封张载为"宣明"，其意是坦诚相告、毫无隐瞒。其后，张载被弟子们以古礼安葬在横渠镇迷狐岭，神宗敕封的"宣明"也被视作朝廷对张载的谥号封赠。

为何在朝廷追封张载后，弟子张舜民于十五年后要再次上书朝廷恳请追赠呢？通过《乞追赠横渠张子疏》不难看出，张舜民此举是在提请朝廷对张载做出的"圣业"进行重新评估和定位，意即此前的谥号封赠定位不明、爵位不显，与张载的实际贡献不符。一个不争的事实是，张载去世后因家贫而不能下葬，在翰林学士许将等人的恳求下，朝廷才"诏赐馆职半赙"，进行安葬抚恤。这和此前其弟张戬去世时的安葬费"全支"的待遇大相径庭。除去官阶不表，张载的功德世所瞩目，非张戬所能等同。或许，这便是张舜民重新上奏追封恩师的缘故吧！还有就是张载去世时，其弟子中大部分人的官职还不高，仕途处于爬坡期，缺少有分量者为张载说话。1092年，张舜民已官至监察御史（或在吏部侍郎位），这样的级别足以向皇帝直接上奏，所以便有了这篇《乞追赠横渠张子疏》。

宦海浮沉之际，张舜民更在文学和绘画方面展现了出众的天分。张舜民生平嗜画，题评精确。虽在南迁羁旅中甚为辛苦，但每至高山名观，他还是极力搜访题识。东南一带士大夫家中所藏名品，都被他悉载收录。他亦能自作山水丹青，自题扇诗云："忽忽南迁不记年，二妃祠外橘洲前。眼昏笔战谁能画，无奈霜纨似月圆。"又题《邓正字宅见刘明复所画麓山秋景》："洛阳才子见长沙，自识中丹鬓未华。文武才全皆不试，丹青笔妙更谁加。老杉列在堂皇上，小景将归学士家。我有故山常自写，免教魂梦落天涯。"

张舜民文集现存有《画墁集》九卷，其中的《江神子》（癸亥陈和叔会于赏心亭）和《朝中措》（清遏台饯别）都是宋词中的名作。

其词作风格与苏轼相近，所以有的作品被人误作苏词。代表作《卖花声·题岳阳楼》更是苏词豪迈旷达之遗风的再现。

卖花声·题岳阳楼

木叶下君山，空水漫漫。十分斟酒敛芳颜。不是渭城西去客，休唱阳关。

醉袖抚危栏，天淡云闲。何人此路得生还？回首夕阳红尽处，应是长安。

宋人周紫芝在《书张舜民集后》一文中言，"世所歌东坡南迁词，'回首夕阳红尽处，应是长安'二语，乃舜民过岳阳楼作"，流露出对其词作的赞慕之情。

"苏词遗风"固然使人眼前一亮，但绝不能概述张舜民的创作理念以及他所想表达的全部深意。其另一首词作《卖花声》则将被贬异地无可奈何的踌躇之情表达得淋漓尽致：

卖花声

楼上久踟蹰，地远身孤。拟将憔悴吊三闾。自是长安日下影，流落江湖。

烂醉且消除，不醉何如。又看暝色满平芜。试问寒沙新到雁，应有来书。

无独有偶，在其先师张载的诗作里有一首《芭蕉诗》，恰如其分地解读了张舜民这种人在江湖孤苦无依的困顿之情：

芭蕉诗

芭蕉心尽展新枝，新卷新心暗已随。

愿学新心养新德，旋随新叶起新知。

此诗虽篇幅短小，但寓意深刻，似乎在冥冥中告诉深陷迷茫的弟子：修行人犹如芭蕉，芭蕉之心被叶层层包裹。修行就是把叶子层层剥掉，将心找出来，此为"觅心"。但觅心并不等于得心，要把心亮出来，此为"明心"。心若明了，即心亮了；明心了，也就见性了。

我们可以想见这样一幅画面：被贬湖湘之地、身心俱疲、陷入人生低谷的张舜民仰头问天："试问寒沙新到雁，应有来书。"茫茫太虚中，传来先师张载在横渠书院中的琅琅教诲："愿学新心养新德，旋随新叶起新知。"张舜民瞬间便彻悟了。

这是师徒的际遇，更是心与心的唱和。

吕大忠：与张载同岁的忠厚淳朴弟子

张门弟子年龄参差不齐，小者如苏昞、李复、种师道，与张载相差三十有余；年龄最大的是吕大忠，与张载同年，亦被后世学者赞誉为美德忠厚的关学代表，继承了先师张载的"厚道"风范。

吕大忠，陕西蓝田人，蓝田吕氏兄弟中的大哥。古人取名以年龄大小做伯、仲、叔、季排序。所以，吕大忠字进伯、吕大防字微仲、吕大钧字和叔、吕大临字与叔。四人中除吕大防不是横渠弟子外，其余三人皆拜在张载门下，学习"天理道义"之学。其中，吕大忠入门最晚，是在其弟大钧、大临先后成为张氏门徒后，受其影响才入横渠学习的。皇祐中（1051 年前后），吕大忠就已进士及第，做了陕西华阴县尉，又升任山西晋城县令，再升秘书丞并兼任定国军军事判官，和张载当年的渭州军事判官同属一类，但级别要高出整整一级。吕大忠为省级官员，其师张载则为市级官员。就是这样一位进士及第在前、官职较高的吕大忠，却偏偏拜同龄的张载为师，除了是受两个弟弟影响，不能不说是张载的学说极其人格魅力感染了他。这也说明吕大忠为人真善，看重的是学养和人品，而不图虚无的名分。

熙宁元年（1068 年），为富国强兵，宋神宗召王安石进京，委以宰相重任，令其主持变法。为变法顺利，王安石派出多人出使邻国议和。吕大忠、范育受命后权衡再三，认为不妥。吕大忠便呈上奏章，指出此时与邻国议和，若处理不当反而有损国家利益。言外之意，他对王安石的议和做法持反对意见。后来，他和另一位官员刘忱一起被派往辽国，商议代州（今山西代县）以北的领土划分之事。此时，父亲吕贲病逝，吕大忠赶回蓝田奔丧。丧期未满，他即被召任知代州。辽使来到代州，不满被安排的次席，而占据了主席位置。见此情景，吕大忠勃然大怒，命人将次席搬移到长城以北。辽使无奈，只得听从吕大忠的安排。后来在领土划分问题上，辽使提出只要把代州割让给辽国，辽国就不再侵犯大宋，从此两国和平共处。神宗正欲首肯，吕大忠却挺身而出道："彼遣一使来，即与地五百里，若使魏王英弼来求关南，则何如？"神宗不悦，问道："卿是何言也？"吕大忠道："陛下既以臣言为不然，恐不可启其渐。"刘忱劝道："大忠之言，社稷大计，愿陛下熟思之。"最后，宋辽两国以分水岭为界。

以上两例看似简单，并无剑拔弩张之感，吕大忠耿直厚道的秉性却展露无遗。大是大非面前，他审时度势，坚辞宰相之命，勇于表明自己的政治立场。"宋辽划地"一事更是他以国家利益至上、忠君爱国情怀的充分体现，硬是将官方"苟合于辽国"的方案拦腰斩断。要知道，古时帝王一言九鼎，神宗已然准备就范，吕大忠冒死力争，此种勇气何其足也，此种气节何其高也！《宋史·吕大忠传》中载："元丰中，为河北转运判官，言：'古者理财，视天下犹一家。朝廷者家，外计者兄弟，居虽异而财无不同。今有司唯知出纳之名，有余不足，未尝以实告上。故有余则取之，不足莫之与，甚大患也。'"足见吕大忠忠于职责，绝不容许有贪赃枉法、假公济私的恶行发生。

吕大忠问学于张载，对其思想要义均能认真研究，并深入领悟。尤其对其"经世致用""躬行礼教"等思想观深为敬服，更并将此传授给后学者而毫不吝啬。还是《宋史·吕大忠传》中："马涓以进士举首入幕府，自称状元。大忠谓曰：'状元云者，及第未除官之称也。既为判官则不可。今科举之习既无用，修身为己之学，不可不勉。'又教以临政治民之要，涓自以为得师焉。谢良佐教授州学，大忠每过之，听讲《论语》，必正襟敛容曰：'圣人言行在焉，吾不敢不肃。'"吕大忠任职秦州时，州判是科举状元马涓。此人时常以"状元"自居，很多人对此有非议。身为上级，吕大忠对马涓循循善诱，使其以"勤政为民"的宗旨来尽职，并建议他采用"经世致用"之法修身养性，不断提高治国治民的全局观。马涓后得到朝廷重用，逢人便说这是师长吕大忠的教导之功，才有自己今日的前程。其实，吕大忠传承的正是张载的教育理念，可谓是横渠先生弟子中的绝佳践行者。

吕大忠的忠厚秉性不仅体现在为官学问上，在举荐人才方面也颇有体现。明代大儒冯从吾的《关学编》卷一《季明苏先生》中有载："先生名昞，字季明……元祐末，吕进伯大忠荐曰：'臣某伏见京兆府处士苏昞，德行纯茂，强学笃志，行年四十，不求仕进，从故崇文校书张载学，为门人之秀，秦之贤士大夫亦多陈之。如梦朝廷启用，卑充学宫之选，必能尽其素学，以副朝廷乐育之意。'乃自布衣召为太常博士。"

此外，吕大忠还注重古文化的发掘和保护工作。元祐二年（1087年），任职陕西运转副使期间，他发现《石台孝经》《开成石经》《十三经》等古籍长年饱经风雨销蚀，损坏程度严重，便安排人员将这些碑刻移至长安城墙内南侧的孔庙大成殿后方，并将唐代书法家颜真卿等人的书法古碑收集到一处统一保管。西安碑林就是在此基础上逐步发展起来的，1087年也成为西安碑林900多年历史的开端之年，筹建者吕大忠功不可没。

吕大忠一生著作颇多，计有《前汉论》三十卷、《辋川集》五卷、《奏议》十卷，还和兄弟们合撰了《吕氏乡约》《乡议》等。尤其《吕氏乡约》，堪称中国第一部成文乡约，具有极大的普世价值。

绍圣三年（1096年）前后，吕大忠病逝于故乡长安蓝田，终年七十七岁，可谓善终而去。老师程颐对他的评价是："吕进伯可爱，老而好学，理会直是到底。"吕大忠一生为人不但深符其"大忠"之名，更是厚道为官、和善为人，将先师张载"敦本善俗、安贫乐道"的思想精髓贯彻始终，堪称贤能忠厚之典范。

吕希哲：九师之徒最崇横渠

张载生前弟子众多，而且大多是正统关中人，这也是后世将关学从地理上锁定在关中一隅的说法由来。然而，关学向来"不拘泥于门户"，讲究"包容兼蓄、海纳百川"的开放理念，追随者自然不限关中一地。吕希哲就是这样一位非关中籍的张门弟子，也是两宋时期杰出的理学家。

吕希哲（1036—1114年），字原明，北宋寿州（今安徽凤台）人，北宋著名教育家、吕学创始人，官至兵部员外郎、崇政殿说书（宋时负责给皇帝讲读历史的官员，即帝师），因久居河南荥阳，并创立理学支派"荥阳学派"，被后世尊称为"荥阳先生"或"吕荥阳"，著有《吕氏杂志》《荥阳公说》等。吕希哲祖上大有来头。先祖吕龟祥官至宋廷殿中丞、知寿州。吕龟祥之子吕蒙亨被朝廷任命为光禄寺丞，后改大理寺丞，吕蒙亨从兄就是大宋历史上的著名宰相吕蒙正。吕蒙亨之子就是历史上三次被宋廷拜为宰相的吕夷简，其孙吕公著后来也成为宰相，即协助司马光理政的尚书右仆射。吕公著之子正是吕希哲。张载二次受诏回朝和神宗探讨治国方略，就是受到时任御史中丞吕公著的举荐。

清人武澄所著的《张子年谱》以及当代张波教授撰写的《张载年谱》中，均有吕希哲为张载弟子的记载。《张载年谱·附录一》中载:"张子门人最著者,如河南吕希哲、蓝田吕大钧、武功苏昞,皆名儒也。"吕希哲是何时拜张载为师的已不可考。《宋史·吕希哲传》卷三三六中载:"少从焦千之、孙复、石介、胡瑗学,复从张载、程颢、程颐、王安石游,闻见益广。太学出身,以荫入官。王安石劝其勿事科举,侥幸利禄,遂绝意进取。"又有《宋元学案·荥阳学案》载:"正献相哲宗,先生遍交当世之学者。"由此可知,吕希哲少年时便拜儒学大家孙复、胡瑗等人为师,后又跟随张载、二程,甚至王安石学习理学,加之其父吕公著的教导,少说也有九位名师对其进行过指点。在如此浓郁的学术氛围中成长,吕希哲的成就指日可待。

吕希哲追随张载学习,《宋史·吕希哲传》中载:"旋遭崇宁党祸,夺职居淮、泗间,日读《易》一爻,授徒讲学。"吕希哲主张为学"不主一门,不私一说",这后来也成为吕氏家学的基本特征,这和张载新儒学研究之初的路径如出一辙,同样是以学《易》为出发点。事实上,吕希哲的"荥阳学派"传承了"关学之道"的大部分义理。吕希哲主张"人应以修身为本,修身则以正心诚意为主",力推"人群不在于遍读杂书,多知小事,而在于正心诚意"。正心诚意,则身修而天下化;若其身不修,虽左右近臣,也不能谕,更何况天下。而张载的礼德观中,"正心诚意"处于核心位置,如《东铭》中的"谓非己心,不明也。欲人无己疑,不能也""过言非心也,过动非诚也"等内容就是在集中阐释该命题。宗法礼仪方面,吕希哲讲求"孝子事双亲,须事事躬亲,不可委之使令",为人子应做到"视于无形,听于无声""顷刻不离双亲。事亲如天。顷刻离开双亲,则有时违天,天不可违""兄弟间应长幼有序,圣人重视先后之序,如天之四时,分毫顷刻皆有次第,这是事物的自然之理,不可更改"。这样的礼教思想和张载所尊崇的宗法礼教基本一致。

　　厚道圣人:张载关学千年寻踪　|

"修养功夫论"是关学的特色内容之一，这部分在吕学中也得到了创新和发扬。《荥阳公说》中言："养心莫善于寡欲。天下之难持者莫如心，天下之易染者莫如欲。善养心者，正其思而已矣。目欲纷丽之色，视思明，则色欲寡矣。耳欲郑卫之声，听思聪，则声欲寡矣。口欲天下之美味，思夏禹之菲饮食，则口欲寡矣。身欲天下之文绣，思文王之卑服，则身欲寡矣。寡欲如此，而心不治，未之有也。"而张载在所作家规"十戒"中就有"戒逐淫朋队伍，戒好鲜衣美食，戒驰马试剑斗鸡走狗，戒滥饮狂歌"这样的戒律规范族人及弟子，并极力推行"循天理克人欲""变化气质"的修养工夫论。所谓师有所教，弟子必有所继，吕希哲继承关学要义可谓精深之至。

　　政和四年（1114年），吕希哲因遭蔡京一党诬陷为"元祐党人"，名字被刻入"党人碑"，被贬为知相州（今河南安阳市北），旋即又再贬往邢州（今河北邢台），刚到该地就因病去世。

　　吕希哲的渊博才学和他的荥阳学派深深影响了南宋吕氏八世孙吕祖谦和吕祖俭。两位都成为南宋仅次于朱熹的理学宗师，后世也因此将吕希哲奉为吕学的开山鼻祖。朱熹在《伊洛渊源录》中对理学大家进行重新定位排序，吕希哲被排在仅次于"北宋五子"后的首位。由此可见，吕希哲在宋明理学发展中不容小觑的地位，加之吕氏家族几代在朝廷中的显赫地位，据此便有后世学者认为吕希哲作为横渠弟子可能是一个误判。然而，这样的分析显然不合乎《张载年谱·附录一》中的记载，只能说明张载之学的魅力之大引得名门望族的青睐，这是张载及其思想强大感召力是的绝佳体现。

　　在诗作《绝句四首·其一》中，吕希哲这样写道：

礼仪三百复三千，酬酢天机理必然。

寒即加衣饥即食，孰为末节孰为先。

如此情怀和感念必定是吕希哲在缅怀先师张载厚道的礼德教化以及其精深的关学义理。

张戬：拉开"新旧党争"大幕的第一人

　　"王安石变法"是中国古代史上继商鞅变法之后又一次规模巨大的社会变革运动，在一定程度上改变了北宋积贫积弱的局面，充实了政府财政，提高了国防力量，对封建地主阶级和大商人非法渔利也进行了打击和限制。然而，变革引发了政坛新旧势力的针锋相对，进而形成激烈党争，受牵连者无数，张载之弟张戬就是首当其冲者。现有史料并无明显记载张戬是张载的学生，但在《关学编》《宋明理学家年谱》（第一册）等文献中，张戬作为理学家的名号则赫然在列。

　　张戬，字天祺，关学创始人张载的胞弟。少年张戬酷爱读书，独厌八股文章，认为它们过于雕造、不务实际。但在兄长张载的劝解下，他还是参加了科考，二十四岁登进士第，步入仕途，先后任陕州阌县主簿、普润县令、秘书省著作佐郎，知灵宝、渠州、流江、金堂等县事，改转为太常博士、监察御史里行、知公安、蒲城县事，又改夏县转运使举、凤翔司竹监。张戬为人耿直，敢于谏言，以至于因"耿介"而获罪权相王安石，郁郁不得志，于1076年英年早逝，时年四十七岁。史书称他"爱民以诚，济济有术"。

　　张戬为官期间，注重民生，关心地方疾苦，深得百姓爱戴。《眉县志》中记载张戬在代理蒲城知县时，了解到该县百姓性情强悍、好争意气，斗殴、偷盗、抢劫等不良行为远高于邻县。此前知县往往以严惩治之，但一些作奸犯科者投机取巧、变本加厉，越发猖獗起来。张戬到任后在治本上下功夫，以教导为主，让民众从本质上意识到违纪犯法的严重性。有人诉讼到县庭，他必弄清原委，按律宣判。他还经常召集父老谆谆劝道，让他们教导子弟读书明理，勤勉奋发，进取向上，不要做败坏道德之事。张戬还给自己配备了"记善簿"，凡百姓有善行，他都予以记录，作为鼓励他人的凭证。他还仿效张载任云岩县令时"敦本善俗"的做法，捐献薪俸，准备酒食，于每月良辰邀请县内长者聚会县衙，嘉勉慰劳，让他们的子弟陪伴侍奉，以此宣扬敬老尽孝之道。不过几月，县内民风大变，狱讼顿减，收到了极好的社会反响。

张戬后调至夏县，该县民情复杂号称"健讼"，之前几任知县都因难于治理而辞任。据《眉县志》载，张戬到任后，从不轻易怀疑人们的行为动机，始终抱定与人为善的态度，绝不以小恩小惠笼络，诚恳劝导人们从善去恶、改过自新。人们深受感悟，不再横生枝节、无理取闹，夏县的社会秩序逐渐改良。当保灵一地的百姓得知朝廷派出考核官吏治绩的使者经过时，纷纷围住使者请求道："如今夏县的张公曾是我们的父母官，恳祈天使怜悯我们，将其调回！"使者如实汇报朝廷。当张戬离开夏县时，百姓远道相送，交通为之阻断。父老们坦言："以往很多人认为本县百姓不善，喜好诉讼。可自从张公治理之后，诉讼之事锐减，几乎绝迹。只有张公相信我们百姓不是无理取闹、喜欢诉讼的啊！"

由于政绩突出、深得民心，朝廷特诏张戬到汴梁担任监察御史里行一职，相当于今天中央监察部门的官员，不过古时的监察官员除要监督官员的不轨行为外，还担负着谏官之责，即及时向皇帝反映官员言行的不当之处，并拿出合适的处理意见。熙宁三年（1070年），由于新法在执行过程中用人不当，以及种种不切合实际的做法，百姓纳税的负担陡增，侵害民众利益的事情层出不穷，亦致贪污腐败盛行。熙宁四年（1071 年），开封百姓为逃避保甲，出现自断手腕的惨状；同年，东河县因青苗法施行后所致税费不断攀高，该县一千多人集体围堵在王安石府邸前讨要说法，一时轰动朝野。作为监察御史里行的张戬，对此种种坑害民生的做法忍无可忍，上表《论新法奏》："臣窃以天下之论，难掩至公。在于圣明，动必循理，无适无莫，义之与比。昔建议谓便而试行之，今已知有害而改罢之，是顺天下之心，而成天下之务也。昔非今是，何惮改为？故曰：毋意务必，毋固毋我。又曰：时行则行，时止则止。大《易》之义，贵于随时。陛下何利之求，唯义而已。今则众意乖张，天下骚然，而王安石尤欲饰非，所持甚隘，信惑逼人，力排正论。此臣所以在于必诤，虽死耽为，义或难纵，势无两立也。"这就是《宋史·张戬传》中载"累章论王安石乱法"的历史渊源。此外，张戬还直接登门，言辞激烈地与王安石展开辩论。此举自然得罪并激怒了王安石，张戬遂被贬至湖北公安县，后改陕州夏县。由于他属于旧党一派，学界便以张戬被贬黜流放一事作为"新旧党争"的发端。1076 年，张戬再度被贬至凤翔司竹监，终在抑郁悲愤中死去，时年四十七岁。

　　良好的家风和父兄两代以来秉持的儒学之道，耳濡目染的张戬必然会深受影响、感同身受，这也是他为官期间恪守职责、爱民如子的德行体现。不仅如此，张戬始终奉行张载主张的礼德思想。任司竹监时，他们全家不食竹笋；离任时，见平日颇为爱护的一个手下盗拾笋箨，仍秉公处分，丝毫不留情面。然而，处分之后，他又待手下一如既往，不计前嫌，众人无不佩服他谨慎的操行和宽容的心胸。而且，张戬极为注重人品和气节，对张门弟子中的吕大临尤为欣赏，认为他学识渊博、志向高远，更是将女儿嫁给了他，成为宋明理学界的一段佳话。一如其兄张载，张戬也崇尚儒家所提倡的古礼，并撰写了《丧服纂要》九卷、《语录》三卷等，对理学的发展做出了不可忽视的贡献。《宋元学案》卷十八《横渠学案下》将张氏兄弟合称为"两张先生"，不难看出，深受儒风熏陶的张戬不用拜兄为师，必定也会成为一代理学大家。

张戬去世后，吕大临作了追述岳父生平的文章《张御史行状》，共计一千五百余字，篇幅不可谓不长，是对张戬一生最为全面的文献记载。而张载撰写的《张天祺墓志铭》则是对手足最长情的表述，碑文刻有："立朝莅官，才德美厚，未试百一，而天下耸闻乐从，莫不以公辅期许。率己仲尼，践修庄笃，虽孔门高弟，有所后先。"

此生互为兄弟，是张载之幸、张戬之福。

王夫之：擎天一柱的"关学亚宗"

　　但凡某种思想学说经久不息、传承至今依然枝繁叶茂，必得益于创始人创设理念的卓尔不群，亦和其身后的继承者不无关系。儒学如是，道学、释家亦如是，甚至一些传承者的思想深度直追鼻祖，绝不逊色。王夫之就是这样一位无论从传承抑或发扬来说，都堪称"盖世"的关学大家，在学界有"关学亚宗"一称。

　　王夫之，生于万历四十七年（1619 年）九月，卒于康熙三十一年（1692 年）正月，字而农，号"姜斋"，别号"夕堂"，湖南衡州府衡阳县（今湖南衡阳）人。自幼跟随父兄读书，青年时参加反清复明活动，晚年隐居于衡阳石船山著书立传，自署"船山病叟""南岳遗民"，后世遂称之其"王船山""船山先生"，与顾炎武、黄宗羲并称明清之际三大思想家。

　　王夫之出生于武勋世家，数代皆受明廷恩泽，但到王夫之祖父一代开始败落。王夫之十四岁时考中秀才，二十四岁以《春秋》文章获湖广乡试第五名。这时，大明已濒临灭亡，朝纲不振，王夫之无缘最后一科的会试。随后，意气风发的他投入反抗清兵的武装斗争当中。1643 年，他与好友夏汝弼投奔被困湘乡西南车架山的南明永历帝，并作《哀歌示叔直》一诗，以抒发对明廷的痛惜之情。1648 年，王夫之与夏汝弼、管嗣裘、僧性翰在南岳衡山方广寺发动反清起义，后以失败告终。1662 年，他惊闻永历帝在昆明被杀后即返回衡阳老家，遂杜门不出，究读著述。王夫之一生著作颇丰，著有《周易外传》《尚书引义》《永历实录》《春秋世论》《读通鉴论》《宋论》及《张子正蒙注》九卷等。直到晚年，王夫之都在拒绝清廷的招纳归请，且一生未留辫子。康熙三十一年（1692 年）正月初二，王夫之卒于湘西草堂，于十月葬于湖南衡阳金兰乡高节里大罗山。墓碑刻有题为"遗命墓铭"的碑文："有明遗臣行人王夫之字而农葬于此，其左则继配襄阳郑氏之所祔也。自为铭曰：抱刘越石之孤忠而命无从致，希张横渠之正学而力不能企。幸全归于兹丘，固衔恤以永世。"碑文的尾语竟是对张载关学的感悟和自己学有不殆的留恋惋惜，实乃令人动容。

王夫之的哲学思想包罗万象，既有矢志不渝的安贫乐道之心，又有勇于求变的创新精神，以及兼容并蓄、博采众长的开放格局。这些是明清之际大部分唯物革新主义思想学者及仁人志士具有的思想共性，是传统闭塞思想走向开明科学思想的必备底蕴。而这种朴素的辩证唯物主义体系和经世致用、躬行践履的务实风尚，正是王夫之对张载思想完全继承的体现。

中国古代朴素辩证唯物主义思想体系主要是指张载在"气本论"的基础上构建的"气一元论"（宋明理学界称之为"天道论"思想）。王夫之是"气一元论"的主要继承者，并展开了创新，堪称张载之后关学"气一元论"的绝对扛鼎者。他认为，气是天地间的唯一实体，不是"心外无物"；并指出天地间存的一切都是具体实物，一般原理存在于具体实物之中，绝不可说具体实物依存于一般原理。因此，他应该是先有具体形器，后有抽象观念。道家、佛家都把"虚无"视为"无限"和"绝对"，而将"有"视为"有限"和"相对"。王夫之认为这是将"相对"和"绝对"的关系搞反了。在他看来，

"有"是无限的、绝对的，而"无"是有限的、相对的。王夫之的这些观点符合今天客观的唯物主义思想观。

王夫之对程朱理学"万理归于一理"的观点是持批评态度的，但也有所继承，这种继承源于"理本论"中承认"气"是客观存在的，而非主观形成的。而针对明朝中叶以来大行其道的"知行合一"，王夫之更是进行了猛烈的抨击和反驳。他认为"知"和"行"的关系是相资互用、不可分离的同时，应重点强调"行"，而不应将"知"作为评价"行"的连襟。王夫之的这一观点其实就是今天的话语权问题和行为结果的互相反衬，是一种务实且客观的人本思想体现。换言之，一个人说什么不重要，重要的是他在干什么。所以，王夫之在张载"天人合一"理论的基础上提出"理势合一"，作为否定"知行合一"的佐证。同时，王夫之也吸取了陆王心学中关于人性论"理寓于欲中"和"理寓皆自然"的命题，从而得出"性者生理也"的观点。这个观点很显然是对张载"气一元论"中"循天理灭人欲"的创新，体现了强烈的唯物辩证思想。

关学思想讲求的就是经世致用、躬行践履的务实风尚，此点正是从孔孟儒学中"学以致用"上提升创新而来的。张载极力强调"经世致用、躬行践履"的应用范畴和应用方法。比如反对科举的"孰能少置意于科举否"和倡导实学的"人皆可以为尧舜"。不仅如此，为了验证"渐复三代之法"的可行性，张载带领学生进行井田制试验，又制定宗法制度、建立乡规民约、提倡教育三年制等。而这些和王夫之提出的政治上倡导民主议政、经济上限制土地兼并、提倡工商业，学术上秉承征实之学等观点完全相合。概而言之，王夫之承继了关学经世致用的积极人生态度，切实关注国计民生，做到学以致用，以学救国救万民。

王夫之自称是"希张横渠之正学"的坚定卫道士，除继承张载的思想衣钵外，在注解及传播关学文化遗产上，也是倾尽一生不遗余力。《张子正蒙注》一书就是反映王夫之深究关学并继承张载未尽理学思想的集中体现。《正蒙》成书于北宋末年，当时的理学体系尚在构建中，而关学也处在发展的动荡期（张载去世为关学转折点），延及南宋、金、元、明及清初，宋明理学产生了大量的派别分支，因此，《正蒙》需要进行注解才能适应明末清初学者们的阅读需要。康熙二十四年（1685年）春，在《正蒙》原本基础上，王夫之耗时数载完成了《张子正蒙注》九卷；康熙二十九年（1690年）夏，对《张子正蒙注》进行了重订。前后两次注解并修订《正蒙》可谓不小的工程，可见王夫之对张载思想的尊崇和对关学道统的继承是何等笃信。纵观其他关学道统追随者，如元朝的杨天德、杨恭懿父子。明朝的马理、吕柟、韩邦奇，清代的冯从吾、李颙、李元春、贺瑞麟等人，要么以程朱理学或陆王心学为主、关学为辅进行思想研究，要么就是在程朱理学、陆王心学、张载关学之间穿梭游离，而真正将关学思想体系发扬光大并坚定捍卫张载学术道统圣贤地位的，独王夫之不二。难怪王夫之墓碑上刻有其生前亲自撰写的"希张横渠之正学而力不能企"的语句，充分表达了这位毕生追求真理、捍卫关学道统的大明遗臣的拳拳之心。清光绪三十四年（1908年），清廷下旨诏准顾炎武、黄宗羲、王夫之三位大儒从祀孔庙，居于早前陪祀在孔庙西庑第三十八位有着"先贤"称谓的关学圣宗张载之后，后世据此称其"关学亚宗"。

《张子正蒙注》有载："张子之学，上承孔孟之志，下救来兹之失，如皎日丽天，无幽不烛，圣人复起，未有能易焉者也。"这是王夫之继承和发展张载关学最为至高的大道愿景。

谁是张载的首任弟子

中国古代学界一直充斥着各种各样的学术争论，比如渊源之争、门户之争、流派之争、观点之争等，大凡这些争论后均被称为"学案"。儒学史上就有"两汉三国学案""魏晋学案""明儒学案"……其中就有"弟子学案"。关于宋儒张载的首任门徒为何人也一直是"宋元学案"中一直争论不休的焦点之一。

最初，张载并不是誉满学界、盛名远播。古人很是讲究身份和来历，若非出身名门望族或本人具有一定官位，就算学术无量，也很难使人投奔拜师，一旦无人追随，就很难将自己的学术推销出去。所以，这个"首任弟子"的影响力就可想而知了，他必定是促成该学派崛起的头功之人。其实，说到张载的首任门徒，基本也就是圈定在吕大钧、游师雄、苏昞三人之中。

《关学学术编年》一书将1054年前后张载受文彦博之邀在长安学宫讲学视为其生平最早的讲学活动。纵观该书对张载所有弟子拜师时间的梳理，当时在长安进行学习的游师雄当是首任弟子无疑。有两处史料可以佐证此观点。一是由张门弟子张舜民为游师雄撰写的《游公墓志铭》中有载："年十五，入京兆学，益自刻励，蚤暮不休。同舍生始多少之，已而考行试艺，屡居上列，人畏敬，无敢抗其锋。横渠张载，以学名家，公日从之游，益得其奥，由是名震一时。"二是明代冯从吾撰写的《关学编》卷一《季明苏先生》中有："先生名昞，字季明，武功人。同邑人游师雄，师横渠张子最久，后又卒业于二程子。"根据这两则记载，游师雄好像与张载在长安学宫讲学的时间能对应上。但这时游师雄仅十五岁，尚属教育启蒙阶段，对于张载传授的"天道论"和"礼德观"来说，应是很难理解消化的。较大的可能是，少年游师雄可能聆听了张载的讲座，但顶多算是"启蒙听众"，谈不上有所领悟。我们先按下不表，看看另一位所谓的"首位弟子"，也许通过他能看穿其中的"真伪"。

因整理修订《正蒙》一书而闻名于世的张门弟子苏昞，也被认为是张载的首位弟子。论据还是《关学编》卷一《季明苏先生》中的"先生名昞，字季明，武功人。同邑游师雄，师横渠张先生最久，后又卒业于二程子"。另外，在《宋元学案》卷三十一《吕范诸儒学案》也有载："苏昞，字季明，武功人。学于横渠最久，后师二程。"不得不说，冯从吾那句"师横渠张先生最久"增强了苏昞的可能性。然而，苏昞 1054 年才出生，同年游师雄在长安学宫拜张载为师。作为新生儿的苏昞又如何能够成为张载的弟子呢？清晰的时间线不仅将"苏昞乃张门首任弟子"的说法完全击破，也令"游师雄系首任弟子"之说存疑。毕竟一个刚出生，一个尚在启蒙，实在难以"同邑师横渠张先生最久"。那么，究竟这位"高德首徒"是谁呢？

《张载集》中记载了范育撰写的《吕和叔墓表》，其中有："君（吕大钧）与先生（张载）为同年友，一言而契，往执弟子礼。"无独有偶，在另一部《蓝田吕氏遗著辑校》之《伊洛渊源录》卷八《行状略》中有："君曰大钧，字和叔，姓吕氏。其先汲郡人……嘉祐二年，以进士中乙科，授秦州司理、监延州折博务……盖大学之丧废绝久矣，自扶风张先生倡之，而后进蔽于俗尚，其才俊者急于进取，昏塞者难于领解，由是寂寥无有和者。君（吕大钧）于先生为同年友，及闻先生之学，于是心悦诚服。宾宾然执弟子礼，扣清无倦，久而益亲，自是学者靡然知所向矣。"可见，张载在最早传授学说时相当"蔽塞"，也没有人以弟子的身份与之交流。而蓝田吕大钧则对张载的学说理解透彻，并对张载的人品也很敬服，便心甘情愿地以张载为师，从此做了张门弟子，一改张载门下"寂寥无有和者"的局面，逐渐"自是学者靡然知所向矣"。那么，吕大钧为张载首位弟子应是无可置疑的。况且，这段文字记载源于朱熹撰写的《伊洛渊源录》。鉴于朱子向来治学严谨，并继承了二程的洛学真传，有此说法应该也是参考了洛阳二程的典籍史料才判定的。此外，张载去世后，吕氏兄弟、苏昞等人均转投二程门下，作为老师的二程子应该不会不明就里地记下"自扶风张先生倡之……由是寂寥无有和者。君于先生为同年友……宾宾然执弟子礼……自是学者靡然知所向矣"这样的文字，必是征求过吕大钧、苏昞等当事人的意见，才做出这样的录载。

《关学学术编年》将吕大钧拜师张载的时间确定为他们进士及第的前后，也即嘉祐二年（1057 年）。对于这点，史书中没有明确记载，但以张载和吕大忠结识的时间（1053 年）来判断，他们的师徒关系应该介于 1053 年至 1057 年之间。因为张载 1056 年于京师开封坐虎皮椅讲周易时，"听从者甚众"，一时声名鹊起，是极有可能在那时开始收徒的。那么吕大钧在 1057 年前就成为张门弟子的可能性就很大了。还有一个不容忽视的细节是，嘉祐二年（1057 年）张载三十八岁，吕大钧二十九岁，符合中国人长者为师的尊教观念。如此，吕大钧成为张载"首任弟子"之说也就坐实了。

那么，游师雄、苏昞二人是何时拜张载为师的呢？在此也做一续论。

1068 年，张载受时任陕西武功县主簿张山甫之邀，在武功绿野亭讲学，影响颇大，当时关中（尤其武功一地）很多士人纷纷投拜其门下，如吕大临等都在投师之列。游师雄在 1065 年已进士及第，此时担任仪州司户参军。仪州即今天甘肃平凉的华亭县，隶属平凉管辖，而张载时任平凉（州）军事判官。两人同在一州为官，必然会有所来往。张载既然在游师雄老家武功讲学，游师雄想必应是追随听讲了。而"先生名昞，字季明，武功人。同邑人游师雄，师横渠张子最久"的记载，也同时将作为游师雄老乡的苏昞一并做了拜师说明。这也不难理解，毕竟游、苏意气相投，均为究学之人，在家乡约上乡党朋友一起前去听张载的绿野亭讲学，听完又一同拜师，也是顺理成章的事情，同时也符合张载当时已"儒声满朝野"的实际影响力。

　　　　　　　　　　厚道圣人：张载关学千年寻踪　　|

张载关学的三传弟子

宋明理学史上，一般将张载的后继学人分为两类：一是张载生前门人，如"蓝田三吕"、李复、苏昞等诸多嫡传弟子，这些人被称作"关学二代弟子"；二是元、明、清三朝的再传弟子，他们大都是自学张载之学，兼学程朱理学或陆王心学，从严格意义上讲，元代以后的大部分关学学者并非纯正的张载思想传递者。学界据此认定两宋时代再无第三代张门弟子。换言之，吕大临、游师雄等人是张载的断代门生。事实果真如此吗？

翻遍关学史料，张载身后弟子们的活动记录的确不多，但也并非完全没有。笔者从清人黄宗羲等人编撰的《宋元学案》及《宋史》中考证出了有关张载第三代弟子的些许史料，愿与后学者同飨。关学三传弟子中的五位代表性学者，他们是吕义山、邵整、李龟、马涓和张瞻。

吕义山何人？即张门首徒吕大钧之子也。《宋元学案·吕范诸儒学案》中载："吕义山，字子居，和叔先生之子也。范侍郎育称其能绍家学。"这里的"家学"，指的是吕大钧之学，而吕大钧作为张载的首徒，必定深得先师真传。尽管后来他东走洛阳追随二程，但在张载去世后的第三年，即元丰三年（1080年）他就因病去世了。可见，吕大钧学习关学的时间是远长于学习洛学的。若按1057年拜入张载门下算起，少说也有十三年时间之久，所以其子吕义山的学说更多的是继承了关学的思想要义。吕大钧去世后，其妻种氏、其子吕义山遵循儒家礼法安葬了他，并不以野风陋俗为礼。这种良好的家风传承也印证了吕氏家族崇德重礼，而"重礼"本就是关学的要义之一。吕义山后来成为一代学者，必定也是受益于此。

张载教授学问不拘门户，有学则授、有感必解，并不排斥关中以外的学者，所以门下就不少非关中籍弟子，福建古田人邵清就是其中一位。邵清精思深学，被时人誉为"十奇士"，是张载门下最为用功的弟子之一。邵清本人在张载去世后并未投拜新师，而是回到了家乡继续研读张载学说，并将之传授给其子邵整。《宋元学案·邵蒙谷先生整》中载："邵整，字宋举，彦明子，自号蒙谷遗老……以家学自相师友，教授生徒，常百余人。"这说明邵整不仅深得邵清的影响，还教授了数百关学弟子，这可是个很了不起的功德。张载身故后，关学一蹶不振，邵整却做到了子承父学，在关中以外传授关学，这是对张载的至大敬意和尊崇。据史料载，邵整门下优秀者众多，其中以苏大璋为翘楚。关学在邵整这一代竟然得以如此发展，这可是对师祖张载最好的慰藉。

张载去世后，张门弟子李复成为名副其实的关学接力旗手，不仅一生恪守张载之志，弘扬关学思想，也将毕生所学传授给了孙子李龟。李龟也不负重托，在关学研究方面多有建树，成为南宋一代名儒。晚年，李龟在江南一带传授张载思想，门下弟子众多，很多都是当时的南宋名家，如宁宗一朝的宰相钱象祖，就是李龟的弟子。

除以上"师传父、父传子、祖传孙"的三传弟子外，也有为数不少非亲非嫡的弟子。四川南部县人马涓就是其中最为出彩的关学再传门徒。马涓于元祐六年（1091年）考中状元，被朝廷诏令在秦州（今甘肃天水）担任签判一职。当时，吕大忠担任秦州知州，为马涓的上司。起初，马涓因状元出身，常在他人面前炫耀，大有高人一等的优越感。吕大忠见状，就训导他应该务实为官，践行自己的治世抱负，而且应从实际出发，采用经世致用之道修身养性，不断提高治国理念。马涓对此十分感激，虚心拜吕大忠为师。此后，吕大忠带马涓去拜会了当时在秦州任学官的著名学者谢上蔡。每次听谢上蔡讲述《论语》等著作时，吕大忠都要正襟敛容，毕恭毕敬，并做好笔记。马涓开始不解，吕大忠对他说："圣人之言在焉，吾不敢不肃。"这让马涓很是感悟，吕大忠也以此用张载《圣心》一诗中的"圣心难用浅心求，圣学须专理法修"启发他学习孔孟之道的方法。后来，马涓被朝廷重用，他很逢人便讲："吕公教我之恩也。"此后，马涓遵从吕大忠教导的关学理念"修身为己经世致用"对自己严格要求，终成一代贤儒良吏。后来，他因上书宋徽宗弹劾当朝宰相蔡京一事，被蔡京罢去官职，且被打入"元祐旧党"一派，名字被刻入"党人碑"进行贬斥。马涓从此归乡隐居，曾在南部县城的文庙山岩上手书摩崖石刻"晴霞夕照"四字，以示自己一生光明磊落、刚正不屈。马涓被后人视为关学三传弟子中的佼佼者。

和马涓一样，张瞻师从吕大忠，因学识丰厚，也被载入《宋元学案》一书。书中载："张瞻，字景前，晋伯为秦帅，先生之父为倅，潜之听讲。及入太学，晋伯曰：'微仲弟不必见，不如见与叔弟。'其时汲公为宰相，而晋伯以为不必见，则知先生盖亦有志于实学者也。"张瞻的实学精神和当年先师祖张载的学习志向"孰能少置意于科举，而从尧舜乎"完全一致。"造道学问有人传，精神风骨同秉继"用在关学后辈张瞻身上，是再恰当不过的了。

北宋末年金兵犯境，关中一地沦为铁马刀戈肆虐的斗场，导致民不聊生饿殍荒野达百年之久。就是在此种情况下，张载思想还能不断地得到延续，形成第三代的传承之力，着实是关学的大幸。而三代后学的昭昭精神，也随同创始人张载一起，千秋传颂。

金元时期六大关学思想家

北宋中叶起，关学的发源地和传播源头就在陕西关中。随着"元祐党禁"在南宋初年得以解禁，理学迎来又一轮的发展高潮，但作为理学大派的关学却遭到了极度的"封藏"和"冷遇"。

1127 年北宋灭亡、高宗南渡后，关中一地成了契丹女真人的天下，金国在关中的统治长达百年有余。随着金亡元兴，来自蒙古草原的铁蹄弯刀沿着金人的车辙，继续对汉人的精神思想采取歧视和打压的政策。在漫长的文化寒流中，关学几近悄无声息，特别在元朝前期，由于科举取消以及对南人的歧视政策，在相当长的一段时间内，孔孟儒学被认为是不入流的学说，社会上流传着"八娼九儒十丐"之说，儒生甚至比娼妓的地位还低贱。关学和其他理学支派一样，到了濒临灭种的生死边缘。幸好，此时尚有杨天德、杨奂、许衡、杨恭懿、同恕、萧维斗等大儒的奋起接力，砥砺前行中不断传承着关学的香火。元贞元年（1295 年），元廷诏令陕西地方当局在原横渠书院旧址上修建张载祠。泰定三年（1326 年），在张载祠内又重建横渠书院，自此形成"后祠前书院"的建造格局。元代两次对关学圣地大兴土木，不可谓不意义深远。这说明在最艰难的世事中，关学仍不断释放着自己巨大的生命能量。

以下，我们简单介绍一下金元时期这六位捍卫张载之学的关学大儒。

杨天德（1180—1258 年）

杨天德，字君美，高陵（今陕西高陵区）人。金代进士出身，为官忠勤、有风度；晚年嗜好讲读《大学解》及"伊洛"诸书，后转向程朱理学。其子为元代关中大儒杨恭懿。

杨家世代务农，堪称耕读传家。杨天德之父杨礼是一位儒雅的读书人，很有礼节。二哥杨茂实则是一位对儒学充满敬仰的富有乡绅。此种家风的影响下，杨天德对儒学，尤其张载创设的关学颇感志趣。他尊崇张载提倡的"学古力行、经世致用、笃志好礼"等教育理念。兴定二年（1218 年），杨天德考中进士，从博州聊城丞、陕西行台掾、大理寺丞，一直做到长安主簿（未到任），再调任转运司支度判官。其后在金元对阵的庆阳之战中，被金朝委任为安化主帅。据《关学编·杨庄敏公》载："庆阳之围也，复任安化主帅，以公忠勤，使兼录事，并镇抚军民，又牒令判府事，昼夜不息，尽智毕力，据守愈年，居民饿死殆尽，卒逮救至围解，召公还京师。"可见，杨天德不仅饱读儒家之学，也尽通关学之义理，实乃忠臣义士。这亦是关学所倡"崇尚气节"的集中体现。南宋宝祐六年（1258年），杨天德病卒于家，享年七十九岁。

杨奂（1186—1255 年）

杨奂，又名杨知章，字焕然，乾州奉天（陕西乾县）人。金朝末年，杨奂屡举进士不第。他针对当时官场乱象撰写万言书上表朝廷，直陈社会利弊，言辞辛辣，充满了讥讽味道，后经人阻拦，此表未能上报朝廷。后来，杨奂教授门徒于家乡乾县。耶律楚材赏识杨奂的学说，举荐其为河南路征收课税所长官。元宪宗二年（1252

年），忽必烈召封其为参议京兆宣抚司事。后来，杨奂上书请老归乡，卒于元宪宗五年（1255年），享年七十岁。

杨奂少年时受到良好的家庭教育，三岁便能随口咏唱"白水满长干，紫阳阁下清风细"这样的诗句。五岁入学读书，由母亲程氏亲自督教，诱导启蒙。十一岁，程氏不幸病逝，杨奂十分悲痛，每日疏食淡饭，颂《孝经》为课，学识一日精进一日。泰和元年（1201年）春，杨奂赴长安应试，中为优等。泰和五年（1205年）秋，再次赴长安应试中选。垂暮之年，杨奂依然悉心经史。宪宗五年，杨奂重病，自感不支，唤侄子杨秀民等于病榻前，叮嘱"孝悌力田，以廉慎自保"，切勿舞文弄墨，以免"玷伤风化"。学术研究方面，他直接继承了关学的"崇儒"宗旨和"经世致用"学风，敢于"指陈时弊务求实践"，使关学得以个性化发展。这乃关学历经宋、金、元数百年来的一个创新之举。在关中登坛开讲时，前来听讲拜师者络绎不绝，一度形成"关学热"，杨奂也被后世誉为"元代关西夫子"，其关学思想大都在《还山集》《概言》两部著作中有所体现，是关学思想在元代的较好延续。

许衡（1209—1281年）

许衡，字仲平，号鲁斋，世称"鲁斋先生"，金元时期怀庆路河内县（今河南省焦作市河内县）人，金末元初著名理学家、教育家，著有《读易私言》《鲁斋遗书》等书。元宪宗四年（1254年），许衡应忽必烈之召出任京兆提学，授国子监祭酒；至元六年（1269年），奉命与徐世隆制定朝仪、官制；至元八年（1271年），拜集贤大学士兼国子祭酒，又领太史院事，与郭守敬修成《授时历》；至元十八年（1281年），许衡去世，时年七十三岁。许衡是金元之际南方理学北传的倡导人物之一，也是张载关学人性论在元代最精深的继承者和创新者。

人性论是宋代理学家普遍关注的时代课题。北宋关学宗师张载在继承《中庸》《孟子》思想的基础上"自立说以明性"，对子思、孟子、荀子以来的人性论做了相当完整和富有深度的重构。他提出的"人性二元论"后成为宋代儒家人性理论的主流，并为后世理学各派所认同，是张载哲学思想的重要贡献之一，而许衡的人性论则主要传承自张载。许衡在承接前辈张载人性论的同时，还对其做出了许多精确的诠释。在心性问题上，许衡认同张载的人之本性是在"天地之性"和"气质之性"之间相互转换，人的禀赋天理即天命之性原本是善的体现，是本然之性。但人的禀性有清浊不同，故又有气质之性；通过"静时存养""动时省察"等修养方法，使"气服于理"，就可复见天理。许衡还提出心与天同的"天人合一"论，强调"反身而诚""尊德行"等自省自思的认识和修养方法，认为如此就可以尽心、知性、知天。作为理学家、哲学家，许衡影响和名气固然不能与孔子、孟子、荀子以及董仲舒、周敦颐、张载、二程、朱熹、陆九渊、王阳明等比肩，但他所精研的内容并不拘于程朱理学，提出了著名的"治生论"。

许衡是元代儒学的主要继承人和传播者。元代有人赞扬他道："继往圣，开来学，功不在文公（晋文公）下。"这和"横渠四句"句中的"为往圣继绝学"有着不谋而合的一脉渊源。

杨恭懿（1224—1294 年）

杨恭懿，字元甫，号潜斋，陕西高陵人，元代大儒杨天德之子。《元史·列传第五十一》记载杨恭懿幼年"力学强记，日数千言，虽从亲逃乱，未尝废业"。童年时，他随父踏上逃避战乱的征程。十七岁时，他和父亲回到高陵，"暇则就学……尤深于《易》《礼》

《春秋》", 后来得到朱熹的《四书章句集注》, 从此反复揣摩研读, 以继承儒家学说为使命, 于是子承父业, 走上了且学且教、且述且作的人生历程。杨恭懿一生淡泊名利、甘于清贫, 始终保持着一介儒生孤傲清高的气节。至元十六年 (1279 年), 南宋覆灭, 忽必烈统一全国, 杨恭懿奉命进京面圣。元世祖诏命他到太史院修改历书。至元十八年 (1281 年), 他辞官回乡。此后, 朝廷又三次召他入朝任职, 他始终未曾应允。至元三十一年 (1294 年), 杨恭懿卒于家中, 终年七十一岁。

自张载创立关学以来, 关学与洛学、闽学、濂学并称北宋理学四大流派, 名噪一时。但张载之后的百余年间, 关学却渐趋沉寂。直到元初, 在以"杨氏三代"的杨天德、杨恭懿、杨寅的带头钻研下, 才逐渐消除了关学研究的断代之困, 又为明、清的理学家提供了丰富的研究资料。"杨氏三代"中以杨恭懿的学术成果最为卓著。至元十一年 (1274 年), 忽必烈亲自接见杨恭懿, 与他探讨许衡提出的"实行汉法""崇文尊儒"等建议。二人相谈甚投, 世祖授杨恭懿为集贤院学士 (掌理秘书图书等事), 命他与徒单等人制定科举之法, 为朝廷网罗人才。杨恭懿极力主张应以《四书》《五经》《周礼·大史》《周礼·小史》作为科考内容, 从而匡正学风, 以期务实致用。这些观点均被忽必烈所采纳。现位于陕西省西安市内的正学书院, 本为北宋时期张载提倡天道讲授实学的地方 (长安学宫), 到元代成为关中理学重要的讲学场所。书院合祀张载、许衡、杨恭懿等人以为后人纪念先贤之功德, 可见杨恭懿在关学中的地位之高不同寻常。

萧斠（1241—1318 年）

萧斠, 字维斗, 号勤斋, 奉元 (今陕西西安) 人, 早年曾做过地方府史 (管理钱财出纳类的小官)。《新元史·萧斠传》中载:

"斡性至孝，少为府史，与上官语不合，即日谢去。隐终南山下，凿土室，读书其中三十年。一言一动，必则古人。博极群书，自三礼、六书、九数以及诸史，靡不研究。及门受业者甚众。"至大元年（1308 年），元廷拜他为太子右谕德，扶病至京师，更赐予酒食相待（元代禁止民间饮酒），萧斡则以书法作品《酒诰》作为回礼。不久，他以抱恙为由力求去职，但又被元廷授以集贤学士、国子监祭酒，"复以辞卑居尊为嫌，固辞而归"。

萧斡博览群书，在天文、地理、律历、算数等方面皆颇有研究，治学严谨，重于实践。教育上，萧斡尊崇张载"幼儿教之，长而学之"的教育理念，力推教育从"娃娃抓起"。他的文辞立意精深、寓意深远，以洙泗（泛指孔子和儒家）为根本之学，以张载关学为依据。关中一带的仕子学人都以他为当时学术思想的核心宗师，慕名前来求学。萧斡著有《勤斋集》，其书法工稳精严，虽云"作汉隶"，实际是师法《熹平石经》《受禅表》一类汉魏之际的成熟隶书。萧斡因为行文立意精深，言辞近而旨远，被后世关中学人称为一代醇儒。

同恕（1254—1331 年）

同恕，字宽甫，京兆人，祖籍太原（山西文水县），元代教育家，为关学思想在元代的继承人和推广者之一。其五世祖时迁居关中，遂为奉元（今陕西西安）人。十三岁即以书经讲解而在当地名声远扬，年长后无意为官，朝廷屡次晋召，他都坚持不去。至大四年（1311 年），元仁宗继位，三次派使者到同恕家任命他为国子司业、阶儒林郎，他都推辞不就。后来，朝廷批准陕西行台侍御史赵世延的建议，在奉元设立鲁斋书院，由同恕领教。致和元年（1328 年），朝廷任命同恕为集贤侍读学士，他以年老多病为由谢绝。归家十三年后的至顺二年（1331 年），同恕去世，享年七十八岁，受赠翰林直学士，赴京兆郡候，谥"文贞"。

在学术思想上，同恕师承孔子、程朱，同时尊仰于关学。他继承了张载提出的"启发诱导、循序渐进"的主张，力推"务贯浃事理，以利于行"，教育弟子要反复开导，使得趣向之正，逐渐把学生引入正道。他好学不倦，家里无余粮，藏书却多达上万卷。他的座右铭是："与其有求于人，何若无欲于已；与其使人可贱，不若以贱自安。"同恕待人诚恳、谦虚，与他座谈，就好像是坐在春风中喝着美酒那样畅快。为此，同恕人缘极好，与同道中人萧𣂏的交往很是密切，被时人合称"萧同"。同恕一生著有《矩庵集》，《永乐大典》中辑出其文论十卷、诗词五卷。同恕的著作和张载的文风相近，"不事粉饰、而于淳厚淳朴之中，时露峻洁峭厉之气"。同恕毕生致力于儒家学说和关学思想的传播，对于软化蒙古贵族落后的部落意识和奴隶制残余思想具有一定的积极意义。

明代十大关学思想家

发端于北宋初年的理学又称"宋明理学"。理学派系此消彼长，从区域集中程度上来看，先后有濂学、关学、洛学、闽学、荆公学派、蜀学派、浙东学派、湖湘学派等；从理论方向和思想要义上划分，主要有程朱理学、张载气学、陆王心学三大学派。至明代，关学的发展形势一片大好，不仅在关中一地盛行，更波及陕西境外，追随者众。以下，介绍其中的十位代表人物。

王恕（1416—1508 年）

王恕，字宗贯，号"介庵"，又号"石渠"，陕西三原人。明正统十三年（1448 年），王恕进士及第，后任大理寺左评事、迁左寺副，又历任扬州知府、江西布政使、河南巡抚、南京刑部左侍郎、左副都御史、南京兵部尚书兼左副都御史、吏部尚书加太子太保，官至少傅兼太子太傅等。正德三年（1508 年），王恕去世，享寿九十三岁。明廷追赠其为左柱国、太师，谥号"端毅"。王恕与其子王承裕同为张载关学支系"三原学派"的创始人。

王恕的思想学说"重在自得，不尚空谈，并注重气节"。他认为学者应以"言行为学，故无求饱求安者，志在敏事慎言；就有道而正之，正其所言、所行之是非，是者行之，非者改之"，将"学"与

"行"紧密结合为一体，为"学在贵用"奠定了理论基础。在自然观方面，王恕倾向于有神论、泛神论，谓"鬼神之谓德"能生长万物，福善祸淫，其感无以复加。关于心性问题，王恕认同张载的"明心见性"之说，认为性乃天之所命，人之所受，性即天理之流行，因而性是善的，顺理而善者为性之本，不顺理而恶者非性之本。经济思想方面，王恕对张载恢复井田制的主张存疑，认为井田之法令不可行。但他也推崇孟子尽心知性知天之说，主张"中和"为天下大本，说"中为天下处事之大体，和为天下行事之大理"。这与张载所倡导的"天下一家，中国一人"及"天人合一"等观点既有相通之处，也有悖逆之处。王恕秉承张载"崇尚气节"的观点，在当时关中学人中起到了一定的标杆作用，对三原的士风民俗有着极大的正面影响。

罗钦顺（1465—1547年）

罗钦顺，字允升，号"整庵"，泰和（今江西省泰和县上模乡上模村）人，著名哲学家，明代"气学"代表人物之一，被誉为是和王夫之比肩的"关学亚宗"。弘治六年（1493年），中进士科探花，官至南京吏部尚书，后辞官隐居乡里专心研究理学。明中期，罗钦顺堪称可与王阳明分庭抗礼的大学者，时称"江右大儒"。嘉靖二十六年（1547年），卒于家，时年八十三岁，赠太子太保，谥"文庄"。《困知记》是罗钦顺的重要著作，仿照张载《正蒙》的书写模式，取《论语》中"困而知之"一语，意指苦心钻研所得。

受张载气本论的影响，罗钦顺从"心本于气"为发端，否定王阳明心学的宇宙观。他表示："张子曰：'释氏不知天命，而以心法起灭天地……'此言与程子'本心'之见相合，又推到释氏穷处，非深知其学之本末，安能及此？"并提出，"理须就气上认取，然认

　　　　　　　　　　厚道圣人：张载关学千年寻踪　｜

气为理便不是"，认为"气"是"理"的基础，须从"气"中认识"理"，即"气之聚便是聚之理，气之散便是散之理，唯其有聚有散，是乃所谓理也"。罗钦顺认为"理"是"气聚散变化"的条理，有"气"才有"理"。这是对张载思想的继承，也是对程朱"理本论"的否定，此举在明代心学兴起之际具有颠覆性的意义，罗钦顺也成为敢于挑战当时如日中天的王阳明学说的一大斗士。在认识论方面，罗钦顺汲取张载"人本无心，因物为心"的主张，并加以发挥，提出人心对事物及其规律的认识变化须与客观事物相吻合，才能获得对事物及其规律的正确认识，因此，应遵循《大学》中"先格物后致知"的思维体模式。罗钦顺运用张载关学的逻辑思维批评了王阳明"致良知"的观点。

马理（1474—1556 年）

马理，字伯循，号谿田，三原人（今陕西三原县）。明弘治十年（1497 年），得中举人；正德甲戌年（1514 年），再中进士。曾任吏部稽勋主事、稽勋员外郎、南京通政司右通政、稽考功郎中光禄卿等职。弘治年间，他就学于三原宏道书院，学识、文章闻名全国，所著《送康太史奉母还关中序》一文被传抄至国外，朝鲜国将此文作范文传诵。1556 年，陕西发生八级大地震，马理遇难，时年八十三岁。

马理是明朝初期关学的主要代表人物之一，时人将他与张载相提并论。他继承张载以义理治经的学风，同时又受朱熹的影响，体现了重义理而不忘象数的特点，还提出"易即造化，造化即易"的命题，依据《周易》规划出一个重要的制礼原则，即"类族辨物"，在同中求异，施行古礼需符合今世，进而丰富和推进了传统礼学思想。马理的实学思想深化了张载以"太虚"为核心的思路，重视笃行践履，批判了"阳明心学"主张的静坐修养。马理尊崇"进退容止，力追古道"的哲学思想观。据此，有学者认为他在礼仪方面学习张载，但于学术上更接近程朱。历史学者称他为"一切体验于身心"，而理学界则尊称其为"今之横渠也"。马理一生著有《四书注疏》《尚书疏义》《周礼注解》《春秋修义》《陕西通志》等书。

王廷相（1474—1544 年）

王廷相，字子衡，号"浚川"，时人称"王浚川""浚川先生""浚川公"，开封府仪封县（今河南省兰考县仪封乡）人，官至都察院左都御史，为"明代前七子"之一。王廷相集合了前人有关气本论的研究成果，与罗钦顺、王尚絅、杨慎一起构建了"气学"，又与王尚絅被后世合称为"气学二王"。明嘉靖二十三年（1544 年），王廷相病逝，享年七十一岁，谥号"肃敏"。王廷相的关学思想体现主要来自他撰写的《横渠理气辨》和《内台集》。

王廷相吸收了荀况、王充、张载、薛瑄的"气本论"和范缜的"神灭论"的要义，肯定了张载关学思想的实用性。他对程朱理学和陆王心学进行仔细研究后，认定气学才是真正的儒学，并批判程朱理学的"天理是万物的本原""一物之理即万物之理""有理而后有气""万理归于一理"等观点不符合事实，认为其本质是老庄道学，而非真正意义上的孔孟新儒学；又指出陆王心学主张的"万事万物皆出于心""是内非外""禅定而无应"等观点是道家学派吸收佛学思想后产生的异端，认为"心"只是感知，无法改变现状。在《横渠理气辨》一书中，王廷相表示："万理皆出于气，无悬空独立之理。造化自有人无，自无为有，此气常在，未尝澌灭。"在《内台集》一书中，他又认为："天地未判，元气混涵，清虚无间，造化之元机也，有虚即有气，虚不离气，气不离虚，无所始，无所终之妙也。"同时，他主张人有气才有神，具备了气和神，身体才能活动；人死则气灭，剩下的躯壳没有任何意义。王廷相汲取张载"性乃气所固有"的思想，借鉴"生之谓性"的观点，并将二者结合，提出了"性乃气之生理"的思想命题。这些观点对构建明代气学思想起了决定性作用，并对后来的"关学亚圣"王夫之产生了很大启迪。

王尚絅（1478—1531 年）

王尚絅，字锦夫，号苍谷，时人称"王苍谷""苍谷先生""苍谷子"，明代汝州郏县郊东南（今河南省郏县李口镇）人，官至浙江右布政使。其人正直廉洁、思维发散，完善了前人气本论的要义，与罗钦顺、王廷相、杨慎一起构建了气学。嘉靖十年（1531 年），王尚絅病逝，享年五十四岁。著作有《西行类稿》《维正稿》《密止堂稿》《答周子德懋简》《明伦铭辞》等。

王尚絅直接承继"气一元论"的思想体系，在张载提出的"太虚即气"的基础上创新了三个观点，即气分阴阳生万物、万物随着气的变幻而变化，以及气影响人的福寿。这是对罗钦顺、王廷相提出的气学思想的升华。在《明伦铭辞》中，王尚絅写道："闻风气为之，天地之号令也。五行得令，四时顺序，而后八方之风各应律而至，以成岁功，否则变怪百出，不可具状。然有正有变，皆气为之也。"他从自然科学角度延展了张载的"气本论"思想，其后的学者薛应旂奉其为师。

王尚絅的气学思想丰富了明代中期的"气本论"体系，对明清之际的哲学思想产生了重要的影响。在伦理道德方面，他重视孝道和夫妇之道，强调"养心教育"，提出了个人修养的标准和典范。王尚絅的思想对后来的张介宾、宋应星、方以智等科学家亦产生了较大影响。

吕柟（1479—1542 年）

吕柟，号泾野，时人称其"泾野先生"，陕西高陵人，明代学者、教育家，是明代中期张载关学的集大成者。吕柟曾问学于渭南的薛敬之，得到周敦颐、张载、二程、朱熹等理学义理的正传。其一生著述丰富，有《周易说翼》《尚书说要》《宋四子抄释》《泾野集》等。其中《宋四子抄释》较全面地收集了张载及其关学思想的要义、警句，不失为张载文化宝库中的一块瑰宝。

就传承而言，吕柟的思想仍属于程朱理学范畴，但他同时继承了关学的"以礼为教，经世致用"观点，吸收了阳明心学注重内在心性修养的特点，以此来纠正当时空疏的学风。在此基础上，他又提出"学仁学天"的为学之路，要求学者"以天为学""以仁为心"，对各家思想学说要兼容并蓄，不偏于一端，主张"学仁""体仁""弘仁"。这既是在面对朱子学与阳明学并立纷争的思想环境下进行的第三种选择，同时也是明代中晚期思想界的一种新动态，即重新继承和发扬孔子的仁学思想。事实上，吕柟的这一思想特点亦成为其后关学发展的主要趋势，为冯从吾、李颙等人所继承。他强调张载的笃实躬行、力救时弊，极力反对空疏学风，对孔子仁学、张载气学、程朱理学、河东学派等实学兼容并蓄、融会贯通。在阳明心学已崛起东南之际，吕柟仍恪守程朱，融通关闽，既重视朱子的"格物穷理"，又坚持张载的"躬行践履"，讲学时与阳明"中分其盛"。他的经学亦有鲜明的时代特征，即重义理而不重训诂。其注重"证诸躬行，见诸实事"的方式，则更能体现其经学阐释的个性特征。在心学盛兴的明朝中叶，吕柟对关学的坚守体现了他独树一帜的经学家风骨。

韩邦奇（1479—1556 年）

韩邦奇，字汝节，号苑洛，陕西朝邑（今陕西大荔县朝邑镇）人，明武宗正德三年（1508 年）进士，官吏部员外郎，以疏谕时政，谪平阳通判。韩邦奇文理兼备、精通音律，著述甚富，所撰《志乐》尤为当世所称颂。冯从吾主编的《关学编》中称他为"学问精到，论道体乃独取张横渠"。其著有《苑洛集》二十二卷、《易学启蒙意见》、《见闻考随录》等著作，其中《正蒙拾遗》一书被视作张载之学的补充和创新，是明代关学发展的一个硕果。

明代早中期关学的基本特征是在尊信程朱之学的前提下，同时吸收张载"以礼为教"的学风。直到韩邦奇的《正蒙拾遗》问世之前，世人对张载"以气为本"的思想建构不够重视。韩邦奇的学术思想则从"推阐朱蔡"向"返归横渠"转化，开启了明代中期关学向张载之学复归的思想动向。他对张载关学思想中"性道论"的继承和推广尤为着力。这不仅是韩邦奇学术思想的特色之处，而且在整个明代关学阵营中也显得较为突出。正是这一学术特色奠定了韩邦奇在明代关学史上的重要地位。明嘉靖三十四年（1556 年），关中突发八级地震，片刻间房倒屋塌，遇难者八十三万人之多，不幸的是，韩邦奇和马理也在其中。两位关学巨擘同时遇难，是关学发展史上的一大损失。

吴廷翰（1491—1559 年）

吴廷翰，字嵩柏，号苏原，明朝无为州（今安徽省芜湖市无为县）人，正德十六年（1521 年）进士及第，历任官兵主事、户部主事，至吏部文选司郎中。在吏部铨选中，他因推荐直言的谏官，忤上司之意，被调任广东金事，转任岭南分巡道兼督学政，后因弹劾权贵，改任浙江参议、山西参议。荒年时，吴廷翰力请山西官府赈济，经手数万两金银，一文不取，全部用于赈灾，挽救了十万饥民。四十岁时，吴廷翰辞官归里，专事著述，著有《志略考》《湖山小稿》《洞云清响》等，其关学思想主要来自其编撰的《吉斋漫录》一书。

吴廷翰继承了张载的朴素唯物主义哲学观，反对客观唯心主义和主观唯心主义。在人性论上，他主张只有气质之性，别无他性；在形神问题上，批驳"灵魂不灭论"及"死后轮回论"。他始终坚持张载的"德行之知"须来自"闻见之知"，并认为"知"和"行"是一个问题的两个方面，"行"非有"知"指导不可。他早年受外祖父张纶的启迪，不赞同宋儒把"性"和"气"区别开来作为善恶相对的划分。中年以后，他受朴素唯物论者王廷相的影响，反对一些人认为的"深山大泽有鬼神"的见解。吴廷翰以气论心性，继罗钦顺、王廷相之后，在张载论证的"太虚即气"基础之上，又提出"气为天地万物之本"的哲学构想。吴廷翰认为，天地万物均由气产生，气是宇宙的本原。在《吉斋漫录》中，他对程朱理学提出的"存天理，灭人欲"思想进行了批评，在当时具有进步的时代意义，这亦是对张载"性乃气所固有""饮食男女皆性也"等思想的高度认可。

冯从吾（1557—1627 年）

冯从吾，字仲好，号"少墟"，陕西西安府长安县（今属陕西西安）人，著名思想家、教育家，为关学在有明一朝的领袖人物，人称"关西夫子"。万历十七年（1589 年），冯从吾中进士，与袁可立、高攀龙同科，官至工部尚书，创办关中书院。他是明代以关学为本，将程朱理学、陆王心学融合一体的集大成者，且是东林党在西北的领军人物。自朱熹承接并兴起程朱理学，关学便日趋消沉，直到明代马理、吕柟等人重振关中学风，至晚明冯从吾时，关学已重新浮现往日盛景。冯从吾在关学振兴的过程中发挥了旗手和骨干的作用。万历三十四年（1606 年），由他撰写的明清关学巨著《关学编》完稿。

冯从吾是研究明代关学绕不过去的人物。图继承了张载提倡的"学则多疑"观点，并根据自己的治学经验，提出了"学、行、疑、思、恒"五字结合的治学方法。首先，他强调"学"与"行"应紧密结合。他说"天下之事，未有不学而能行者"；同时又说"讲学原为躬行"。他要求学生戒空谈、敦实行，只有躬行践履、学以致用，才能学到真学问。他还说："思而疑，疑而思，辩之必欲其明，讲之必欲其透也。"意思是，对待疑难问题一定要肯于吃苦、勤奋钻研，不攀至知识的高峰决不罢休。同时，冯从吾还强调学习必须要有恒心，才能有所作为。这和张载教育理念中的"勤勉不息""祛疑求新""循序渐进"及"博学精思"等观点是一脉相承的。

冯从吾主持的关中书院享有盛誉，明清之际来此求学的各地仕子络绎不绝，关中一地成了问学圣地。当时，奸臣魏忠贤的爪牙遍布全国，然而据《陕西通志·艺文志》载"天下皆建生祠（魏忠贤），唯陕西独无"。可见冯从吾的影响力之大。天启六年（1626年）十二月，在阉党的把持下，朝廷下令捣毁了关中书院，将冯从吾尊崇的孔子塑像掷于城墙南隅。目睹自己倾注了毕生心血的书院成为一片废墟，冯从吾伤心欲绝，遂于第二年，即天启七年（1627年）二月饮恨辞世。

清初关学大儒李颙如是评价冯从吾："关学一派，张子开先，泾野接武，至先生（少墟）而集其成，宗风赖以大振。"

张舜典（1557—1629 年）

张舜典，字心虞，号鸡山，陕西凤翔陈村镇人，明代文学家，张载后裔。万历二十二年（1594 年）中举，被选为开州（今属河南濮阳市）学正，曾任湖北鄢陵县令，后辞官讲学；天启元年（1621年），升兵部武选员外郎，但他请辞不赴任。张舜典在明清理学界被称为"关学集大成者"，其关学思想主要收录在辑文集《鸡山语要》中。

张舜典从南方求学回到陕西之际，正遇冯从吾辞官在长安讲学，二人结识后彼此欣赏，遂成为莫逆之交。由于张舜典的家乡在关中西府凤翔，而冯从吾则在关中东府长安，所以时人称他们"东冯西张"。冯从吾在学术上恪守程颐、朱熹，张舜典则主修程颢和张载之学。张舜典以为"学圣人之学，而不知以本体为功夫，最易蹈义袭支离之弊"。冯从吾也赞赏张舜典研究学问的精深态度，称其见解为："透体通彻，而不类剖藩决篱，故自此有述作，多先生为之序首焉！"两人切磋学术，被当时学界奉为佳话，二者的思想观点也成为理学研究的学术指南。《关学编》中有张舜典的《后序》，他对张载思想的领悟由此可见："横渠先生而至今，无不考而述焉。故不载独行，不载文词，不载气节，不载隐逸，而独载理学诸先生，炳炳尔尔也；不论升沉，不计崇卑，而学洙、泗，祖羲、文者，无不载焉。少墟之用心亦可谓宏且远矣！不然，自张、吕诸大儒而外，如不列于史册，则湮灭而无闻，后死者恶得辞其责也。"这既是对张载思想的尊崇，又是对好友冯从吾深研关学思想的敬仰，更是张舜典本人对关学同道者的认可。

《凤翔县志》中记载张舜典晚年在凤翔陈村镇创办了弘仁书院，聘请教师，购置经典，广招生徒，培养造就了一批关学人才，其中最著名的有宝鸡的党崇雅、凤翔的袁楷等人。张载思想后继有人，张舜典可谓功不可没。

清代十大关学思想家

继理学在明代得到长足发展后，随着程朱理学成为被清政府指定为科考内容，关学也继续受到官方的青睐和民间学者的追捧。据考，中华人民共和国成立前横渠张载祠进行过多达十四次的重修或扩建，仅清朝就有七次之多。康熙帝更是对张载及其关学推崇备至。康熙二十五年（1686 年），为表示对先贤张载的敬意，康熙帝手书"学达性天"四字匾额高悬于眉县横渠张载祠内。民间学者更是将"礼德观""气本论"等关学思想作为修身治世的道统法典。明末清初，在以王夫之为代表的一大批先贤前赴后继的努力下，又出现了赵宋、朱明时代的盛况，仅关中一地，学者遍布，关学思想推陈出新，诸多关学支派和创新思想纷纷崛起。据史料记载，从顺治元年（1644 年）到 1912 年宣统帝正式退位二百六十余年间，仅陕西关中一地受关学思想影响的清代名儒就达百位之多，可谓盛况空前。以下，笔者按出生时间先后，选取了清代关中地区在关学方面有过突出贡献的十位著名学者，进行简要介绍，以飨张载文化爱好者。

王建常（1615—1701 年）

王建常，字仲复，号"复斋"，明末清初陕西朝邑（今大荔县）人。明亡后，他无意于官宦仕途，隐居陕西渭南一带，闭门读书著述，对六经、子、史、濂、关、洛、闽等学，无不进行深入研究。王建常晚年造诣精粹，有儒士风度。官居户曹的张楠登门拜见他时，衷心表示："见到先生，不枉此一生。"大儒顾炎武名闻天下，常以书信方式与王建常商榷思想要义。陕西学使孙荃来到王家，以金锦为寿，王建常谢辞不受。赠诗亦不进行回答。无奈之下，孙荃临行前题了两个字于王建常家门："真隐！"对于家境贫穷到时常不能开火的程度，王建常仍泰然处之。他安贫乐道，治学严谨，弟子们都以他为师表而深入学习义理。著作方面，王建常有《小学句读记》等数十部书。

明清之际社会动荡、思想混乱，被认为是一个天崩地裂的时代。此时，理学的发展也出现了巨大变化。明朝的灭亡促使思想家们将原因归咎于王阳明学说，痛心之余，他们开始从王学的流弊出发，对理学进行了重新认知，或是尊程朱，辟陆王；或是会通程朱、陆王。作为明末遗民，王建常笃信程朱，力排异说，终生不遗余力地对阳明学、异端佛老进行辟斥。在理气关系上，王建常以张载"气本论"为原点，认为"气本于理，理不离气，理气是不离不杂的"。

王建常对张载之学颇为仰慕，在他看来，"张子心统性情一语，亦圣所未发，其有功于圣门最大。后来诸儒说心说性，千言万语，要皆不外乎此"。并对张载"以礼为教"的教育观甚为推崇，称曰："横渠持身严谨，教人以礼。"

对于王建常给予关学的贡献，后世多有学者对其褒奖颂扬。杨树椿认为："关学之横渠后之明、国朝五六百年，诸儒造诣高下不同，求其纯守程朱粹然出于正者，复斋而已。"贺瑞麟评价其为"予服膺先生久，谓先生之功，尤在尊程朱以斥陆王"，遂有"国朝吾关中讲学诸前辈，以朝邑王仲复先生为第一"。贺瑞麟后来还与杨树椿极力建议陕甘提督学政吴大澂奏本清廷，请王建常入祀曲阜孔庙。在大

厚道圣人：张载关学千年寻踪 |

家名流的推崇下，王建常在关学史上的地位得到空前提高，甚至有"关学自横渠后，嫡派真传当推建常为第一"之说。

李颙（1627—1705 年）

李颙，字中孚，自号"惭夫"，别署"二曲土室病夫"，学者因而称他为"二曲先生"，陕西周至县二曲镇人。李颙理学造诣很深，为明清之际关中理学最为杰出的思想家、哲学家，与浙江余姚黄宗羲、直隶蓉城孙奇逢并称"清初三大鸿儒"；又和眉县李柏、富平李因笃在关学研究上的成就而被美誉为"关中三李"。李颙之父李可从为明朝武官，在河南襄城对阵李自成起义军时阵亡。少时的李颙和母亲艰难度日，只读过二十多天书，全部依靠自学成才。而立之年，李颙潜心钻研宋明理学。康熙九年（1670 年），他去河南襄城为父亲"招魂"，常州知府骆钟麟便派人迎请他前去常州讲学，引得当地士绅名儒争相来听讲。后来，骆钟麟把李颙的讲学内容汇集起来，取名为《匡时要务》。李颙又在武进、无锡、江阴、靖江和宜兴等地讲学，所讲内容亦被记录下来，整理为《两庠汇语》《锡山语要》《靖江语要》等。

李颙一生不仕清廷，朝廷多次派人请他外出做官，均被其拒绝。康熙四十二年（1703 年）冬，康熙帝在长安县翠华宫召见李颙，他仍以"老病在身"为由拒不前去。康熙帝感念其节气，以手书"操志高洁"四字相赠。李颙的此种志向与张载"力求节气"的理念一脉相承。七十九岁时，李颙因病去世。李颙学问渊博，造诣颇深，在宋明理学、史籍考证、文字训诂等研究领域都有建树。他的关学思想多被收录在《二曲集》中。

严格意义上讲，李颙的学说并非限于关学。他认为"人生本原"是人的根本，也是天地万物的根本。实际上，这种"人生本原"即指"人心"，以为它"塞天地，贯古今，无须臾之或息。会得此，天地我立，万化我出，千圣皆比肩，古今一旦暮"。可见，这种本体论思想继承了陆九渊的"本心论"和王守仁的"良知说"。在修养功夫论上，李颙又兼收了朱熹、陆九渊的理学思想，认为"进修之序，敬以为之本，静以为之基"的明体适用思想观。此种思想观简而言之就是"明学术、正人心"，使理学由空谈心性转为张载的经世致用。因此，李颙"明体适用"思想观和张载的"经世致用"思想合二为一，成为清代关学思想文化的特色。李颙在世时，关中学人敬仰他为"儒学巨宗"；去世后，学界尊称他"拟于横渠"，又将他对张载思想的承继称之为"上接关学六百年道统"。

李柏（1630—1700 年）

李柏，字雪木，号太白山人，陕西眉县槐芽镇曾家寨人，清初文学家、思想家。据《眉县志》中载："（李柏）生而赤面伟躯，器宇异常儿。家贫，九岁丧父，俑于酒家。后入私塾读书，一入小学，就常吐奇语，令师生非常惊叹。十七岁偶读《朱子小学》，见古人懿言嘉行，便焚案头科举文，受塾师怒斥而不顾，发誓要学古人。"后来，李柏屡次回避乡试，漫游山野。二十四岁时，他遵照母命参加应试，录为博士弟子员。母亲去世后，李柏照古礼守墓三年。之后，为避兵乱，他举家隐居太白山，开耕荒地，自力更生，生计颇为艰难。但他安贫乐道，多次拒绝入仕为官，始终保持着士大夫的气节，终成一代关中大儒，与李颙、李因笃并称"关中三李"。康熙三十九年（1700 年），李柏卒于故乡眉县，著有诗文集《槲叶集》。

李柏在思想方面继承了张载的朴素唯物主义哲学观，反对过分追求物质欲望，赞扬并提倡精神上的能动性。他几次和李颙、李因笃等探讨理学，多次就朱子闽学、陆王心学及"体"和"用"的关系进行深入辩论。在《寄张素石》一文中，李柏写道："宇宙事业有两：曰山林，曰庙廊，庙廊非吾事也。"他亦曾多次到横渠张子祠拜谒张载，并挥笔题写"正大光明"四字，以表自己的思想归宿。就其本体论思想来看，李柏主张"元气说"："有浑浑噩噩，丹丹冥冥，视之而无形，听之而无声，扪之而无物，辨之而无色，无色而色天下之色，无声而声天下之声，无形而形天下之形，无物而物天下之物，元气也。"实际上，李柏的"元气说"秉承且创新了张载的"气本论"思想。同时，他又认为"事天静一"，即人事和天事应该归为一统，这个"一统"是由"静"来体现的。只有静下心来，少些欲望，才能理解天和人的关系，才能在繁杂多变的社会寻找到一方心灵的净土。而此种思想观和张载的"天人合一"有着相近的一面。治世观方面，李柏同情劳苦民众，抨击社会不公，提倡"以德治天下"。这又和关学所主张的"民胞物与"一脉相承。

李因笃（1632—1692 年）

李因笃，字子德，又字孔德，号天生，陕西富平东乡（今富平薛镇韩家村）人。李因笃十一岁入邑痒（县级学校），康熙十八年（1679 年）应博学鸿儒试，授翰林检讨，此后十年长居关中，著书立说。康熙三十一年（1692 年），病卒家中。李因笃自幼聪敏、博闻强记，遍读经史子集，尤好经学要旨，长于诗词，风格与杜甫相仿，兼通音律，崇尚实学，为明清之际的思想家、教育家，被时人称为不涉仕途的"华夏四布衣"之一，又与李颙、李柏并称"关中三李"。著作颇丰，今人编撰有《李因笃集》。

李因笃一生安贫乐道，勤于研读，执教著文，毕生不倦，著述宏富。他在为学上力推张载的"经世致用"之学，主张"师古不泥其意，用法不求其人"，认为深入经学的目的在于通晓古今治国之道，以利于国计民生，并把这一思想贯穿于他的学术实践中。他推崇程朱理学，反对陆王心学，并继承关学道统，弘扬张载以理教人的思想，主张人既要洁身自守，又要有所作为。他还认为"关学之兴，发端于张子（张载）"，治学应"已诚公为百世不去之祖"，因而力推张载的"以礼为教"学风。在李因笃的带动下，关中学风"忽变一新"，关学发展得到了极大的传承和创新。

王心敬（1656—1738 年）

王心敬，字尔缉，人称"丰川先生"，清代理学家，为张载关学及二曲学派的主要继承者。二十五岁时，王心敬拜李颙为师，研修"正心诚意"之学。四十岁后，王心敬已成为远近闻名的理学名儒。蒲城县一位进士在北京殿试时，大学士鄂尔泰问此人："丰川安否？"此人茫然不知所对，鄂尔泰笑曰："天下莫不知丰川，子为其同乡人，顾不知耶？"凡一二品大员来陕，鄂尔泰必定要他们代为向王心敬问好。由于鄂尔泰的器重，黔、粤、吴、楚等地的巡抚都以优厚的待遇聘请王心敬在本省书院开设讲学。王心敬为人仁慈宽恕、淡泊名利。康熙五十三年（1714 年）、雍正元年（1723 年）两次"奉旨特征"，他皆托病推辞。乾隆三年（1738 年）病逝，终年八十三岁。王心敬一生勤于著述，有《易说》十卷、《春秋原经》二十四卷等，可谓硕果斐然，其关学论述大都收录在《续关学编》中。

王心敬的哲学思想以张载的"经世致用"思想为主导，反对空淡玄虚之说，注重农业，推崇氾胜之的"区田法"，著有《区田圃田说》。他的"区田法"讲究种菜技术，主张土地综合利用。而张载当初"复古井田"的初衷之一就是为了提高农业生产效率并改变农民低效的生产现状。

王心敬对关学的继承既"对立"又"统一"。在《丰川续集》卷五《横渠先生》中，王心敬认为张载之学"如初出之日，托体虽高，光明未普"，但他对"横渠学宗，要于知礼成性，而教关中学者必以习礼为先"极为赞赏和重视。作为关学的后续者，他保留了关学自张载以来崇礼尚实的学风特点，体现了明代关学心学化的趋势。在他以"明亲止善"为宗旨的哲学体系中，"天人一体"的哲学本体论、"性敬同归"的道德修养论和"明亲一贯"的经世致用思想是统一的，这些和张载之说在方向上是一致的。后世学人唐鉴表示："横渠之学，二曲倡之，丰川继起而振之。"此言是对王心敬为关学发展做出巨大贡献的极大肯定。

孙景烈（1706—1782 年）

孙景烈，字孟扬，号酉峰，陕西武功人，官至清代翰林院大学士，关中著名学者。雍正十三年（1735 年）举人，乾隆四年（1739 年）进士，授检讨，旋即改授为翰林院庶吉士。其后，皇帝命各地举荐贤良方正之士，陕西巡抚硕色首推孙景烈。但他以"若答应举荐，将不能参加会试"为由，坚辞不赴，于是被任命为学正。孙景烈先后三次主讲关中书院。乾隆十三年（1748 年），清廷又命各地举荐学问、道德高尚之士，陕西总督尹继善、巡抚陈宏谋力荐孙景烈。然孙景烈生性耿介，除潜心精研学问外，别无所欲。他的勤奋到了"冬不向火，夏不挥扇，虽盛暑，仍衣冠整肃，从不懈怠，其严谨端方，几近于愚"的程度。正因其孜孜不倦、穷究理学的底蕴，故被称为"关西夫子""海内大儒"。卒年七十七岁，举行葬礼时，远近门生吊唁者云集，其学生、军机大臣、清廷首辅王杰也亲临致祭。其一生著有《四书讲义》《关中书院课解》《邰阳县志》《峄县新志》等。

孙景烈在学术上尊崇程朱理学，但又倾向陆王心学，同时深究张载关学。可以说，他于治学上并无门户之见。他认为"洛学之与关学无二道"，此观点被当时许多关中学者所信服。他主张"阳明致良知之说固偏，其人不可贬也"，对那些"惟于阳明过为吹求"者甚为不齿。正是基于这样的学术精神，他指出"关学自南阿、丰川两先生没后，薪火岌岌不续"，所以立志提振关学的衰落局面。其弟子王巡泰称其为"继横渠后潜心正学，任道甚力"，可见孙景烈在关学史上的地位不容小觑，成为后世关学研究者绕不开的一位思想先贤。

李元春（1769—1854 年）

李元春，字仲仁，号时斋，亦号桐阁，朝邑南留社（今陕西大荔县）人。幼时家境贫穷，父亲早逝，与母亲相依为命。李元春生性颖悟、精力过人、博览群书，遍求程朱之学，苦心钻研。嘉庆戊午（1798 年）中举，任大理寺评事，加州同衔。李元春为官清廉，后因母年迈辞官回乡，主讲于潼川、华原各书院，教人以身心性命之学。

李元春是清代中晚期的关学代表人物。他提出"张横渠欲治天下以礼"，这也是后人将张载誉为"礼学家"的来由。李元春希望"以文存人"来绵延关学道统，并主编《关学续编》，使关学薪火相传。在清代考据学兴盛之际，他坚持程朱理学的立场，批判汉学和阳明学，同时又继承关学重视礼教、崇尚实学的学风，代表了关学在清中期以后发展的总体趋势。

李元春从来不讲空话，晚年德高望重，有名学者争相与之交往。其著述甚富，皆扶世匡正之论，被收录于《桐阁全书》。去世后，其人其事被载入《儒林传》。

贺瑞麟（1824—1893 年）

贺瑞麟，原名贺均，字角生，号复斋，陕西三原县人，清末著名理学家、教育家、书法家。道光二十一年（1841 年）中秀才，与山西芮城薛于瑛（仁斋）、朝邑杨树椿（损斋）并称"关中三学正"。同治九年（1870 年）创立正谊书院，主讲正谊书院二十年，学兼体用，精研程朱之道。陕西督学吴大澂奏请朝廷，奉旨授国子监学正衔，晋五品衔。光绪十九年（1893 年），贺瑞麟因病去世，享年七十岁。其编著有《朱子五书》《女儿经》《养蒙书》《清麓文钞》《三水县志》等留世。

贺瑞麟在晚清同治、光绪年间关学逐渐式微的境况下，通过在书院讲授程朱理学、刊刻理学诸书、主导编撰《关学续编》、上书陕西学政表彰关学名儒、请修横渠张载祠和率行乡约等，试图重新振兴关学之威。他不仅在思想上极其靠近关学，并以实学的形式模仿践行，对张载主张的"以礼为教"甚为推崇，"生平以倡复横渠礼教为己任"。据其弟子载，贺瑞麟"欲仿效横渠井田之意"，曾购田四十八亩准备分配给乡人进行耕种试验，后因回民起义才中止该计划。此外，在对关学的保护和加持上贺瑞麟亦非常尽心，并做出两大贡献：一是对关学文献的整理。他主持编纂的大型丛书《西京清麓丛书》使得大量关学著作得以保存，还对上自张载、下到柏景伟的关中理学学者进行了评定和论说。二是他在《关学续编》中鼓励关中学人继承关学薪火，绵延关学道统，继续前行。光绪九年（1883年），地方政府重修张载祠后，当时刚因乡试中举的贺瑞麟作楹联一副，以表敬意："近马帐而传经砭愚订顽百代均沾化雨，坐虎皮以讲易道明德立群伦共被春风。"

贺瑞麟对张载及其关学的推崇是封建社会学者对维护和弘扬关

中理学所做的最后一次较大的努力，为晚清关学的一度兴盛和关学文献的保存做出了重要贡献。

柏景伟（1831—1891 年）

柏景伟，字子俊，号忍庵，晚年号沣西老农，陕西长安人。咸丰五年（1855 年）中举，授为定边县训导。适逢关中发生回民起义，他未去定边任职，携双亲避乱隐居终南山。同治六年（1867 年），钦差大臣左宗棠领兵进入关中，得知柏景伟知识博深、胸怀谋略，请他入营参谋军事。他向左宗棠提出于乡镇筑堡寨以保百姓安居、设里局以减民众力役、迁徙回民、开科取士等十六项要务，多被采纳。左宗棠保举他为知县，分陕西省补用，并加州同衔。同治元年（1862 年），柏景伟回到家乡，在终南山南五台胜宝泉读书，研究学问；光绪二年（1876 年），受聘于泾干书院和味经书院；光绪十一年（1885 年），受陕西学使之约，移讲关中书院，任山长；光绪十五年（1889 年），因病辞归；两年后病逝，享年六十一岁。

柏景伟一生献身教育，推崇张载的"经世致用"之说。初到泾干书院，即制定"学规六事"，对学生严格要求。由味径书院移经关中书院，对不听从教育约定的学生全部令其离开，实行讲堂"日有记录、月有考核"之律，学风认真、一丝不苟。他告诫学生学以致用，要有"乌纱掷去不为官"勇气和精神。由于他的精心培育，关中书院门人中中举者五十有余，一时传为佳话，柏景伟因此获"经师""人师"之美誉。晚年时，他目睹西方列强对中国的侵略和蚕食，对清政府一味割地赔款换得苟安的局面深为不安。他认为传统科举取士的学习内容难以挽回危局，非"实学""新学"不可。所以，在任职关中书院山长时，他提出扩大研学范围，倡导学习张载"人皆可以为尧舜"的实学精神。此举受到众多有志之士的解囊相助，先后有三原人胡砺廉捐赠千金、泾阳商界女杰周莹捐赠两千两黄金资助柏景伟办学。在柏景伟的大力主导下，陕西学风一时大变，关中成为清末的治学圣地。

刘光蕡（1843—1903 年）

刘光蕡，字焕唐，号古愚，陕西咸阳天阁村人，清末著名思想家、教育家，陕西维新派领袖，与康有为并称"南康北刘"，是于右任、张季鸾、李仪祉等人的老师。刘光蕡出身于没落的地主家庭，幼年丧亲，白天卖饼，夜间为人推磨，生活清贫困难。就是在这样的艰苦条件下，他勤学不辍，夜以继日地努力读书。1875 年，刘光蕡考中举人，曾任陕西味经书院、崇实书院院长、甘肃大学堂总教习等职。他发表维新主张，支持变革教育，鼓励传播西学，筹办民族工业。戊戌变法失败后，他被视为"康梁新党"，受到清廷迫害，双眼失明。1903 年，刘光蕡卒于甘肃大学堂，享年六十一岁。其主要著作有《立政臆解》《学记臆解》《大学古义》《孝经本义》《论语时习语》《烟霞草堂文集》等。

出生于关学之乡的刘光蕡，自青年时代起就视张载、冯从吾、吕柟、李颙等关学先辈为精神偶像，受关学思想影响颇深，始终铭记横渠先生的名言"孰能少置意于科举，相从于尧舜之域否"，这对其一生的理论研究与实践活动产生了直接影响。应考期间，他亲眼看到西方列强的蛮横恶行和清政府的苟且之态，愤愤不平。他痛切感到"中国以后将时时与英德等国相周旋，专求旧学，不足以维护中国之局""中国唯变法才能图存"。于是，他倡议废八股、习算术、立新学、举实业、培养新型人才。在讲求实学的办学方针下，他大胆革新书院传统的教学内容，开始与关学学者柏景伟创办"求友斋"，除讲授经史之外，还开设了天文、算学、时务、地理等新学课程，后增设西学内容。

变法失败后，刘光蕡被革去崇实书院山长一职，后退居礼泉县烟霞草堂（即复幽学社）继续从事讲学。光绪二十九年（1903年），陕甘总督崧锡俊邀请刘光蕡赴甘肃讲学。军阀更迭的时代，刘光蕡的教育救国思想虽难以实现，却为社会造就了大批可用之才，桃李满天下，计有于右任、杨松解、张季鸾、冯孝伯、王授金、杨西堂、朱佛光等人。这些弟子在陕西乃至西北军政文化教育界均起到了一定的积极治世作用。

牛兆濂（1867—1937年）

牛兆濂，字梦周，号蓝川，陕西西安蓝田县人，清末关中大儒。1867年，牛兆濂出生在西安市蓝田县华胥镇新街村，幼年过目成诵，后拜在三原著名理学大儒贺瑞麟的门下。光绪十年（1884年），肄业于关中书院；光绪十二年（1886年），补廪膳生员，并被聘为塾师，曾讲学于蓝田芸阁书院、三原清麓书院，后人尊称其"蓝川先生"。辛亥革命后，他以"遗民"自居，抗战年代积极倡导抗击日寇。1937年7月，卢沟桥事变爆发后不久病逝。一生著有《吕氏遗书辑略》《芸阁礼记传》《近思录类编》等。

据说牛兆濂出生时，其父牛文博曾梦见宋代理学家"濂溪先生"周敦颐来到家中，便给儿子取名"兆濂"，字"梦周"。牛兆濂小时候就是乡里出名的神童，二十一岁中举，却因要赡养父母，未去京城参加会试。二十六岁时，他北上三原县，拜理学家贺瑞麟为师。贺先生指点他遵循程朱理学之路，身体力行刻苦研修。牛兆濂在文化方面尤其推崇张载的乡规民约精神，在其和弟子合编的《清麓丛书》中载："大吏先后敦请主讲关中、兰山各书院，均谢不往，然倡行《乡约》及古乡饮酒礼，到处讲学，俾横渠遗教畅然行乎三辅，海内有志之士闻其风者，不远千里来禀学焉。"牛兆濂一生奉行"学为好人"之道，布衣自足、不慕荣利、耿介廉洁。投身程朱理学研究后，不仅精通周易，且善于逻辑推理，更有极强的预见能力，人称"圣人"。动乱年代，在学术不辉、关学不劲的时代背景下，牛兆濂以一介儒生之绵力历经艰难推进张载关学，其功不可没、其德不可去，被后世学者誉为"张载关学最后一人"。

理学千秋

关学，萌芽于北宋庆历之际的儒家学者申颜、侯可，至张载而正式成为一个理学学派，因此，又有"横渠之学"一说。与此同时，二程的洛学、三苏的蜀学、司马光的朔学、王安石的新学等众流派百花齐放，形成了对冲中统一、矛盾中并存的发展局面。最后，终于形成以"气本论"为体系的张载关学，以"理本论"为体系的程朱理学，以及以"心本论"为体系的陆王心学。百家争鸣的开放之风极大地推动着人们思想的发展和科学的进步。然而，与之并存的还有风云激荡的朝代更迭、战争频起，理学在风雨飘摇中一路砥砺向前，担当着黑夜中启明灯的作用。而张载关学就是这千年风雨中最闪亮的一颗明星，照亮历史前行的大道。

理学崛起功在宋太祖赵匡胤

在封建专政时代，君王的态度在很大程度上决定了学术的兴衰和发展，如秦始皇之于法家、汉武帝之于儒家、梁武帝之于佛家等，不一而足。至北宋，理学初兴，而为其提供发展平台的正是开国皇帝赵匡胤。

北宋以前的五代十国时期，中国处在军阀割据各自为政的局面，烽火狼烟不断，宏观上看是北方五个朝代轮流坐庄，南方十个小国偏安一隅、自成一派；而自唐灭亡以后，除五代十国外，还有无数割据政权。他们除了以武力维护自己的统治外，在思想上尊佛老而抑孔孟，施行唯心的愚民洗脑政策。事实上，自东汉起，佛老思想已逐步占据主导地位；魏晋南北朝时期则是佛老轮流坐庄，你方唱罢我登场；隋唐时期则是佛家独大，到唐末及五代十国时期，这种佛老思想的交混实际上已演变为各国相互倾轧斗争的局面。彼时，民众生活困苦，庙堂却笙歌燕舞，君王们醉生梦死、得过且过，整个中国呈现出一触即溃的腐烂局面。此时，华夏大地急需从思想上来一次刮骨疗毒式的洗心革面，时代呼唤新的思想问世。于是，赵匡胤登场了。

其实，身为新君的赵匡胤比谁都清楚，经过长期的分裂和战乱，整个国家已处于虚脱之态，不仅需要休养生息，更要转变发展战略，这就需要涌现大批高瞻远瞩、思想开阔的志士学人为国家献计献策，推动生产发展，振兴经济。开国功臣赵普就曾数次劝谏太祖赵匡胤和太宗赵光义要"卸甲屯田""圈马使牛"，以促经济。于是，儒家的"仁政"思想再次受到关注。据《宋史·太祖本纪》载："朕欲尽令武臣读书，知为治之道。"接着，朝廷革新科考，增加了殿试，一方面说明朝廷求贤若渴，另一方面也将人才选拔的权力收归到君主手中，这样有利于最高统治者及时发现人才。据《宋史·选举志》载："昔者科名多为势家所取，朕亲临殿试，尽革其弊矣。"至真宗时期，又确立了"糊名"制度，即将考生的姓名、籍贯等一切可能作弊的信息严加密封，使主考官、阅卷官无法得知每张卷子的主人，以此保证人才选拔尽可能公正。经过一系列科举取士的改革，宋初以后朝廷涌现了一大批卓有建树的名相，如吕蒙正、寇准、王旦、吕夷简、晏殊、文彦博、富弼、韩琦、王安石、司马光等。这些重臣无不是通过科考迈入仕途，逐渐成为各领风骚的政坛领袖。通过更加严格合理的科举手段为国家甄选治国人才，彰显了宋朝文士地位的极大提高。科举考试的内容主要以孔孟儒学为主，六经等学术典籍几乎成了当时仕子学人的必读之书。孔孟儒学一改唐末萎靡不振的学风，在官方力挺下逐渐成了压倒佛老之说的正统之学。

除在选拔人才的环节上慎之又慎，学人士子若想于仕途出人头地还必须具有丰富的实践和履历。以寇准为例，其最初担任巴东、成安两县知县，因政绩卓著，升任郓州通判（地方行政监察官员），再经学士院考试合格，担任三司度支推官和盐铁判官（经济方面官员），擢升为判吏部东铨（组织人事方面官员），再晋升为枢密副使（军事方面官员），其后担任过参知政事（副宰相）、三司使（经济方面最高长官），最后做到尚书右仆射（宰相）。宋朝其他宰辅重臣的经历虽各有不同，基本路径大同小异。可见，太祖、太宗不仅重

　　　　　　　　厚道圣人：张载关学千年寻踪　｜

学，亦重实践。

这种选拔人才和施政的策略令当时的读书人意识到，要想进入朝堂取得功名，除熟读经史和孔孟之学外，还必须与时俱进，总结创新适应当下发展的思想学说，过去那种"只知孔孟礼法，只读仁义道德"的死板治学之道已无生存空间了。于是，对宋初新儒学具有启蒙意义的"理学三先生"来了，他们是石介、胡瑗、孙复；被视作理学支派关学奠基人的申颜、侯可来了。这些思想家并未将自己的思想禁锢在科举之道上，而是进一步开阔了眼界和思路，不仅学"儒"，也疑"儒"。而且，他们探讨的命题不再限于书本，而是扩大到宇宙范畴，从小我走向大我。基于此，他们对"知天不知人"的佛老思想和"知人不知天"儒家思想进行了全新的批判和审视——一个伟大的、全新的思想体系即将诞生！

976 年，宋太祖赵匡胤身故。此时，传统的孔孟之学已在暗流涌动的思想熔炉中完成了其最初的熔炼，即将破壳而出。很快，北宋将迎来一个群星闪耀的学术高峰，而那些治学大家的名字早已深入人心，无须在此赘述。笔者想说的是，作为开创这片学术盛世的关键人物——赵匡胤，纵然没能见到这场华丽的饕餮盛宴拉开序幕，想必也是含笑于九泉的。深谋远虑的他早已预见到知识的力量，并为学界思想的发展做出了具有前瞻性的规划。不能不说，理学之崛起的首功在于太祖赵匡胤。

理学的再生推手：宋高宗赵构

近代以来对南宋高宗赵构的评价多有贬损，原因有二：一是其一心想与北方金国议和，达成苟安局面，被后世看作软弱无能、卖国求荣的表现；二是他伙同秦桧以"莫须有"之罪陷害抗金名将岳飞，留下了黑白颠倒、是非不分的千古骂名。其实，我们若能心平气和地细品历史，便会发现赵构并非一无是处。

1127 年，康王赵构在应天府（今河南商丘）被拥立继位，是为高宗，史称"南宋"。以赵构的本心来讲，他确实是雄心勃勃，意欲中兴大宋，在获得士大夫阶层的支持后，便着手解决意识形态问题。孔孟新儒学从而迎来了一个新的拐点。大体上讲，赵构是支持理学宗派的，《宋史》中记载他曾不止一次声称："朕最爱元祐。"他诏赠程颐为直龙图阁大学士，这是徽宗崇宁年间理学被废黜以来最高统治者对其首次予以高度褒扬。此后，朝廷先后发出多番诏令，开宗明义地对以二程为代表的理学各宗脉进行支持并扶正。

北宋灭亡后，洛阳、开封等地陷入女真政权统治。由于金人无视思想文化发展，大批理学名家，如杨时、胡安国、罗从彦等大儒纷纷南渡，在福建南平一带继续研读义理学说。尤其杨时为南宋初年理学界的领军人物，深受南宋朝廷和民间理学人士的推崇。为了弘扬推动理学，高宗建炎二年（1128 年），赵构诏令杨时为工部侍郎。杨时力辞不受，后改为龙图阁直学士、提举杭州洞宵宫，赐对衣金带、紫金鱼袋。建炎四年（1130年），杨时以年事已高为由请求告老。高宗封他朝请大夫，仍任龙图阁直学士，并赐官绢两百匹、白银三百两，以养天年。杨时去世后，高宗为表彰他对理学发展做出的贡献，颁旨悼念："言正而行端，德闳而学粹。网罗百家，驰骋千古。辨邪说以正人心，推圣学以明大义。而陈疏义，足以扶国本于当时；注释经义，足以开来学于后世。"

南宋宰相张浚一直是理学忠实的学习者和践行者。他将《易》作为"载道之书"，重视对义理的阐发，同时把义理建立在象数的基础上，著有《紫岩易传》《春秋解》《中庸解》《论语解》等。而且，他还是著名的抗金统帅，其学说和威望都深得高宗褒奖，多次予其加官晋爵。

理学家胡安国之子胡宏少承庭训，倾心于二程学说。青年时，他游学四方，曾师从杨时门下，又从程门高弟侯仲良，可说是程门的再传弟子。绍兴元年（1131年）八月，宋高宗先后诏秦桧、吕颐浩为右相、左相，并起用胡宏。《宋史全文》卷二十九载："绍兴初，秦桧为亚相，引（胡）安国侍经席，一时善类多聚于朝。"

赵构不仅在政策上扶持理学的复兴，更身体力行维护理学的道统。他曾公开惩处反对孟子的学者，第一位就是苏轼的学生晁说之。晁说之为元祐党人，在北宋后期遭受"党人碑"的严厉打击。高宗曾下令为元祐党人平反，晁说之大概是以为自己要飞黄腾达了，便对孟子的言论妄加评述。据《建炎以来系年要录》卷一九载，高宗赵构道："是尝著论非孟子者，孟子发明正道，说之何人，乃敢非之！"可能是因此受了惊吓，晁说之不久后就死了。另一位遭惩处的学者是郑厚。此人写了《艺圃折衷》六卷，其中不乏反对孟子之说的内容。仍据《建炎以来系年要录》卷一四九载："绍兴有三年五月辛末，驾部员外郎王言恭言于朝，诏建州毁版，其已传播者皆焚之。"这次不仅是毁版焚书，而且"诏左从事郎郑厚自今不得差充试官及堂除"。郑厚的政治前途毁于一旦。

既然皇帝如此为理学撑腰，纵然个别学者，如叶适等人对孔孟某些观点存疑，但迫于强权，只能隐忍了事。可以这样理解，赵构借皇权极力为理学营造了一个良好的生存发展环境。新儒学不断受到尊崇，义理在务实中不断得以践行，从而使理学得到前所未有的大发展，终在南宋孝宗一朝形成中兴的大好局面。

由于高宗赵构的支持，理学的影响迅速扩大。此举也是后来朱熹闽学并入二程洛学形成程朱理学，后成为南宋末期及元、明、清各朝科举考试必修学问的铺路石。由此来看，这位被世人误解了近千年的"昏君"原也有不可泯灭的千秋贡献。无他，理学的发展不一定顺风顺水。

宋代：孔孟思想升级再造的爆棚期

　　北宋立国之初百废待兴，社会急需从混乱倾轧的局面中回归正常，统治者需要稳定，民众更需要和谐。此种境遇下，谋求思想意识的统一以及革新学术理论不仅成为统治阶级的当务之急，也是当时为数众多的有识之士的共同愿望。

　　我们首先要清楚，宋代的哲学主流是儒家思想的特殊形式，又可称为"道学"，由于学人们讨论的内容主要为义理、性命之学，故称之为"理学"。北宋时期的石介、胡瑗、孙复被称为"理学三先生"，但实际的开创者则是"北宋五子"，即邵雍、周敦颐、张载、程颢、程颐。周敦颐为宋代理学的开山鼻祖，他将道家的无为思想和儒家的中庸思想加以融合，阐述了理学的基本概念与思想体系。邵雍则是先天象数之学的创始人，并使之成为理学思想体系的重要内容。张载的贡献是提出了"气一元论"，为中国古代辩证法两一学说的集大成者。二程是理学的重要代表人物，为北宋的理学思想奠定了坚实基础。南宋学者朱熹与陆九渊则是理学的后继者。尤其朱熹，在理学体系的完善与阐发上具有不可限量的特殊贡献。他传承了二程的思想，认为"'理在先，气在后'虽未有物而已有物之理"，"理"的最高境界为"太极"；但他也认为"理无气则不存，气无理亦不能存"，二者紧密相关。陆九渊为主观唯心主义理学派别的重要代表人，其思想多与朱熹对立。他反对朱熹主张的"读书明理，观察万物以穷理"，提出"心即理也"，以"宇宙即是吾心，吾心便是宇宙"为核心，把格物致知的命题变为易简功夫，主张发明人之本心，反对著书立说、博取群书。宋代理学的这两派对后世影响较大。王阳明为明代理学代表，基本上承续了陆九渊的思想。当然，除以上重要流派外，还有王安石的新学、司马光的朔学、三苏的蜀学、欧阳修的术学（又称"金石学"）、永嘉学派、永康学派、金华学派及湖湘学派等，无不生机勃勃、欣欣向荣。如此百花齐放的学界面貌堪比春秋战国时期的百家争鸣。所不同的是，宋代的思想派系不存在本体之争，不过是各自研究命题的角度有所差异。如此庞大的理学系统，可说是涵盖了宋代思想领域的绝大部分从业者。以下，我们不妨再回顾一下理学各派系代表人物的大致动向。

1057 年，张载在汴梁相国寺设虎皮椅讲《易》，台下观者数千。为官期间，他也应各地之邀去到长安郡学、武功绿野亭等处讲学，每到一处"观者芸芸，摩肩接踵尔"。后来，他辞官回乡讲学，拜其为师者络绎不绝，门生不仅来自关中一地，还有诸多如吕希哲、邵清、田腴等外地学子，更不乏在职的各地官员。书院内终日书声琅琅，动彻云霄。张载不仅讲授义理天道，且秉持经世致用的实践精神，带领众子弟在横渠、长安子午谷及扶风午井等地进行井田复古试验。至今，横渠一带仍有"横渠八水验井田"的故事。

程颢、程颐创设的洛学不仅成为后来被历代统治者奉为正统教育思想的程朱理学的雏形，更是"北宋五子"中实力最强的一支。据说，当时去洛阳拜二程为师的弟子每天在驿道上穿行不息，程府门前更是车水马龙、拥挤不堪。二程讲学时，听者有千人规模，"师传以周侧，由周再后，由后再后，反复传至方可终听耳"，或者"仅授百人说，余者由百人再传至"。就是凭借这样口耳相传的方式，二程学说不断得到扩大。

"三苏"开创的蜀学同样吸引了众多子弟。学界将蜀学作广义和狭义之分。狭义蜀学指由苏洵开创，苏轼、苏辙兄弟加以发展，再由黄庭坚、张耒、秦观等文人学士参与组成的有共同思想基础、学术倾向的学派；广义蜀学是指三苏，在蜀开展讲学活动的周敦颐、程颐，及蜀学后辈张栻、度正、魏了翁等著名人物融合蜀洛、贯通三教，最后形成的以宋代新儒学为主的巴蜀地区的学术。蜀学之中又有诸多流派，形成叠床架屋的体系，其影响力之大、波及面之广不言而喻。

其实，北宋的理学只是起了良好的奠基作用，真正使理学走向辉煌的当属南宋以朱熹为代表的闽学。朱熹受业于李侗，得二程之传，兼采周敦颐、张载等人学说，集北宋以来理学之大成，建立了一个客观唯心主义的思想体系。他认为"太极"是宇宙的根本和全体，包括不能分离的"理"和"气"；"理"先于"气"；万物有万理，万理均源于"天理"，而"天理"即"三纲五常"；人们须"去人欲，存天理""正心诚意""居敬""穷理"以"求仁"。朱熹撰《周易本义》列河洛、先天图于卷首，又与弟子蔡氏父子（蔡元定、蔡沈）编撰《易学启蒙》笃信和诠释河洛、先天之学，后世皆以此立言，阐发朱子的河洛先天思想。元、明、清三朝，朱子学说一直是封建统治阶级的官方哲学，标志着封建社会更趋完备的意识形态。皇庆二年（1313年），科举回复，朝廷诏定以朱熹《四书章句集注》为标准取士，朱学定为科场程式。洪武二年（1369年），科举以朱熹等"传注为宗"，朱学遂成为巩固封建社会统治秩序的精神支柱。它强化了三纲五常，对后期封建社会的变革起到一定的阻碍作用。朱熹之学对同时代陆九渊和明朝王阳明的心学有着深刻的影响力。王阳明的"知行合一"理念正是在朱熹之学基础上的突破。

朱熹弟子之多更是令人叹为观止。据说朱熹每次讲学各地学者云集,"座席至不能容,溢于户外,士俗欢动"。朱门弟子中优异者甚多,黄榦、蔡元定、蔡沈、陈淳、真德秀、魏了翁等,不胜枚举。朱熹还与南宋其他理学支派骨干吕祖谦、辛弃疾、陆游、陈亮等人互为好友。这些中坚力量的加盟正是程朱理学发扬光大的原因之一。虽然因"庆元党禁"一案,朱熹之说被朝廷列为"伪学",遭到贬斥,但在其死后依然有数千弟子不顾朝廷阻挠前来为恩师送葬,可见朱熹其人其说的影响力之大。

除以上所列之大家名流外,还有"唐宋八大家"之一的曾巩、领导诗文革新运动的欧阳修,以及数任宰相如文彦博、寇准、李纲、范成大等学宗大儒,无不拥有独立见解而自成一体,成为宋代思想教育发展中的中流砥柱。在"崇文抑武"的国策和开放自由学风的熏陶下,北宋的文化艺术空前繁荣。最直接的体现是嘉祐二年(1057年)的科举考试,从考官团到应试生无不是明星阵容,会聚并产生了好几位对后世影响深远的文学家、思想家和政治家。那一年的进士录取名单无疑成为中国历史上分量最重、名气最大的龙虎榜,堪称"千年科举第一金榜"。另一个不争的事实是,被历代君王敕封在曲阜孔庙中作为对先贤大儒学术功德认可的陪祀者中,仅宋代就有范仲淹、韩琦、张载、周敦颐、李纲、二程、朱熹、黄榦、真德秀等三十七人,占孔庙全部陪祀者的百分之二十。由此可见,宋代的确是孔孟思想升级再造的爆棚期。

群英荟萃的北宋精英时代

经过太祖、太宗、真宗等几朝君臣的励精图治，北宋逐渐摆脱了五代十国以来战乱纷争、经济凋敝、生灵涂炭的惨乱局面。至北宋中叶，政治清明，精英荟萃，一大批治世能臣、国家栋梁应运而生，思想家张载便是这辉煌时代中一颗耀眼的明星。那么，这究竟是怎样一个空前绝后的时代呢？

"四大宋帝"占其二

在两宋长达三百一十九年的历史中，涌现了四位励精图治、功勋卓著的帝王，即宋太祖赵匡胤、宋仁宗赵祯、宋神宗赵顼，以及南宋孝宗赵昚。其中，仁宗、神宗两位便是这个绚烂无比的绝响时代的缔造者。

宋仁宗赵祯的主政时间为1022—1063年间。这是一位不拘守城、锐意进取的帝王。他裁撤冗兵、冗官、冗费，施行"人尽其能、人尽其才、人尽其事"的政治方略，使得官员的办事效率大大提升，政治透明度明显增强。尤其是支持韩琦、范仲淹、富弼等人所构建的"庆历新政"，使得朝野内外一片风清气正，社会和谐稳定。经济方面，他颁布法令降低税费，同时开通多处与北方辽国的边境贸易，后来还与西夏国展开边贸，对国民经济起到了明显的复苏功能。值得一提的是，在仁宗一朝益州官府经过充足的准备，发行了一种由公权力担保的纸币——交子，堪称世界金融领域的首创之举。军事上，仁宗则采取军事进攻与邦交和解的同步战略，迫使西夏与宋廷达成停战协议。这也是北宋继真宗和辽国达成"澶渊之盟"取得北方边境无战事后的又一重大举措。直至北宋灭亡，西北党项再无进犯北宋领地。文化教育方面，仁宗倡导孔孟之道，在科举制度和内容方面融入了更多的儒家色彩，这也为北宋中叶理学的崛起提供了思想保障。宋仁宗是两宋在位时间最久的帝王，长达四十一年（1022—1063年），该时期也被后世称为"仁宗盛治"。

而在位十八年（1067—1085年）之久的宋神宗赵顼最大作为就是支持并主导了"熙宁变法"，即"王安石变法"。这项变法在一定程度上改变了北宋积贫积弱的局面，充实了政府财政，提高了国防力量，对封建地主阶级和大商人非法渔利的行为也进行了打击和限制。但由于推行过程中出现用人不当和急于冒进的问题，严重触及了大地主阶级的根本利益，百姓利益亦受到不同程度的损害，最终导致改革失败。但无可辩驳的是，这毕竟是一场革故鼎新的政治变局，其出发点是积极的、正面的。而张载的道统观和民生理念也在这场改革风暴中得以验证，如"轻科举、重实学""复三代之法""试验井田制"等治世思想。而神宗赵顼无疑是这场伟大变革的强大推手。

名臣云集

明君有道，能臣可度。此话用在张载所处发时代可谓恰如其分。从真宗赵恒晚期算起，有促成宋、辽签署"澶渊之盟"的寇准，临危受命、知人善任的明相吕夷简、王钦若、丁渭、文彦博等，发起"庆历新政"的韩琦、富弼等，"先天下之忧，后天下之乐而乐"的范仲淹，敢于替百姓申不平的"青天"包拯，冠以"才臣"之称的欧阳修、晏殊、苏辙、曾巩、曾布等，锐意求变的改革家王安石，堪称"儒学教化下之典范"的司马光……名臣云集，繁若星辰。正是有这样一大批治世能臣、贤相廉吏的扶持，令北宋中叶历经仁宗、英宗、神宗、哲宗四朝，虽风云激荡，却相对国泰民安，并与北辽、西夏基本保持和平邦交，交出了一份太平之象的答卷。正是在相对稳定的时局下，思想家们才有精力和动力构思高瞻远瞩的思想蓝图，"横渠四句"这样惠民的世界观才得以横空而出。这也是"时势造英雄"一说的另类展现吧！

才子佳人

"佳人"不一定是女性，更非美女、才女的专属。古代的"才子佳人"并无明显的性别之分，指具有才能学识的"上品之人"。在张载所处的年代，一大批才子佳人蜂拥而出，他们或以文章冠绝于世，或以诗词留名青史，或以技艺博取了时人的青睐。"唐宋八大家"之一的欧阳修算是这群精英人士的领军人物，其笔下的"去年元夜时，花市灯如昼。月上柳梢头，人约黄昏后"所描绘的意境之美，怕是难有其二；柳永的"今宵酒醒何处？杨柳岸晓风残月"更是写尽男欢女爱的种种悲喜，曲尽委婉，对慢词卓有贡献；而苏轼的才情不仅显现于诗词方面，还在书画、医药、酿酒、烹饪等领域均有不俗建树，堪称才子佳人之典范；画家张择端更是以一幅举世闻名的《清明上河图》，不仅让自己名垂千古，更是定格了宋代中叶的繁荣昌盛存世流芳，让后人对这样一个伟大的文艺时代赞叹不已。还有周邦彦、秦观、黄庭坚、晏几道、梅尧臣、苏舜钦、李纲、李复等人都无愧"才子佳人"的美誉，就连"德盛貌严，气质刚毅"的张载也不免受到这个时代的熏陶，挥笔写下"顾我七年清渭上，并游无侣又春风"这样的不朽绝唱。

大国工匠

盛世有匠心，说的是只有在经济繁荣、政治清明、社会稳定的时代，匠人们才能安心钻研所长，取得伟大的成就。北宋中叶就是这样一个滋养奇工巧匠的绚丽时代。

毕昇，发明了活字印刷，不仅大大提高了印刷效率，为近代印刷术的发展奠定了基础，更为传播知识和促进世界文明发展起到了重要作用。

燕肃，真宗大中祥符年间进士，官至龙图阁直学士，人称"燕龙图"，不仅学识渊博、精通天文地理，更是制造了指南车、记里鼓、莲花漏等先进仪器。

沈括，宋神宗时参与"熙宁变法"，深受王安石器重，一生致志于科学研究，在众多学科领域都有很深的造诣和卓越的成就，被誉为"中国整部科学史中最卓越的人物"，其代表作《梦溪笔谈》内容丰富，集前代科学成就之大成，在世界文化史上有着举足轻重的地位，被称为"中国科学史上的里程碑"。

苏颂，不仅身居宰相一职，还是杰出的天文学家、天文机械制造家、药物学家。他领导制造了世界上最古老的天文钟——水运仪象台，开启了近代钟表擒纵器之先河，被近代英国科学家李约瑟称为"中国古代和中世纪伟大的博物学家和科学家之一"。

在中国酒文化界有一部被称为"圣经"的典籍——《酒经》，便是出自北宋朱肱之手。本是官员的他，因痴迷医药及酿酒，辞官"下海"，于杭州潜心研究酿酒技术，并将心得撰写成酿酒法典《酒经》。此书上卷总结了酿酒理论及文化、中卷论述制曲技术、下卷则重点

　　　　　　　　　　厚道圣人：张载关学千年寻踪　　｜

阐述了酿酒精要，堪称中国酒文化中熠熠闪光的酒籍要典。

余者如医学界的钱乙，建筑界的李诫，药学界的唐慎微，金石界的吕大临、赵明诚等都是与张载同时代的大国工匠，正是这些精英共同扛起了缔造大宋中叶辉煌的旗帜。

名将叱咤

尽管北宋立国之初就确定了"重文抑武"的治国方针，但鉴于北辽和西夏的不断侵扰，至大宋中叶，宋军的防御能力已大为增强，武将们的军事才能也可圈可点。在对辽、夏、金的作战中，先是有韩琦、狄青、刘平、任福等边防将帅独当一面。尤其狄青，可说是北宋中叶对外御敌的一张过硬名片，只要听到他的大名，敌军无不闻风丧胆。狄青一生经历大小二十五战，手刃敌军达五千左右，从来身先士卒、勇往直前。而张载最初的理想也是从军报国，朋友之中亦不乏蔡挺、吕大防等这样的统兵大帅，更有种师道、游师雄、李复这样的战神级弟子。尤其种师道，不仅跟随张载学习儒家经典，探讨天道礼德，更是掌握了张载之学中的兵家谋略精髓，因屡有战功，被称为"大宋虎帅"，与其弟种师中及北宋后期的李纲、宗泽"四老帅驱鞑虏"的故事可谓是家喻户晓。

这便是张载和他所在的那个精英云集、名流辈出的时代。张载赶上这个时代，是张载的幸运；这个时代遇到张载，亦是时代的选择。

两宋时期的名门望族对理学发展的影响

学术的新生和发展要有适应其成长的环境和动力，理学亦然。毫无疑问，北宋王朝"尚文抑武"的治国方略有助于理学的滋养和壮大。但仅仅依靠帝王的态度还是不足以盘活如此浩大的思想工程，盘亘于北南两宋时期的名门望族则适时扮演了助力理学崛起的幕后推手。

有宋一代（以北宋为主）堪称政治较为清明，尤其太祖、太宗、真宗、仁宗、英宗、神宗、哲宗七朝，可说是朝纲整肃、法度严明，一百五十余年间少有奸党横行。究其原因，恐怕得益于"重文轻武"的治国方略，而此国策在思想上的具体体现就是"厚儒学，薄佛老"，摒弃了晚唐及五代以释道两家轮流或同时坐庄的局面，新儒学推动下的学术观和思想观日新月异，社会风貌为之焕然一新。到了北宋中叶，这种理学新风吹及士绅望族；反之，士绅望族也推动着理学发展一路高歌猛进。

吕蒙正家族可谓此类士绅望族的绝佳代表。吕氏在唐末时即为大儒之家，先祖吕梦奇曾任晚唐户部侍郎，其父吕龟图曾任后周起居郎，母亲刘氏也出自莱州名门望族。吕蒙正太平兴国二年（977年）为丁丑科状元，官置宰相；其弟吕蒙休咸平进士后至殿中丞。吕蒙正的七个儿子吕从简、吕惟简、吕承简、吕行简、吕务简、吕居简、吕知简都是进士及第，全部在朝为官，主管教育的就有三人。其时，教育方针正在向新儒学转型，吕氏家族刚好为理学的萌芽起到了助推作用。吕蒙正的叔叔吕龟祥官至宋廷殿中丞、知寿州；其子吕蒙亨历任下蔡、武平主簿，后被宋廷任命为光禄寺丞，后改大理寺丞。吕龟祥次子吕蒙巽，任虞部员外郎；三子吕蒙周淳化年间进士及第。而吕蒙亨的儿子就是历史上三次被宋廷拜为宰相的吕夷简。次子吕宗简为进士及第。吕氏家族后辈中也多有名人，如侄孙吕公著官至宰相，八世孙吕祖谦、吕祖俭、吕祖泰等都是南宋著名大儒。在二十多人的吕氏仕宦和大儒队伍中，仅宰相就有三人。吕氏一门学风甚笃，子孙中其中相当多的都是进士榜单的三甲，可谓是开了宋代学风向上之先河。

写出绝句"居庙堂之高则忧其民，处江湖之远则忧其君……先天下之忧而忧，后天下之乐而乐"的范仲淹则是集思想家、政治家、军事家为一身的北宋名臣。其长子范纯祐历任监主簿、司竹监；次子范纯仁，中皇祐元年进士及第，官至宰相；三子范纯礼历任河南府判官、吏部郎中、礼部尚书等职；四子范纯粹官至户部侍郎。其孙范正臣官至太常寺太祝；范正平历任开封尉、象州知州，也是南宋理学名家，著有《荀里退居编》。范仲淹本人曾点化张载"儒者自有名教可乐，何事与兵"，是将他引入理学殿堂的领路人。其子范纯仁是"元祐党争"中旧党一派的领袖人物。从某种意义上讲，范仲淹、范纯仁父子是北宋理学发展的中流砥柱，对理学的方兴未艾和关学的绵延不绝功不可没。

说起理学发展，当然也不能绕过一代名相王安石及其家族。作为荆公学派（又称"新学"）的创始人，王安石不仅重视新儒学的发展动向，而且用所学所识进行经济改革。王安石祖父王用之曾担任宋初卫尉寺丞，叔祖王贯之为咸平三年（1000 年）进士。父亲王益曾为临江军判官，在南北各地做了几任州县官。长兄王安仁为皇祐元年（1049年）进士。大弟王安国曾任武昌军节度推官，西京国子教授，在学术及文学上的造诣仅次于王安石。四弟王安礼，字和甫，官至尚书左丞。王安石长子王雱因其渊博的学说和文学成就，与其父王安石、叔父王安国并称"临川三王"。继孙王棣为王雱的过继之子，曾任太仆少卿。长曾孙王璹，宣和四年（1122年）任宣义郎。次曾孙王珏曾参与北伐抗金后许身国事。如此门庭，可谓家学遗风厚重。

再说说"唐宋八大家"之一曾巩及其家族。江西南丰曾氏家族为耕读世家。自曾巩祖父曾致尧于太平兴国八年（983年）举进士起，七十七年间曾家出了十九位进士，其中致尧辈七人，其子易占辈六人，其孙巩辈六人。曾巩天资聪慧，记忆力超群，幼时读书，出口成章，十二岁即能成文。嘉祐二年（1057年），曾巩和张载、苏氏兄弟、程颢等同时进士及第。受同科张载理学的影响，曾巩不仅在文学上极有才华，在礼德教育方面亦有造诣，官至判太常寺兼礼仪事，与和张载的太常礼院礼官为同一类。此外，曾巩之妹婿王安国、王补之、王彦深等一批人都是进士。其弟曾布还是哲宗、徽宗时的宰相，一度权倾朝野。

北宋晚期虽遭遇金人腰斩而亡，但随着南宋政权的建立，理学重新焕发了强劲生命力。而南宋以学为政的门庭大户也不在少数，其中最具代表性的当属象山学派（又称"心学"）的创始人陆九渊的家族，堪为历代士人之楷模。

陆九渊，字子静，抚州金溪（今江西省金溪县）人，南宋哲学家，陆王心学的代表人物。因其书斋名"存"，世称"存斋先生"；又因讲学于象山书院，亦被称为"象山先生""陆象山"。陆九渊南宋孝宗乾道八年（1172年）进士及第，被宋廷派往靖安主簿，曾

厚道圣人：张载关学千年寻踪 ┃

任国子正，上奏五事，遭给事中王信所驳，遂还乡讲学。绍熙二年（1191 年），陆九渊知荆门军，创修军城，稳固边防，甚有政绩。绍熙三年十二月（1193 年一月）卒，年五十五岁，追谥"文安"。

陆九渊为"心学"开山之祖，与朱熹齐名，而见解多不合。他主推"心即理"学说，言必"宇宙便是吾心，吾心即是宇宙""学苟知道，六经皆我注脚"，著有《象山先生全集》。明朝王守仁继承发展了此学说，因此该学派也被称为"陆王学派"或"陆王心学"，对后世影响极大。金溪陆氏始祖为晚唐宰相陆希声之孙陆德迁。五代末年为避战乱，他携家带小从江苏宜兴县君阳山迁至抚州金溪青田里（今江西省金溪县陆坊）。第五代族人陆贺，字道卿，通晓孔孟之学，生有六子，即九思、九叙、九皋、九韶、九龄和九渊，皆学识不凡、卓然有成。九韶、九龄、九渊三兄弟还相继成为南宋著名学者，人称"金溪三陆"。南宋理宗淳祐二年（1242 年），陆家被敕封为"义门"，世称"陆氏义门"。其长兄陆九思统管全家事务，后将丰富的治家经验总结成书，定名为《家问》，朱熹为之作跋，并给予很高评价。三兄陆九皋是一位私塾先生，终生教学，人称"庸斋先生"，学问品德俱佳。陆九渊从小自三位兄长处接受启蒙教育。四兄陆九韶少研经史，文行俱优，博学多才，隐居不仕，曾讲学于家乡梭山，人称"梭山先生"。他治家严谨，以训诫之辞编为韵语，供家人谒祖先祠诵读，著有《梭山文集》《家制》《州郡图》等。五兄陆九龄，字子寿，乾道五年（1169 年）登进士第，授迪功郎、湖南桂阳军军学教授，后改授兴国军军学教授；南宋淳熙七年（1180 年）调任全州州学教授，未及任便英年早逝，享年四十九岁。陆九龄长期跟随父兄研讲理学，为学注重伦理道德的实践。朱熹赞其"德义风流夙所钦"，吕祖谦称他"所志者大，所据者实"，著有《复斋文集》。陆氏一门五代除曾祖位至南唐宰相外，其余后世虽官阶不高，却都为理学的发展做出了不同程度的贡献。

至于两宋其他名门望族，如关学鼻祖张载、张戬兄弟，蜀学苏轼、苏辙一族，洛学二程兄弟一族、蓝田吕氏家族，及至南宋朱熹家族，杨万里家族，张栻家族，韩世忠、韩彦直、韩彦朴、韩彦质、韩彦古父子（其孙韩覆六被称为"文昌先生"著有《四书小说》《五经会议》）等诸多名门望族，不仅在政治上威望当世，更在理学推进和发展上名冠春秋，留下了永载史书的一笔。就连张载门徒种师道家族（六代儒将）和游师雄家族（满门进士）皆为北宋望族。这样的名门不仅光耀门庭，更是彪炳千古，堪为理学史上的不朽绝唱。

　　　　　　　　　　厚道圣人：张载关学千年寻踪 　|

从"四代九儒"看理学思想的传帮接代

在宋明理学的发展历程中,南宋建州建阳(今属福建)的蔡氏一门,因其家族"四代九儒"而被后世誉为"理学世家"。

南宋蔡氏九儒,包括蔡元定父子祖孙一门,四代共九人,即蔡元定,元定之父蔡发,元定之子蔡渊、蔡沆、蔡沈(一说蔡沉),蔡渊之子蔡格,蔡沈之子蔡模、蔡杭、蔡权。他们对程朱理学的研究颇有建树。此九人著书立说,聚徒讲学,推崇朱子之道,继承闽学之脉,其论著被其后裔及门人汇编成集,成为中国学术史上的一大盛事。

从今天存世的著作来看,蔡氏几代人的理学典籍可谓繁若星辰,且颇具思想火花。蔡氏先祖蔡发著有《天文星象总论》《地理总论》《地理发微》《河洛发微》等;蔡元定则为蔡氏"四代九儒"的扛鼎人物,起到了引领整个蔡氏儒学发展的关键作用。蔡元定少时就熟读张载的《西铭》,对关学有着独到的见解。拜朱熹为师之际,他与朱子交流理学观点,侃侃而谈,后者大为惊诧道:"此吾老友也!"蔡元定以治学严谨闻名,远近求学者日众,贻书训诸子曰:"独行不愧影,独寝不愧衾,勿以吾行得罪故,遂懈其志。"朱熹的《四书集注》《诗集传》《伊学渊源录》《通鉴纲目》与《近思录》等著述,无不含有蔡元定的见解。蔡元定著有《大学说》《易学启蒙》《律吕新书》《皇极经世指要》《潜虚指要》《太玄指要》《大衍禅说》《燕乐源辨》《八阵图说》《字引经引义》《阳符经注解》《脉书》《乞运节略》等。其去世后被赠太子少傅，宝祐四年（1256年）再赠太子太傅，谥"文节"。理宗皇帝敕建西山精舍，御书"西山"巨字石刻于西山绝顶。嘉靖九年（1530年）诏令蔡元定崇祀启圣殿，康熙四十四年（1705年）皇帝颁赐蔡元定"紫阳羽翼"金匾，并陪祀曲阜孔庙先儒之列。

蔡元定长子蔡渊自小内受学于家门、外拜师于朱熹，又与黄干、张浮及其弟蔡沆等当时的名士钻研理学，继承了其父的风范，著作有《周易训解》《太极通旨》《象数余论》《中庸通旨》等书。蔡元定次子蔡沆，字复之，号复斋，其容貌"丰姿俊雅，举动端严，幼遵父训，长慕圣道"，很得时人赞颂；南宋淳熙四年（1177年）入乡贡，知贵溪县事；嘉泰三年（1203年）参部授文林郎，两浙运干，著有《春秋五论》《王纲霸统》等。蔡元定三子蔡沈是蔡氏"四代九儒"中的翘楚人物。蔡沈少时与其兄蔡渊一起拜朱熹为师，学习理学。蔡沈负薪立志，饱读经学，很有成就，受父辈师长之托，反复十年写成《洪范解》《皇极内篇》《书经集传》。其中《书经集传》的影响巨大，成为后世元、明、清三朝科举考试与评卷定夺的官方标准文本。蔡沈故去后被理宗皇帝追赠为太子少师，宝祐四年（1256年）再赠太师永国公；明代追谥"文正"，并敕封为孔庙陪祀，为先儒。

蔡氏第四代在理学造诣上也是人才辈出，星光熠熠。曾孙蔡格，字伯至，号素轩，为蔡渊长子。他生性颖悟，博览诸经，道行高深而品德厚重，学习刻苦，学识渊博，深得同学及周围人的赞誉。蔡格教育子侄必须遵守家庭心学之训，远离邪恶，著有《至书》以警人，作《广仁》以自励。曾孙蔡模，字仲觉，号觉轩，为蔡沈长子。

　　　　　　　　　　厚道圣人：张载关学千年寻踪　|

他颖性聪慧、庄重淡定，以理学为尊，励志圣贤之学，著有《易传集解》《大学衍说》《论孟集疏》《河洛探颐》《续近思录》《朱子续集》等。淳祐三年（1243 年），建宁府王遂向朝廷举荐蔡模；淳祐五年（1245 年），补迪功郎之职，授建宁府学教授。曾孙蔡杭，字仲节，号久轩，为蔡沈次子。他自幼颖悟，学识宏深，才德优良，精通经术，忠直敢言；历任知县、知府、王宫大小学教授、国子司业、江东提刑、工部侍郎、吏部尚书、端明殿学士、参知政事、荣禄大夫、右丞相。为官期间，他忠君爱民，断案精明，无屈不伸，三次恩封祖上三代。病逝后，皇帝停止视朝一日以表致哀，下旨敕封其为资政殿大学士，谥"文肃"。蔡杭官至右丞相，为蔡氏一门官位最高者。而另一位曾孙蔡权系蔡沈第三子，幼年时母亲因病去世，由其伯母詹氏抚养，年龄稍大后就在家中向多位兄长学习儒学。淳祐六年（1246 年），以从兄蔡杭的功德被朝廷补为承务郎，授庐峰书院山长，讲明义理极其详密。蔡权平生乐善好施，凡宗族邻里婚丧嫁娶，他必会以资相赠；著有《皇极刚克要略》《八阵图说后解》《参同契论》等。

蔡氏家族连续四代九人皆为大儒，深入研究理学，精心撰著，从而形成博大的学术体系，这种罕见的学术现象在学术史、出版史和人才发展史上都堪称奇观。其实，类似蔡氏这样以家族集团军式持续精研学术的情况于两宋时期并非个案，传帮接代者层出不穷。

北宋早期的理学发展以"北宋五子"为代表，这些先贤大儒不仅自己严谨治学，而且发挥榜样的力量，影响和带动了周边的兄弟、宗族、亲友等走上治学之路。比如张戬就是兄长张载的追随者。由于天资聪慧，张戬在学问上悟性很快，且早于兄长进士及第。洛阳的二程更是远近皆知的"理学兄弟帮"。其父程珦本身也是大儒，二程的学问很大程度上是受到他的影响。而程珦和北宋理学开山之宗周敦颐的关系很好，并将兄弟俩托付给周敦颐，学习儒家之理。更让人亮眼的是，关学宗师张载竟然是二程的表叔，年轻时与程珦多有学术交往，想来也是影响二程笃学理宗的原因之一。如此见微知著，宋初理学的传承发展基本上就是传帮接代的形式。可见，近朱者赤，环境决定格局，自古以来便是如此。

"元祐党案"对北宋理学发展的影响

　　中国史界、学界存在诸多公案，有小到"命题辩论"熙攘一时，有大到"伪学结党"朝野共伐之。发生在北宋末期的"元祐党禁"（又称"元祐党案"或"元祐党斗"）因其涉及人数众多、起始时间冗长、影响力巨大而理所当然成为公案中的典型。

　　"元祐"本是宋哲宗赵煦的第一个年号，使用时间共计九年。由于该时段是旧党当政，后来新党重新执掌政权，开始清算旧党势力。史学界便将这次斗争称作"元祐党人案"或"元祐党禁"。"元祐"一词就被用来指称旧党及其成员。

　　"元祐党案"的起因可以追溯到王安石变法。在新法执行和废止相互交替的十六年间里，北宋王朝的经济收益有所改善，却因执行过程中的操作不当和腐败盛行，造成民间疾苦，百姓怨声载道。而且，新法从一开始就打压削弱了地主阶层的既得利益，所以变革从始至终就屡屡受阻，尤其是遭到以司马光为代表的旧党势力的强烈抵触。熙宁三年（1070年），监察御史里行张戬上书神宗《论新法奏》，明确反对王安石变法，并因此获罪而被贬流放。这也是张载致仕辞官归居横渠的主要原因。

　　宋廷在推行保甲法时，为逃避供养军队的高额赋税与被抽去当兵的双重威胁，民间发生了多起自残事件，重者甚至砍下了自己的手臂。1072 年，山东东明县农民一千多人集体进京上访，在王安石宅前围堵闹事，一时京城哗然。曹太后和高太后在旧党的鼓动下纷纷向神宗哭诉"王安石乱法"。一时间，朝野上下反对和罢黜王安石一派的呼声甚嚣尘上。1074 年春，王安石被罢相，一年后再被起用。但这次大势已去，变法难以为继。1076 年，王安石长子王雱早逝。内忧外患下，郁闷中的王安石辞官，归隐江宁，不再过问政事。

虽然王安石不再主政，但朝廷当权派依然为新党人物吕惠卿、章惇、曾布、蔡卞、吕嘉问、李定等所把持，为了对旧党势力发起反击赢回神宗的重新支持，元丰二年（1079 年），旧党人物、时任御史何正臣上表弹劾旧党一派的苏轼，奏其移职湖州到任后谢恩的上表中用语暗藏讥刺；御史李定曾也指出苏轼的四大可废之罪。此案先由监察御史告发，后在御史台狱受审。因署内遍植柏树，树上常有乌鸦栖息筑巢，御史台又称"乌台"。所以此案被学界称为"乌台诗案"。元丰三年（1080 年）二月，苏轼被贬官黄州（今湖北黄冈）团练副使，相当于今天的县武装部副部长，没有"签单权"。此次贬官导致苏轼精神寂寞、穷愁潦倒。受此事件牵连，驸马王诜、王巩、苏辙、张方平、范镇等十八人均被流放或降官，连旧党领袖司马光也被"罚红铜二十斤"以示惩戒。

1085 年宋神宗去世后，掌管政权的高太后重新启用司马光为相，并全面废止新法，恢复旧法。旧党人物如富弼、吕大防、苏轼、苏辙、范祖禹等纷纷重新出仕，新党人物吕惠卿、章敦、蔡卞、蔡京等备受打压。王安石也因忧愤交加，于神宗死后的第二年，即 1086 年病故于江宁府钟山（今江苏南京）。同年十月，旧党党魁司马光也因病去世，但他的去世并不代表新党得势，旧党一派如范镇、吕大防、刘挚、范纯仁、韩忠彦等人纷纷上台继续把握政权，打压新党势力。新党一时成为众矢之的，全部遭受排斥而失势。元祐四年

厚道圣人：张载关学千年寻踪 |

（1089 年），知汉阳军的吴处厚指前任宰相蔡确游安州（今湖北安陆）车盖亭所作诗中，用唐上元年间郝处俊谏高宗传位于武后之事影射高太后，诬为讪谤。梁焘、刘安世等旧党人物更上书高太后，赞成此说。蔡确后来被流放岭南新州（今广东新兴）六年，死于贬所。此事被学界称为"车盖亭诗案"。蔡确是吕惠卿、章惇被罢贬之后变法派的中坚人物。随着蔡确的亡故，旧党于元祐年间彻底击败新党而大获全胜。以朔学、洛学、蜀学为主导的各派学说俨然成了此时官方的主政思想。

这时，新帝哲宗赵煦年仅十岁，尚不能治理朝政，一切决断都掌握在高太后和旧党人士手里。随着年龄的增长，哲宗逐渐对高太后和旧党的滥权行为产生抵触和反感。元祐八年（1093 年），高太后去世。哲宗立即罢黜了富弼、吕公著、吕大防等人，重新启用新党人物章惇、蔡卞、曾布、黄履、张商英等人，并恢复了青苗法、保甲法、免役法等新法举措。随着新党一派逐渐得势，旧党人物开始遭受到致命的打击和迫害。

绍圣元年（1094 年），章惇授意哲宗，将旧党主要人物吕大防、刘挚、苏轼、梁焘等人贬至岭南。章惇还利用哲宗不满当年刘安世、范祖禹谏宫中寻找乳母一事，将此两人也贬到岭南。绍圣四年（1097 年），章惇等人频频上奏，哲宗又开始对元祐大臣进行新一轮的清洗。已故的司马光和吕公著等人均被追贬和削夺恩封，哲宗甚至还要掘其两人之墓，宋廷重臣许将等人以"发人之墓，非盛德事"相谏才作罢，但两人后代都受牵连遭贬。这还没完，宋崇宁元年（1102 年），宋徽宗任用新党人物蔡京为相。以"崇奉熙宁新法"为名，令登记元祐旧党姓名。蔡京开列司马光、文彦博、苏辙等一百二十人，均称之为"奸党"，御书刻石于端礼门及各地官厅。

此时，于北宋中叶兴起的理学热也因党争不断遭到"冰冻"，各派的学术活动都在低调中艰难维系。随着领袖人物被打压,"朔学派"和"蜀学派"都出现了"门前冷落鞍马稀"的冷清局面,甚至到了无人问津的地步。张载主导的关学体系亦遭到排斥,如张门弟子范育、苏昞等人先后担任宋朝太常礼院礼官之职,因继续推行张载所倡导的"复三代古礼"及选拔官员的"选举新法"等政体思想,在新党执政后不是被叫停,就是被罢官。但这只是第一次"党人碑",更大的风暴随之而来。

此时,北宋国情堪忧,内有宋江、方腊起义,外有金人铁骑跃跃欲试,但内忧外患面前,章惇、蔡京、童贯等人并未停止内斗。崇宁三年(1104年),新党一派又重定"奸党"三百零九人,由蔡京手书"元祐党籍"刻石于天下,凡名列其中者的子孙均不能到京城及附近州县做官。接着,宋廷又诏令全国各地都要立"奸党碑",一时间名碑林立。曾经依附或亲旧党及理宗朔学派的关联学人乃至百姓,都成了蔡京、童贯等人打压的对象。如朔学派学人范祖禹、刘安世、邵伯温、陆贺、李焘、晁说之、陈瓘等,及三苏蜀学派的苏轼、苏辙、秦观、黄庭坚等人均被蔡京刻入"奸党碑",就连在政治上与旧党之争有些距离的其他理学派别如关学、洛学等,都有学派人物被牵连进"党人碑"。比如关学弟子种师道、张舜民、吕希哲、苏昞及张载三传弟子马涓等人亦被卷入"元祐党禁"事件,一并被刻石问罪。

虽然历史并未记载新党取得胜利后对理学各派系有无继续加害或封杀,但一个不争的事实是,当时相当多的理学界中坚力量都受到牵连,要么被罢官,要么被流放,要么被发配充军,由先前的"满腹经纶"变成"游魂野鬼",谈何治学研修?在这样的政治氛围中,在流离失所性命攸关的境况下,试问还有多少人能重新投身关学、洛学、朔学或蜀学的研究中?这是不现实,也是不可能的。所以,北宋后期的理学发展一改"北宋五子"时代的鼎盛气象，各家各派大都哑然失声，呈现一派落寞之状。这对刚刚兴起的理学热绝对是当头一棒，损失无法估量。

正是从"元祐党禁"后，北宋逐渐走向灭亡的悲剧。靖康二年（1127年），金军攻破东京，俘虏了徽宗、钦宗父子及大量皇族、贵卿、朝臣等三千余人押解北上，东京城内被劫掠一空。1127年，康王赵构南渡，在南京应天府称帝。为争取士大夫的支持，高宗对以理学为宗的"元祐学术"给予极大肯定，多次声称"朕最爱元祐"，并对王安石的荆公新学加以斥责。建炎三年（1129年）六月，宰相赵鼎上书批评新学，高宗便诏令撤销配享神宗庙庭的王安石像。绍兴元年（1131年），高宗诏赠程颐为直龙图阁大学士，这是自徽宗崇宁年间理学被黜以来，最高统治者对理学首次予以高度褒扬。其后，在南宋政权的扶持下，濂、关、洛、闽等学派重新修学问道，理学在纠偏扶正中重新走向复苏。

"元祐党禁"历经神宗、哲宗、徽宗、钦宗、高宗五朝，持续时间之长、卷入重臣之多，在中国历史上实属罕见，实乃大宋帝国的重量级案件。虽然北宋亡国的原因诸多，但不可否认的是，长达六十年的新旧党争致使北宋统治集团内部严重内耗，不能不说是帝国覆灭的强力推手。而被腰斩于这场浩劫的理学发展大业也成为当仁不让的受害者。

"庆元党案"对南宋理学发展的影响

　　历史上的南宋偏安江南一隅，留存时间不过一百五十二年，然而就是这么一个短暂苟且的时期，理学的发展却呈现出了兴旺之势。理学不仅在民间广受青睐，更发展成南宋王朝的御用学说，尤以程朱理学为主。此外，以陆九渊为代表的心学、以叶适为代表的永嘉学派等也得到了长足的发展。但是，从南宋宁宗庆元二年（1196年）到嘉泰二年（1202年）长达六年的时间里，以朱熹为代表的理学体系却遭受了一场几乎灭顶的文化大清洗。这场灾难的源头就"庆元党禁"。

　　庆元党禁，也称"伪学逆党之禁"，是宋宁宗庆元年间韩侂胄打击政敌的政治事件。1194年，宋光宗赵惇被逼退位，赵扩在韩侂胄、赵汝愚等大臣的拥戴下继位，是为南宋第四任皇帝，宋朝第十三位皇帝。第二年，他改年号为"庆元"。宁宗赵扩即位后，赵汝愚以拥立有功被升为右宰相，外戚韩侂胄迁枢密都承旨，可两人的嫌隙日深。庆元元年（1195年）二月，韩侂胄指使谏官上奏宁宗，以"宗室居相位不利于社稷"为由弹劾赵汝愚，赵汝愚被贬至永州（今属湖南），后死于永州贬所。赵汝愚被贬期间，朱熹、彭龟年等从属赵汝愚派系的朝臣上奏宁宗，痛陈韩侂胄打击迫害政敌之罪，可赵扩非但不彻查韩侂胄，反而对朱熹、彭龟年等人进行贬逐。随后，韩侂胄在宁宗的支持下，将与其意见不合者都称为"道学之人"，后又斥责道学为"伪学"，下诏禁毁理学家的《语录》一类书籍；科举考试中稍涉义理之学的考生，都一律不予录取；《论语》《孟子》《中庸》《大学》等六经类典籍，一时被列为禁书。不久，宁宗赵扩又下诏订立《伪学逆党籍》，凡是名列党籍者都受到了不同程度的处罚，与之有牵连者也都不许担任官职或参加科举考试。直到朱熹辞世后，韩侂胄才奏请宁宗建议弛放伪学之禁。于是，以赵汝愚被平反为标志，党禁全面弛解。一大批列入"伪学逆党"的健在者，如刘光祖、陈傅良等人都被予以复官，由此"庆元党禁"宣告结束。

"庆元党禁"看似是以赵汝愚和韩侂胄的私人恩怨为背景展开的，两派势力相互倾轧，将参与政事的儒生志士悉数卷入，但实际上，"打击赵汝愚"和"禁废理学"是并存关系，可谓一石二鸟。

鉴于高宗赵构一朝对理学的重视和扶持，理学各派发展重新恢复到北宋中叶的兴盛局面。尤其二程的洛学，随着程颐被高宗敕封追赠为"直龙图阁大学士"，洛学开始被朝廷应用到科举、问学，甚至理政中去，南宋仕子学人纷纷以学习理学为荣。自小就对理学研究颇感兴趣的朱熹正好赶上了这一波理学发展的高峰。朱熹的老师李桐是二程得意门生杨时的弟子，所以朱熹被称为二程的四传弟子。在此背景下，以朱熹为代表的南宋尚儒阶层迅速成长起来。

然而，在学术方面享有盛名并逐步迈入政坛高层的朱熹，却因和当权者之间存在政见分歧，导致仕宦之路和理学权威地位均受到挑战，乃至遭受打击摧残。

绍兴三十二年（1162年），宋孝宗赵昚即位，下诏征求臣僚对治国理政的意见。朱熹应诏上书孝宗，陈述了军事上对金"反和主战"、学术上"反佛崇儒"的政治主张，并详细说明了"讲学明理、定计恢复、任贤修政"的意见。隆兴元年（1163年）十月，朱熹应诏人对垂拱殿，向宋孝宗面奏三札：一札论正心诚意、格物致知之学，反对老、佛异端之学；二札论外攘夷狄之复仇大义，反对和议；三札论内修政事之道，反对宠信佞臣。但因当时汤思退为相，主张和议，朱熹的抗金主张没有被采纳。十一月，朱熹被任为国子监武学博士。朱熹辞职不就，请辞归崇安。

淳熙十五年（1188 年）十一月，朱熹又上书孝宗《戊申封事》，主张"正心""任选大臣""振举朝纲"等事。淳熙十六年（1189 年），孝宗诏命朱熹知漳州。绍熙元年（1190 年），六十一岁的朱熹到漳州赴任。时值当地土地兼并之风盛行，官僚地主倚势吞并农民耕地，而税额没有随地划归地主，致使"田税不均"，失地农民受到更为沉重的剥削，阶级矛盾由此激化。为此，朱熹提出行"经界"，即核实田亩，随地亩纳税。这一建议势必减轻农民负担，却损害了大地主阶层的既得利益，遭到后者的强烈反对。"经界"未能被扶正推行，朱熹的"漳州变革"最终不了了之。

绍熙五年（1194 年）初，湖南瑶民蒲来矢起义震动了朝野。朱熹临危受命，除知潭州、荆湖南路安抚，赐紫章服。朱熹怀揣忧国忧民之心，不敢推辞诏命，欣然前往赴任。五月，朱熹至潭州。此时，瑶民已败退深山，被困溪洞。朱熹采取善后招抚的怀柔政策，遣使招降瑶民起义军首领蒲来矢。因本次镇压瑶民起义是湖北、湖南两地的共同行动，朱熹的招抚遭到湖北军帅王蔺的反对。蒲来矢被押解后，王蔺主张斩杀以警众。朱熹不得不回到临安（杭州）直接向宁宗面恳，要求对瑶民"毋失大信"。

绍熙五年（1194 年）八月，朱熹被授予除焕章阁待制兼侍讲（帝师）。九月，他于行宫便殿奏事：第一札要宁宗正心诚意；第二札要宁宗读经穷理；第三、四、五札论潭州善后事宜。十月，朱熹奉诏进讲《大学》，反复强调"格物、致知、诚意、正心、修身、齐

　　　　　　　厚道圣人：张载关学千年寻踪　　｜

家、治国、平天下”的所谓八目，望通过匡正君德以限制君权滥用。宁宗本就对朱熹讲学的清傲严苛风格有些忌惮，且朱熹为人行事过于耿介，不将事情落到实处绝不罢休。据载，宁宗数次在朝堂没有直接回应朱熹的奏章，朱熹便不停“呈请跪问”，有一次竟堵住宁宗，使其不能退朝。朱熹的偏执遂引发了宁宗和韩侂胄的极度不满，乃至憎恶。因此，朱熹在朝仅四十六日，便被宁宗内批罢去了待制兼侍讲之职，为日后朱熹及其学说遭受打击埋下了伏笔。

"庆元党禁"时期，纵然赵汝愚已死，韩侂胄一派仍不愿罢休，进一步扩大打击范围。于是，监察御史沈继祖列举了朱熹不忠、不孝、不仁、不义、不恭、不谦六大罪状，还捏造了他诱引尼姑以为宠妾的桃色新闻，要求宁宗效仿孔子“诛少正卯”之法。于是，朱熹被宁宗罢免官职，放罪回原籍。

庆元三年（1197年）六月，朝散大夫刘三杰又奏称："前日伪党，今又变为逆党……"这篇对道学的声讨书集以往谴责道学言论之大成，并将罪名升级为"逆党"，从而将对理学的党禁推向了高潮。同年十二月，知绵州王沇上疏，"请置伪学之籍"，宁宗也心领神会地批复"从之"。于是，仿照北宋"元祐党禁"的做法，南宋朝廷也颁布了《伪学逆党籍》，入籍者有五十九人。其中就有宰执赵汝愚、留正、王蔺、周必大等四人，侍制以上有朱熹、徐谊、彭龟年、陈傅良、薛叔似等十三人，余官刘光祖、吕祖俭、叶适、杨简、袁燮等三十一人，武臣皇甫斌等三人及士人杨宏中、蔡元定、吕祖泰等八人也被罗列其中。从《伪学逆党籍》可见，理学家的身份并非被罗织罪名的原因，而是这些人都曾直接或间接触怒过宁宗、韩侂胄及其党羽。在此之前，这五十九人已经罢官的罢官、远斥的远斥，有的被逮捕，有的被充军，有的甚至已被迫害致死。

《伪学逆党籍》的出炉既是"庆元党禁"的高潮，也是强弩之末的开始。庆元六年（1200年）春，朱熹在福建建阳去世，尽管党禁严令不许祭拜朱熹，但路途稍近的学生都来奔丧，路远的弟子则私相祭吊。丧礼定在当年冬季，韩党担心丧礼变为逆党的一次大示威。这年秋天，朱熹的好友、另一理学家吕祖泰赶赴临安（杭州），去到宫门前"击鼓闻登"上书宁宗，请求斩杀韩侂胄。这一事件使趋于沉寂的党禁波澜再度泛起。后来，吕祖泰被流放拘管，朱熹葬礼并未酿出事变，党禁渐近尾声。有人提醒韩侂胄："再不开党禁，将来不免有报复之祸。"韩侂胄颇有触动，对人说："这批人难道可以没有吃饭的地方吗？"嘉泰二年（1202年），有司台谏上奏宁宗："真伪已别，人心归正。"韩侂胄便正式建议宁宗弛伪学之禁。于是，以赵汝愚平反为标志，党禁全面弛解。可以说，是朱熹之死让忌惮"伪学"的对手们终于放下了穷追猛打的迫害图谋。

持续六年的"庆元党禁"不仅导致南宋理学领袖和一大批新生理学中坚力量沦为斗争的牺牲品，也动摇了理学的根基，让理学的发展失去了重心，骤然间有大厦将倾之势。由于官方全面禁止程朱理学，也连带着将孔孟之学从科举、太学中剔除。在这场文化迫害中，新儒学所崇尚和推广的道德规范、价值观念在宁宗的支持下，被以韩侂胄为首的政客肆意扭曲丑化，并借政治力量予以全面声讨、彻底扫荡，而声讨与扫荡的正是儒家士大夫长久以来借以安身立命的精神动力。此次打击的虽是朱熹的"伪学"，实际上其他的学说也程度不同地遭到了打压和迫害。"庆元党禁"实际上是南宋统治集团对学术界的一次大规模的全面清洗，直接的结果就是乾道、淳熙年间那种学术繁荣、学派林立、百家争鸣的局面一去不复返了。

大儒虽遭凌屈，但公论自在人心。在朱熹的安葬仪式上，辛弃疾就曾哭诉："所不朽者，垂万世名。孰谓公死，凛凛犹生！"陆游也痛陈道："某有捐百身起九原之心，有倾长河注东海之泪。路修齿

　　　　　　　厚道圣人：张载关学千年寻踪 ┃

毫，神往形留。公殁不亡，尚其来享！"朱熹去世后，其弟子真德秀、魏了翁持续不断讲说朱熹之学，并多方上书鼓动新继位的理宗皇帝给予朱熹昭雪平反。于是，宋理宗推翻过去宁宗朝关于"朱熹理学是伪学"的不实之词，钦定朱熹理学进入学府书院和庠序学校，并敕封其为徽国公。淳祐元年（1241 年），理宗下诏钦定朱熹和北宋周敦颐、张载、程颢、程颐等理学先贤先后入祀孔庙，并以朝廷的名义将朱子理学置于正统官学的位置。从此至元、明、清历朝都以朱子之学为仕子学人的基本学科和科举考试的指南范本，朱熹编撰的《四书章句集注》更是封建社会后期科举考试的必修教材。

"九儒十丐"不是元代关学的符号

屡屡在文化杂谈类的书籍中窥见诸如"元朝时期是关学的低潮期""关学命悬一线的危险时期为元代"这样的说法，给元代关学的发展蒙上了一层挥之不去的黑纱，甚至在仕子学人心头留下了一重"元代无关学"的阴影。事实真是如此吗？另外，就是坊间流传的"九儒十丐"的说法，真的确有其事吗？

我们先来看"九儒十丐"的出处。郑思肖的《心史》中《大义叙略》中载："一官、二吏、三僧、四道、五医、六工、七猎、八娼、九儒、十丐。"谢枋得的《谢叠山集》卷二《送方伯载归三山序》中亦有："滑稽之雄，以儒者为戏曰：我大元典制，人有十等：一官、二吏；先之者，贵之也，谓其有益于国也；七匠、八娼、九儒、十丐，后之者，贱之也，谓其无益于国也。"意思是，元代统治者将国民分为十等，读书人列为九等，居于乞丐之上，地位比娼妓还低下。要知道，郑思肖、谢枋得二人皆为宋末遗民，均有明显的反元情绪，其著述亦有矮化甚至歪曲元朝的倾向。在《关学学术编年》及其相关文献中，可以看到一个与"九儒十丐"之说完全不同的背景介绍。

北宋末年，陕西一地相继落入金人、蒙古人之手。虽然二者均以武力征服为要旨，但在取得军事胜利后，为了维系政治统治，他们都选择接受不同程度的汉文化影响。金朝初年，政府大兴学校，

厚道圣人：张载关学千年寻踪

推行儒家教育，以儒家经义作为科举取士的标准，并将儒家经典《论语》《孝经》等翻译成女真文字。发端于宋代的理学，尤其是程朱理学迅速在金人统治的地区传播开来。元朝统治者入主中原后不久，便大量使用汉族士人，有意识地学习儒学。元代前期虽长期未开科举，然而仕途之门并未向儒士关闭。相反，元代一直将"以儒为吏"作为既定国策之一，并长期执行。《元史·选举志》中就载："太宗始取中原，中书令耶律楚材请用儒术选士，从之。九年秋八月，下诏令断事官术忽斛与山西东路课税所长官刘中历诸路考试，以论及经义、辞赋，分为三科，作三日程，专治一科，能兼者听，但以不失文义为中选。其中选者复其赋役，令与各处长官同署公事。得东平杨奂等凡若干人，皆一时名士。"仁宗皇庆二年（1313 年）恢复了科举考试制度，并以程朱理学为科举考试的标准，随后，朱熹的《四书章句集注》逐渐成为科举考试的主要教材。至此，程朱理学乃上升为官方意识形态，并迅速在全国得以传播。相比之下，张载关学虽不如程朱理学这般受到推崇，但作为新儒学的重要一支，也并未被封杀或沉沦，而是有着一定区域性的发展。

赵宋灭亡后，不少理学家基于民族气节，不愿仕元，纷纷于民间各地讲学，推动了元代理学的发展。金元时期的关中虽未形成严格的学派，却涌现出了奉天（乾县）杨奂之学，高陵杨天德、杨恭懿父子之学，奉元（长安）萧维斗、同恕之学。他们一方面注重传播程朱理学，另一方面又恪守张载关学注重礼制、以礼为教的理念，在推动和延续关学发展上做出了相当的贡献。

遍读《元史》卷二十四、卷二十六、卷一百五十八可知，元朝历代君主都极其推崇儒家之学。《元史》中有载当时的名儒杨惟中、姚枢在金军败亡后被忽必烈礼遇召见；在湖北又俘获了当时号称"江汉先生"的老儒赵复，忽必烈便宝贝般地加以保护，令其在太极书院讲授理学。忽必烈指令元廷选做教学书目的理学著述多达八千余种，使得理学在北方焕发了昂扬生机。号称"朱子之后第一人"的名儒许衡，更是受到忽必烈的重用，纳其定朝仪官制之议。元成宗也曾下诏崇奉孔子，元武宗更加封孔子为"大成至圣文宣王"。最值得一提的是元仁宗，做皇太子时便潜心学儒，有人推荐《大学衍义》一书，他兴高采烈道："治天下此一书足矣！"登基后，他对孔、孟更加尊崇备至，并敕封宋代诸名儒及本朝名儒许衡配祀孔庙。他不拘一格广揽儒生，"果才而贤，虽白身（平民）亦用之"。他还诏令将汉文经史译成蒙古文，以在蒙古人和色目人中传授。不仅如此，他还决定恢复科举，以朱熹的《四书章句集注》为依据命题。对此，他振振有词："儒者可尚，以能维持三纲五常之道也。"又说，"朕所愿者，安百姓以图至治，然匪用儒士，何以至此？"总之，他们是十分认可"北方之有中夏者，必行汉法乃可长久"的道理。既如此，作为理学重要一脉的关学肯定不会被封杀，甚至会受到"礼遇"，在一定范围和空间内应有着不可小觑的思想价值和得以深耕的可能。那为何还会有"九儒十丐"的贬损之说呢？

除了南宋遗民郑思肖、谢枋得二人的著作中有关于"九儒十丐"的记载外，另在清朝学者赵翼的著作《陔余丛考·九儒十丐》中也有载："元制：一官、二吏、三僧、四道、五医、六工、七猎、八民、九儒、十丐。"他将"读书人"前面的"娼"换成了"民"，算是给读书人留了点面子。这些大概就是"八娼九儒十丐"的明确出处，是对元朝时期包括关学在内的儒家学说及理学大家不断受到挤兑和压制的原始来源。可这些说法代表的是元朝的官方国策，抑或民间态度？

既然赵翼说是"元制"，那就是元廷颁布的政策或法规有明确规定"八娼九儒十丐"之说了。可穷究《元史》类的官方典籍，愣

　　　　　　　　　厚道圣人：张载关学千年寻踪　|

是找不出半点儿有损儒学及理宗的文字描述，甚至连所谓的阶层职业排序"一官、二吏、三僧、四道、五医、六工、七猎（匠）、八娼（民）、九儒、十丐"这样的记载也无，只有当时将民众分为四类的记载，即第一等蒙古人，自命"天之骄子"，享有特权，可担任各级府衙官员，职掌兵权机要；第二等是色目人，他们较早归顺元廷，能得到官方的信任；第三等是原金国所属的汉人；第四等则是宋朝归降的"南人"。但人有分类，并不代表社会职业也会依葫芦画瓢。元朝高官中不乏刘秉忠、赵孟頫、史天泽、许衡、张弘范、张养浩这样的汉人，而他们大多是归降的汉人。这样的历史原貌可说是对"九儒十丐"之说最有力的驳斥。而一个不争的事实是，这位清朝学者赵翼本身就是赵宋王朝的后裔，不免有"怀宋"之情，他的不少诗作中都隐含了对时政的不满和对宋朝中原政权的怀念之情。如《和友人落花诗》中有："绮窗一枕小游仙，肠断秾华过去缘。薄命生遭风雨妒，多情枉受蝶蜂怜。更无一语归何处，再欲相逢动隔年！绿已成荫芳草歇，鬓丝愁绝杜樊川。"将一个亡国后裔的"憎恨"心理表露无遗。

综上，学界长期流传的"九儒十丐"之说并非符合客观事实，历史上的元朝当政者对孔孟儒学和理学学说是持肯定和支持态度的。元泰定帝二年（1325年），元廷恢复和重建了横渠书院，便是对关学关照有加的一个有力明证。据《元史·泰定帝二》载："（四年）秋七月丁酉……建横渠书院于眉县，祀宋儒张载。"如果元廷对关学极力打压，冠以"九儒十丐"的鄙视态度，又怎会做此修庙立碑之举来弘扬关学之威呢？这显然是不合情理的。

孔庙内供奉的可不仅仅是孔子

去过曲阜孔庙的人都知道，孔庙中除了供奉儒圣孔子外，陪祀在孔子周侧的先贤大儒为数不少，他们都为推动儒学向前发展做出了巨大贡献。可若仔细辨识，不难发现除了历代哲思圣贤陪祀外，竟还有一些鲜为人知的陪祀者神位。这究竟是怎么回事？

雍正元年（1723年），雍正帝下诏追封孔子五代先人为王爵，故将"启圣宫"改称"崇圣祠"，请进了孔子的五代先祖，即太高祖肇圣王、高祖裕圣王、曾祖诒圣王、祖父昌圣王、父启圣王。并以"四配"之父及宋代理学家周敦颐、张载、二程、朱熹、蔡沈之父配享从祀分别是颜无繇、孔鲤、曾点、孟孙激、周辅成、张迪、程珦、朱松、蔡元定。

若说孔子开创儒学有开天辟地之功，延及"四配"亦在情理之中，其各自父辈被奉为"陪祀"倒也不难理解，可周、张、程、朱、蔡五人的父辈赫然在列，就令人有些不解了。其实翻一翻其五人之父被敕封的履历，便不难洞察到个中缘由。

周辅成，周敦颐之父，原名怀成，字孟匡，志清行纯，博学能文，初为黄冈（今湖北黄冈市）县尉。大中祥符八年（1015年）举进士后，升为桂岭县令。任职一年余，便辞官归隐，赠谏议大夫。万历二十三年（1595年）从祀启圣祠，称"先儒"，雍正元年（1723年）

　　　　　　　　厚道圣人：张载关学千年寻踪　|

改祀崇圣祠。

张迪，张载之父，于宋真宗初年携妻陆氏上任陕西长安。天禧四年（1020年）生张载，天圣元年（1023年）年任涪州（今四川涪陵县）知州，后赠尚书督官郎中，祖父和父亲都是中小官吏。张迪于涪州任上病故，归葬开封。雍正二年（1724年）命从祀崇圣祠，称"先儒"。

程珦，二程之父，字伯温。宋仁宗时被委任为黄陂县尉，后升任龚州、磁州、汉州等地知州。熙宁年间，授嵩山崇福宫使，加位太中大夫、上柱国，册封永年县开国伯，食邑九百户。嘉靖九年（1530年）从祀启圣祠，称"先儒"。雍正元年（1723年）改祀崇圣祠。

朱松，朱熹之父，字乔年。宋重和元年戊戌（1118年）朱松登进士，宋宣和年间为福建政和县尉，侨寓建阳（今属福建）崇安，后徙考亭。历任著作郎、吏部郎等职，世称吏部郎府君，赠通议大夫，封粤国公，谥献靖祀入圣庙。后因极力反对权相秦桧议和，贬任江西饶州知州（治今鄱阳），未至任病逝。元至正二十一年（1361年）追谥"献靖"，次年追赠齐国公。嘉靖九年（1530年）从祀启圣祠，称"先儒"。雍正元年（1723年）改祀崇圣祠。

蔡元定，蔡沈之父，字季通，著名理学家、律吕学家、堪舆学家。一生不涉仕途，潜心著书立说，为学长于天文、地理、乐律、历数、兵阵之说，精识博闻。著有《律吕新书》《西山公集》等。嘉定三年（1210年）赠迪功郎，谥"文节"。嘉靖九年（1530年）从祀启圣祠，称"先儒"。雍正元年（1723年）改祀崇圣祠。

综上，周辅成、张迪、程珦和朱松四人一则均为朝廷不同级别的文官。依据旧制，古代文官享有一定的"恩典"级别，包括赐爵、赐食邑、死后封号等；二则四人算是父凭子贵。古人崇圣必定是要问及祖上荫德的，何况是开创了理学辉煌的诸位圣贤，正所谓"虎父无犬子"，他们的父辈自然值得人们尊重敬仰。况且，崇圣祠被视为孔氏家庙，所供奉的孔子五代先祖大都学问口碑平平，且无显赫官阶，请来诸位理学泰斗之父作陪，也是为了陪衬之用吧！

单独再说这位与以上四位略有不同的蔡元定。蔡元定之子蔡沈为朱门高徒，是朱熹最为器重的弟子，被视为能继承朱熹道统衣钵之人。蔡沈所注《尚书》、所撰《书集传》等书融汇众说，注释明晰，为元代后科举之士的必用教材。宝祐三年（1255 年），理宗追赠蔡沈为太子少师，次年再赠太子太师、太师永国公，谥号"文正"。元至正十九年（1359 年）追赠建国公，明成化三年（1467 年）又赠崇安伯，明嘉靖九年（1530 年）诏其入至圣祠。康熙四十四年（1705 年），御书颁赐"学阐图畴"金匾。如此看来，这位蔡沈还真是非常人物，受到诸位帝王的追捧，其父焉不显贵？这还倒是其次，最关键的是，蔡元定本人也是一代理学宗师，后世称其为朱熹理学的主要创建者之一，被誉为"朱门领袖""闽学干城"。这还没完，蔡元定之父蔡发也是宋代理学发起人之一，其本人也于学问方面多有建树。这样的一位承上启下的理学大咖作为陪祀，实在是当之无愧矣！

可以这样说，孔庙里陪祀者既有历代儒家文化精英，也包括了历代仁人志士。这份陪祀名单堪称一部浓缩的中华文化史，亦是一条波澜壮阔的中华民族的精神长河。

康熙御题"学达性天"匾额知多少

1984 年秋，我入读横渠中学。彼时的横渠中学刚从原先的横渠书院西迁五百米，择地另辟校舍。但入读新校舍后，基于我对张子的仰慕和对张载祠的好奇，还是不时去到书院旧地，随性游走于这片大儒圣地。我似乎还能看到悬挂在旧时大殿门楣正上方的那块康熙帝亲题的鎏金御匾——学达性天。尽管字体颜色已经黄中泛白，有几处甚至斑驳不堪，露出了木材本色，但这块御匾仍能激起我内心的无限敬意。"学达性天"四字简直就是为横渠先生度身定做，恰如其分。

近年，我走上研学之道，深入学习有关张载和关学的一切话题，便不时想起当年亲眼所见的"学达性天"牌匾，非常想探究一下此"圣物"的今日状况。无巧不成书。2016 年初秋，我去了趟武夷山，专程走访了"武夷精舍"——一代理学宗师朱熹著书立说、倡道讲学之所。精舍内亦有一块康熙帝御题的"学达性天"匾额，惊喜之余不免疑惑，原来此四字并非张载的专属，遂想弄清个中缘故。

康熙二十二年（1683 年），康熙銮舆巡视天下，先在山东曲阜孔庙亲自祭祀孔子，后御书"万世师表"匾额，高悬于孔庙大殿。回京后，康熙又颁旨将此次殊荣推恩于其他五位理学圣人（周敦颐、张载、程颢、程颐、朱熹），并要求各地州府举行谒祠大典。康熙二十五年（1686年），为表对理学的推崇，康熙帝又御书"学达性天"四字匾额，分别赐予岳麓、白鹿洞两大著名书院及周敦颐、张载、程颢、程颐、邵雍、朱熹六人的宗庙祠堂。此举不仅是官方层面对理学圣贤的礼遇，更是对以周敦颐、张载、朱熹等理学大家的推崇，再次明确了国家的治学方向，程朱理学仍为科举取士的标准。当然，气本论、心本论也作为众家之长，一起受到康熙的肯定和推崇。

那么，"学达性天"四字又饱含着怎样的寓意呢？

"学达性天"其实可以看作"学达"和"性天"两部分。"学达"语出《论语·宪问》篇第三十五章："不怨天，不尤人，下学而上达。知我者其天乎！"朱熹在《四书章句集注》中引用二程的解释："学者须守下学上达之语，乃学之要。盖凡下学人事，便是上达天理。然习而不察，则亦不能以上达矣。""性天"则语出《中庸》："天命之谓性，率性之谓道，修道之谓教。"二者合一为"学达性天"，其意是通过教育、做学问、养性等，达到"性命合一"、"性"与"天"的统一。简而言之，就是通过学习天理道义之学达到恢复天性、天人合一的境界。这与张载提出的"变化气质、天人合一"理念是一致的。此既是儒家所推崇的理想人格，也是中国教育千年不变的目标。由此说明岳麓书院、横渠书院、武夷精舍等名儒大家创办的究学之所是培养人才的重点学府，问学至此，便可达到学问的最高境界。

据乾隆年间编撰的《眉县志》载，康熙帝御书"学达性天"匾额后，便派差官分赴四处悬挂。陕西督抚宪司接到谕旨，派专官柴月桂前往总办重修张子祠事宜。这次重修增加了后殿，以安放张载之父张迪（涪州公）之位，同年又令眉县县令陈石林亲自督修张载祠及横渠书院。康熙二十六年（1687年），重修工程竣工，举行了谒祠悬匾仪式，陕西督抚、两宪大员及凤翔府、眉县官员都整冠礼服，稽首行拜，仪式极为隆重，"远近聚人万众"。大典结束后，陕西督学许孙荃撰写了《重修横渠庙记》碑文。

乾隆十八年（1753 年），悬挂于张载祠大殿中央的"学达性天"御匾金字脱落，丹朱销蚀，沦为一块旧木板，祠宇也因连年秋雨而塌毁。凤翔知府呈请陕西布政使唐某，唐又呈请陕西巡抚钟某，请求重修张子祠，得到批准后于乾隆十九年（1754 年）开工，于当年六月竣工。中华人民共和国成立后，此匾流失在外多年。祠门前的"张子故里"石碑也被置于院内荒草中，祠内高五丈余的合抱古柏被伐，大部分石碑被毁。1978 年 11 月，横渠专业中学被撤，与横渠小学合并，成立了横渠中学，校址仍设在张子祠内的横渠书院。1982 年，横渠中学陆续迁往新址，横渠医院迁入祠内。党的十一届三中全会后，国家对文物保护工程日益重视，流失在外的"学达性天"匾额又重新回到张载祠内。

2018 年，我受邀回到横渠镇进行"张载大讲堂"文化讲座。在松柏参天的张载祠内，我久久驻足。当移步到正殿门口时，一眼便望到那块三十余年前就曾瞻仰过的"学达性天"御匾在阳光的映照下熠熠发光，一种悠远而凝重的崇敬感油然而生。这块镌刻着荣誉、承载着岁月的匾额不仅仅是对张载关学的肯定和褒扬，也是对历代国人奋发图强的济世精神的缅怀。

张载故里的"中华龙脉"文化

横贯中国中部，绵延豫、陕、甘三地一千六百余公里的秦岭山脉，从古至今被视为"中华龙脉"，一则因其高隆的山势将气候一分为二，以北干燥、冬冷夏热，形成典型的北方暖温带气候；以南雨水充足、气候湿润，形成南方亚热带季风气候。二则因秦岭地处炎黄文化发祥地，其后各部落及夏、商、周，延及两汉、隋唐，都以秦岭中部的关中平原（又称"八百里秦川"）为主要的政治、经济、文化中心。处在龙脉"脊梁"位置的关中眉县如一条缎带，给这条纵横千里的"中华龙脉"披上了五彩锦绣。而驰名中外的秀峰太白山、周秦汉唐各代历史遗留、震惊世界的西周青铜器，以及引领千年人文思想的张载关学，都成为眉县最引以为豪的资本，成为"中华龙脉"文化最为璀璨的一部分。

太白山是中国气候的分界岭

"西当太白有鸟道，可以横绝峨眉巅。"这是诗仙李白在名作《蜀道难》中的诗句。凡读此诗者无不为太白山的险奇美秀惊叹不已。

太白山，为秦岭山脉最高峰，亦是青藏高原以东的第一高峰，如鹤立鸡群之势冠列秦岭群峰之首，主峰拔仙台海拔 3771.2 米。自古以来，太白山就以高、寒、险、奇的特点闻名于世，称雄华中。

太白山将整个眉县地势托成一个南高北低、东西两翼翘起的"品"字形。太白山居"品"字之首，东携太华山、翠华山、终南山成其右翼，西领鳌山、岐山、大散岭成其左翼。源自秦岭的黑河、太白河、斜水、嘉陵江等，将充足的甘霖之水从太白山巅向南北两端输送，南越汉江，北跨渭水，源源不断地播散到成都平原、陕北高原、华东、华北，乃至整个神州。而贯穿眉县境内四十公里之长的黄河最大支流——渭河，在此与太白山一道构建了眉县与生俱来的威仪秉性，以人杰地灵的底蕴形成了太白山向东一百公里以长安为主体的东府文化和以西八十公里以宝鸡为主体的西府文化。

如果单纯以太白山作为眉县的背书，未免令它显得孤立，但若是匹之以历史人文的别样特色，恐怕就不太敢小觑眉县了。

眉县是中国青铜文化和酒文化的发祥地

最能为历史作证的当属深埋于地下的各朝文物。

2003 年 1 月 19 日，眉县杨家村一次出土的青铜器就多达二十七件，更将青铜器铸造的时间向前推进到西周中前期，且每件青铜器上都记有铭文。如"申伯信迈，王饯于郿"一句就明确指出伴随周王朝的分封制，周秦文化和眉地文化一同走向了神州大地。此外，这二十七件西周青铜器也创造了八项中国考古之最：

一、首次发现西周青铜器的洞式窖藏；

二、首次发现一个家族的二十七件青铜器出土于同一个窖藏，件件都有铭文和华丽的纹饰；

三、首次发现系统介绍一个家族八代世系事迹的青铜器；

四、首次发现字数最多的铭文，共计四千零四十八个字；

五、这批是最早完整记录周王朝纪年的青铜器；

六、完整记录了周王朝从文王、厉王到宣王的名称、位次和有关事件；

七、首次发现"考（孝）"于青铜器铭文之中；

八、出土了中华人民共和国成立以来铭文最长的铜盘——逨盘，多达三百七十二个字，内容极其重要，堪称"中国第一盘"。

再说说眉县的酒文化。

1983 年 10 月，陕西眉县杨家村出土了一组陶器，共计五只小杯，四只高脚杯和一只陶葫芦。经专家鉴定后确认，这批陶器有近六千年的历史，是原始社会新石器时代仰韶文化早期偏晚的遗物。它是目前我国乃至世界出土的最古老的酒器，堪称中华酒文化的瑰宝，为研究我国乃至世界酒的起源提供了可靠的物证，为探讨中华原始酒文化找到珍贵的标本，不但将我国酒文化只有四五千年历史的研究结论向前推进了一千年，而且使我国跻身世界三大酒文化古国的行列（古埃及啤酒、古巴比伦葡萄酒、古代中国白酒）。

小小的眉县杨家村一地竟产生两项中国之最，甚至世界之最，不禁引人侧目。二者相携出现，是因为青铜器和酒在上古时期用来作为"礼"而敬天地、敬祖先？还是仅仅是一个巧合？直到今天，也没有定论。但眉县一地确实地处周文化发祥地，这一点无可争议。

眉县是周秦文化和汉唐文化的对接点

历史上将周朝、秦时期的文化合二为一，作为中华文明的开端，绝非无端之说。因夏商时期的文化进程多在传说中体现，其神话玄幻色彩重于史实。而自西周开始，确切地说，从武王伐纣时的《牧誓》檄文起，便有正式的文字记录和逐渐趋于规范的管理体系诞生。秦朝是近八百年周王朝文化的巅峰体现，也是中国从奴隶制度过渡到封建制度的重要拐点。所以，周秦文化往往自成一派，有其相通相融、命脉渊源的共性。而最为重要的一点就是周秦文化的发祥地和其主要动力来源都在今天的关中西部，也就是被称为"关中西府"的宝鸡及其周边岐山、凤翔、眉县、扶风一带。准确地讲，周的发祥地在岐山、秦的发祥地在凤翔。而历史上的眉县和岐山、凤翔等地一直作为"连襟"，横亘于关中西府一隅，比如西岐国、凤翔府（眉县曾入西岐、凤翔一地）等名称都是对关中西府各县的统一行政命名。周、秦二朝在各自王霸天下后都将王城从西府外迁，但文化基因都源自西府文化。比如周礼、秦制等礼法规章都是沿用西府一地的旧制。而古代郿地（今眉县）就处在周秦文化发祥地的核心，该时期的各种文化基因和特色在眉县一应俱全。2003 年在眉县杨家村出土的震撼世界的西周青铜器群二十七件便验证了眉县曾是青铜器文化的核心，其中一件青铜器的铭文中更出现了"申伯信迈，王饯与郿"的字样，便是最好的佐证。

　　而作为中国封建王朝鼎盛范本的汉、唐两朝，其国都都设在长安，即太白山以东一百公里处。从八百里秦川的地理特点看，古时长安属"关中东府"之核心。眉县就位于长安的西边（紧邻西安周至县）。东汉末年，为获得政治安全感和交通便利性，董卓将其西凉军主力及家室安置在眉县（当时叫"郿坞"），建造了豪华的宫室"万岁坞"及"东凉阁和西凉阁"，且在坞内囤积了大量粮食、布料。依董卓语："事成，当以长安王天下。事不成，郿坞可作百年之养。"眉县更是关中进入陕南汉中和巴蜀之地的重要通道，著名的褒斜古道的北端斜谷口就位于眉县境内。刘邦入汉中蛰伏、诸葛亮赴五丈原、唐玄宗避"安史之乱"逃往四川，都是经由斜谷进褒斜古道入蜀。北宋中叶，少年张载护送其父亲灵柩回归开封时，所亦途经此道，后来还专门题诗云："褒斜谷口卧龙翁，遍圆身世戒身同。不应三顾逢先主，至今千载慕冥鸿。"作为对这条横穿"龙脉"秦岭五百里古栈道的赞叹之语。民间还有"左陈仓右长安，中间夹个眉县宝"的说法。事实上，处于关中东、西两府中心位置的眉县，却是秉承了关中文化，如著名的眉户戏曲，指的就是东府文化（户县戏曲）和西府文化（眉县戏曲）的结合。总之，眉县一地呈现出的周秦文化、汉唐文化的对接，堪称秦岭地域"中华龙脉"文化的集中体现。

张载故里的历史名家

如果只将张载视为眉县这块风水宝地涌现的唯一一位历史知名人物，未免就以偏概全了。让我们看看张载故里还出了哪些名垂千古的风流人物。

头一个便是战国时期"战神"级的名将——白起，出身眉县常兴镇。据说，白起担任秦军主将三十余年，攻城七十余座。据清末思想家梁启超考证，整个战国期间有两百多万人战死疆场，亡于白起麾下的就占去一半。仅长平一战，白起就指挥秦军坑杀赵军四十五万人之多。因战功卓著，他被秦王封为武安君，与廉颇、王翦、李牧合称"战国四大名将"，唐肃宗朝又被钦定为十大名将之首。三国蜀汉政权的尚书令、护国将军法正，也是眉县小法仪人。法正在刘备占领四川及整个巴蜀的过程中，是具有决定性的人物。可以这样说，诸葛亮帮助刘备谋划三分天下雄踞四川的蓝图，法正则是助其完成此项宏伟计划的核心人物。法正死后，刘备数日寝食难安。诸葛亮更在"夷陵之战"惨败后，捶胸顿足道："如法孝直在，王不至死。"可见法正的作用之大。南北朝时期，眉县一地先后涌现了南梁信武将军、刚侯马仙琕，南陈儒释道"三教通人"、《道觉论》作者马枢。清代学者、关学大儒，被赞为关学"关中三李"之一的李柏，也是眉县槐芽镇人。据载，李柏因名声大震，清廷数次前来征召，他则带领全家避入太白山中长达二十年之久，潜心研究天道理论，并完成思想巨著《槲叶集》，成为张载之后眉县的又一思想巨擘。曾任中华人民共和国国防部副部长及中国人民解放军副总参谋长的上将李达，也是眉县横渠镇人。他曾被盛赞为"军中活地图""军中诸葛"，可见其在中国军事史上的地位非同凡响。而李达将军少时读书的地方正是当年横渠先生著书立说的崇寿院。

眉县自古多雄杰，他们都以不同的风貌演绎着自己的传奇，见证并参与了中国历史的变迁。而在这斑斓多彩的历史人文长河中，唯有思想是主导一切的核心。因此，思想家张载就显得格外耀眼。而张载故里的"中国龙脉文化"经过数千年风云的涤荡，已形成了一个耀眼的文化标记，定格于关中平原、秦岭之巅，感召着中华儿女奋勇向前的拼搏精神，缔造更美的未来。

我的乡党是张载

　　每有学术会议或名家交流活动，总会遇到一些陕西人，甚至眉县人，本来相互并不认识，但一句"我也是张载乡党眉县人"，瞬间让彼此的关系热络起来。

　　虽然横渠先生与我们这辈人足足相差了九百余年，但只要有眉县人聚到一起，所议话题必定少不了先生。这似乎已成眉县乡党们的潜意识，根本无须提醒。张载是我们的骄傲，也是我们精神上的依托。

　　记得小时候第一次独自去横渠镇走亲戚，我姨（母亲）说了半天亲戚家的大致方位，可我还是一头雾水。于是，我大（父亲）在旁边说了句："张夫子庙（张载祠）的斜对门就是！"我瞬时便清楚了。中学读书时，我的文章获得省级奖项，在西安参加颁奖活动时评委老师问我是哪里人，我说眉县横渠人。老师先是一愣，但很快回应道："是张载张横渠的家乡吗？"我连忙称是。老师便说："难怪你的文风很有张子味儿！"这话让我足足兴奋了大半年。二十年前，我南下广州，入职公司要求员工做自我介绍，当说到自己是北宋大儒张载故里眉县人时，公司老总立刻睁大了眼睛吃惊道："我是四川涪陵的，张载父亲还曾做过我们涪陵的父母官哦！我们都是张载乡党呢！"后来，老总处处于工作中给予我方便和机会，想来，这必定是托了张载威名之福。2019 年，我去北京参加某大型活动担任主讲嘉宾之一。在主办方的答谢晚宴上，同桌几位嘉宾皆是国内文化界名流，前来敬酒者纷纷鞠躬致敬，可到了我这里仅仅是点头致意，搞得我顿觉失落。突然，不知哪里来的一股力量，竟鼓舞着我起身举杯道："为天地立心，为生民立命，为往圣继绝学，为万世开太平！在下不才，代表关学宗师张载先生给诸位敬上一杯。"语毕，举座皆惊，接着便是掌声雷动。大家纷纷起身举杯共饮。邻座有人叹道："原来横渠先生是马老师的乡党啊！"于是乎，得意之中，我又连干三杯。

　　每个人都会有优越感，这是基于我们所在的生活环境和本身的生存技能。张载认为人性是由"天地之性和气质之性"共同决定的，"天地之性"是父母和本来所给予的，比如人的面貌、身高、性格、音调等，这些都是人的基础，而且是生下来就具备的，是不能改变的（人为的医学改变除外）。另一个就是人的"气质之性"，也就是人的后天变化，是由其出生后接受的教育程度、环境好恶、机会多少、资源匹配等来影响变化的。张载认为没有与生俱来的"天地之性"所给予人标致的形体、健康的气魄、正常的机理和超凡的胆识，即便是后天的"气质之性"环境再优越、机会再多，人的价值也会受到影响和制约。这样一说，我们就明白了人为什么要不断进取、为什么要不断创新和创造价值，张载思想中的这些论证就是激发我们砥砺前行的底气。而作为张载乡党的眉县人，思想的光亮就在身旁，天然的优越感正是我们厚积薄发的傲娇资本。

　　近年来，眉县的知名度越来越大，当地人也颇感自豪，这种荣誉感无关贫富强弱，而是源自张载所推崇的"天地之性"。眉县人的底气来自张载的功德，眉县人最大的底牌就是"张载是我乡党"。无论行走至何地，张载的光环于眉县人如影随形，始终激励着大家砥砺前行。

张载一生品行高洁、敦本善俗，宁死也不愿负人！"言必行、行必果、果必兑"是张载为人处世的准则，无论遇到任何困难，他也不会"摧眉折腰事权贵"。古往今来，这样的浩然正气在不断激励着一代代人的奋起之心，才有精彩不断的生活。而这正是我们这些打拼于天南地北的眉县人所必须要面对的境况。

如果遇到委屈、伤心甚至灾难，请不要悲观，更不要轻言放弃。想想张载一生的起落，想想张载的气节和操守，我们应该更多地报以自信和微笑。

尾声

千年之约

横渠先生好!

在下是您的后辈乡人马苏彬。

庚子年春节伊始,受新型冠状病毒肺炎疫情的影响,全国上下同心,严防死守,我也和家人宅居广州,与这场突如其来且旷日持久的瘟神做着不同寻常的较量。可时间一长,就难免烦躁不安起来,电话中、微信里时时能听到看见种种牢骚。而每每这时,我就想起了您——横渠先生。

有句话说"耐得住寂寞,才能守得住繁华"。先生,您意下如何?

先生曰:"岁值大歉,饿殍满野,虽蔬食且自愧,又安忍有择乎!"

景祐二年(1035 年),令尊张迪公病逝于四川涪州任上,您便护送起灵柩一路穿越千里秦巴山脉,历尽艰险从人迹罕至的褒斜古道来到眉县横渠镇,而随同的只有年迈的令堂和年仅两岁的胞弟张戬。孤立少助下,除了坚强的毅力,陪伴您的只有千里荒野的孤寂和大山深处的危险。这是一种多么坚韧坚强的毅力啊!而那年,先生只是十五岁的少年！

先生曰："知虔奉父命，守不可夺！"

定居横渠后，生活的重担就全落在先生一人肩上。您白天耕种，夜间苦读，还要闻鸡起舞演习兵术，无尽的孤苦中，"慨然以功名自许"。您携带《边议九条》驰马延安，拜见范文正公，求得指点后，从此踏入治学之道。忍不住一问：是何种原因令先生早早就胸怀大志？

先生曰："少孤自立，无所不学。"

已无史料可考先生的"天理道义学"从何处习得。不难想象，自二十一岁返回横渠至三十八岁进士及第，这十七年寂寞清苦的岁月里，您必定遍读群经，先《中庸》，再佛老，又孔孟。年轻气盛之际，需秉持怎样恒心才能"累年尽究其说"？纵然"寂寥无有和者"，先生始终不忘初心，砥砺前行，最终大道智明、儒心始亮。

先生曰："吾道自足，何事旁求！"

至于先生的仕途经历，多有人迷惑不解，亦是事出有因。从北宋嘉祐二年（1057年）至熙宁三年（1070年），为官时间不过十三载，官阶不高，最高亦不过崇文院校书（与后来的同知太常礼院），均属从七品，且大多数时间都在河北安国、陕西宜川、甘肃平凉等地做外官。官阶至此，使得先生"其名不显"；朝中亦无人替您进言，加之先生"太直无隐"，致使权臣心生嫌隙，令先生官路一直不畅、走遍基层饱尝辛酸也在情理之中。尽管如此，先生还是秉持为官之道，不徇私情、恪守司法，卫道安国；敦本善俗、躬行践履，治理云岩；立心立命、道济天下，辅政渭州；不畏强权、大心无我，纠偏明州。在当时外忧内患的政治气候下，先生恪尽职守、披肝沥胆，践行着爱国爱民的拳拳之心。

先生曰："为政不法三代者，终苟道也！"

归居故乡横渠后的一段时期，堪为先生思想成熟并践行治世宏愿的关键阶段，更是先生一生最为寂寞、孤独、清贫的时光。《宋史·张载传》载："还朝，即移疾屏居南山下，终日危坐一室，左右简编，俯而读，仰而思，有得则识之，或中夜起坐，取烛以书。"苦读和勤思中，先生始终心念百姓，带领学生试验"井田制"，增产增收，修通横渠东西二渠，改善水利，且在年馑饥荒之际与民同患难，坚持"饿殍满野，虽蔬食且自愧，又安忍有择乎"。正是本着立心立命、安贫乐道的初心，于生活清苦中、身体抱恙中、内心孤寂中，先生建立了以"太虚即气"为核心的唯物主义哲学观，又建立了以"礼仪宗法"为宗旨的礼德观教育思想，并最终完成了以《易》为宗、以《中庸》为体、以《礼》为本、以孔孟为法的关学思想体系。至此，先生可谓羽翼丰满，圣人复起！

先生曰："学者欲其进，须钦其事，钦其事则有立！有立则有成，未有不钦而能立，不立则安可望有成！"

先生又曰："孰能少置意科举，相从于尧舜之域否？"

先生为使天下人"变化气质""民胞物与"，毕生都在寻求治世真理，即便身处险境、一贫如洗，及至肺疾晚期，您依然保持乐天知命的通达情怀。先生所作《题北村六首（其一）》就极好地总结了您立心立命、笃行践履的一生。

先生吟诵道："渭南泾北已三迁，水旱纵横数顷田。四十二年居陕右，老年生计似初年。"

书写至此，在下恍然一悟，一代圣人尚能在那个蔽衣陋居、饿殍满野的艰难时世仍抱有如此乐观精神，不计较得失，不牢骚满腹，仍坚守初心，砥砺前行，我等常人又有什么理由可以怨声载道、轻言放弃？在全国抵御新型冠状病毒肺炎的关键时刻，我们不更应该严格自律、克己慎行吗？这不正是先生毕生推崇的"正心诚意"的修养功夫？静心养性，未尝不是一种人生修炼。《孟子·告子下》中有云："故天将降大任于斯人也，必先苦其心志，劳其筋骨，饿其体肤，空乏其身，行拂乱其所为，所以动心忍性，曾益其所不能。"正所谓"吃得苦中苦，方为人上人"。您说是吗？

先生曰："凡天下疲癃、残疾、惸独、鳏寡，皆吾兄弟之颠连而无告者也。于时保之，子之翼也。"

先生又曰："学者欲其进，须钦其事，钦其事则有立！有立则有成，未有不钦而能立，不立则安可望有成！"

在下曾想，生命最大之价值不是人的一生能拥有多少财富、声名、地位，而是他能给予社会多少益处，因而特别尊崇先生在《西铭》中尾句："存，吾顺事；没，吾宁也。"如果是这样，生而为人便死亦无憾了。抱定此种人生信念，在下近年投身弘扬传统文化的事业，尤为先生思想中所折射出的厚道品格和无我精神所感动。在钻研、参悟关学思想的历程中，在下时常遭遇困惑，难以成文之际亦深感煎熬，常如先生在横渠书院时那般"中夜起坐，取烛以书"，甚至无数次于梦中与您交流心得，得您醍醐灌顶。记得去年有段时间，在您当年讲学论道的崇寿院内深入学问，熬夜成文时竟伏案而眠，睡眼蒙眬中恍惚看到先生正在翻看在下业已完稿的《张横渠传》，并对书中最后两句"尧舜禹汤文武周，张子独爱大中国"先是凝思，后又频频点头……惊醒后，在下久坐而不能成寐。亦是于2019年11月，《张横渠传》顺利付梓出版，算是了却了在下的一桩心事。

先生曰："以心求道，正犹已知人，终不若彼自立彼伪不思而得也。"

先生又曰："由象识心，徇象丧心。知象者心，存象之心，亦象而已，谓之心可乎？"

探求人性真谛，彻悟大心无我。去伪存真，致敬良知，传递美善，敬畏生命。如先生般，做一个厚道的真我。瘟疫肆虐期间，受周遭影响，在下亦不免沾染了焦躁情绪。不少人对我苦行僧般的钻研劲头不甚理解，甚至屡生误解。多少次，在下扪心自问："这样做究竟价值几何？"因而，有外物相扰时，便会生出逃离斗室重回商界的念头。先生，您意下如何？在下该如何抉择？

先生曰："乐且不忧，纯乎孝者也。违曰悖德，害人曰贼，济恶者不才，其贱形唯肖者也！"

先生又曰："能通天下之志者为能感人心，圣人同乎人而无我，故和平天下，莫盛于感人心。"

先生说得极是。每至此时，在下必会想到先生《西铭》中的最后一段："富贵福泽，将厚吾之生也；贫贱忧戚，庸玉汝于成也。存，吾顺事；没，吾宁也。"身为百姓，先生待人厚道、质朴无华；身为人臣，先生负重担当、鞠躬尽瘁；身为圣人，先生潜心天地、大道至简。圣者尚如此，何况我等乎！在下所言，先生意下如何？

良久，先生曰："为天地立心，为生民立命，为往圣继绝学，为万世开太平。"

谢谢先生！

千年之约，梦回故里。值此横渠先生千年华诞之际，在下以先生的人格为坐标、思想为原点、精神为感召，耗时两年撰写此书，如今付梓，以表对您最深的敬仰，并以此感念先生：

> 德盛貌严的君子气度，
>
> 敦本善俗的厚道品性，
>
> 太直无隐的求真风范，
>
> 不拘门户的为学理念，
>
> 经世致用的造道精神，

立心立命的治世胸怀，

安贫乐道的气节情操，

大心无我的圣人丰姿。

张载乡人、横渠后学　马苏彬

敬上

2020 年 5 月 8 日

参考文献

【1】〔宋〕张载.张载集【M】.北京：中华书局，2012

【2】〔宋〕张载等.张子全书【M】.西安：西北大学出版社，2015

【3】〔宋〕张载，〔明〕王夫之.张子正蒙【M】.上海：上海古籍出版社，2000

【4】〔元〕脱脱等.宋史【M】.北京：中华书局，2000

【5】刘学智，方光华.张载关学学术编年【M】.西安：西北大学出版社，2015

【6】张波.张载年谱【M】.西安：西北大学出版社，2015

【7】方光华，曹振明.张载思想研究【M】.西安：西北大学出版社，2015

【8】王美凤.关学史文献辑校【M】.西安：西北大学出版社，2015

【9】马苏彬.张横渠传【M】.北京：光明日报出版社，2019

【10】〔清〕黄宗羲.宋元学案【M】.北京：中华书局，1996

【11】黄宗羲.明儒学案【M】.北京：中华书局，2018

【12】徐世昌.清儒学案【M】.北京：人民出版社，2010

【13】〔宋〕朱熹.伊洛渊源录【M】.济南：山东友谊出版社，2005

【14】〔宋〕程颢，〔宋〕程颐.河南程氏遗书【M】.上海：上海古籍出版社，2000

【15】王儒卿.陕西乡贤事略【M】.西安：陕西省教育厅编审室，1935

【16】眉县地方志编纂委员会.眉县志【M】.西安：陕西人民出版社，2000

【17】陈晓芬，徐儒宗.论语·大学·中庸【M】.北京：中华书局，2015

【18】方勇.孟子【M】.北京：中华书局，2017

【19】〔春秋〕老子.道德经【M】.北京：中华书局，2018

【20】方勇.庄子【M】.北京：中华书局，2015

【21】张世亮，钟肇鹏，周桂钿.春秋繁露【M】.北京：中华书局，2012

【22】〔东汉〕王充.论衡【M】.北京：国家图书馆出版社，2019

【23】〔宋〕朱熹.四书章句集注【M】.北京：中华书局，2016

【24】〔宋〕朱熹，〔宋〕吕祖谦等.近思录【M】.上海：上海古籍出版社，2016

【25】〔明〕王阳明等.传习录【M】.海口：南海出版公司，2015

【26】〔明〕陈邦瞻.宋史纪事本末【M】.北京：中华书局，2018

【27】〔宋〕周敦颐，〔宋〕邵雍.太极图说·通书·观物篇【M】.北京：上海古籍出版社，1992

【28】〔清〕严可均等.全宋文【M】.北京：商务印书馆，1999

【29】〔宋〕程颢，〔宋〕程颐等.二程集【M】.北京：中华书局，2004

【30】陈俊民.蓝田吕氏遗著辑校【M】.北京：中华书局，1993

【31】〔宋〕范仲淹等.范仲淹全集【M】.南京：凤凰出版社，2004

【32】〔唐〕房玄龄等.晋书【M】.北京：中华书局，2000

【33】张启成，徐达等.文选【M】.北京：中华书局，2019

【34】王志彬.文心雕龙【M】.北京：中华书局，2012

【35】〔宋〕李道传等.朱子语录【M】.上海：上海古籍出版社，2016

【36】王世舜，王翠叶.尚书【M】.北京：中华书局，2012

【37】陈桐生.国语【M】.北京：中华书局，2013

【38】〔春秋〕孔子，〔春秋〕左丘明.春秋左传【M】.北京：西苑出版社，2016

【39】徐正英，常佩雨.周礼【M】.北京：中华书局，2014

【40】胡平生，张萌.礼记【M】.北京：中华书局，2017

【41】杨天才，张善文.周易【M】.北京：中华书局，2011

【42】姚春鹏.黄帝内经【M】.北京：中华书局，2010

【43】〔明〕吕柟.宋四子抄释【M】.北京：中华书局，1956

【44】〔宋〕吕大临等.考古图【M】.上海：上海书店出版社，2016

【45】〔清〕陆心源等.宋史翼【M】.杭州：浙江古籍出版社，2018

【46】〔宋〕李复等.李复集【M】.西安：西北大学出版社，2015

【47】〔宋〕吕大临等.蓝田吕氏集【M】.西安：西北大学出版社，2015

【48】〔清〕王梓材，〔清〕冯云濠.宋元学案补遗【M】.北京：人民出版社，2012

【49】于浩.宋明理学家年谱【M】.北京：国家图书馆出版社，2005

【50】〔清〕王夫之.船山遗书【M】.北京：中国书店出版社，2016

【51】〔明〕罗钦顺.困知记【M】.北京：海豚出版社，2018

【52】〔明〕冯从吾等.冯从吾集【M】.西安：西北大学出版社，2015

【53】〔清〕李颙.二曲集【M】.北京：中华书局，1996

【54】〔清〕李柏等.李柏集【M】.西安：西北大学出版社，2015

【55】〔明〕宋濂等.元史【M】.北京：中华书局，2016